絶対猫から動かない　下

新井素子

角川文庫
23359

目次

第八章

「何があった今！」

目が覚めた瞬間、大原夢路（おおはらゆめじ）の心の中を占めているのは、こんな言葉だけだった。

何があった、今、今、何があった？

たった今。

夢路は、目が覚めたのだ。言い換えれば、普通に眠っていて、普通に、起きたのだ。

だが、その〝起き方〟が、普通ではなかった。

いや、普通なんだけれど。

普通に目が覚めた。うん、この夢をみるようになる前の、〝普通〟に。

ということは。

言い換えると、この夢をみるようになってからは、こういう起き方を……した覚えが、
夢路には、ない。

なんだか。

唐突に、夢の世界から、現実に放り出されたような気持ち。

うん、今までは。

夢が解けていった、夢がゆるゆる解けていって、そして、夢路は、現実に帰ってきた、と、そんな気持ちで、起きたんだよね。

そういうニュアンスが……今回の場合は、まったくなかった。

思えば。

夢から覚める前。あの直前。

夢の中では、もの凄い風が、何回も何回も吹いたような気がする。

そんでもって先程。

夢の中とは思えないような突風が、もの凄い風が吹いて……そして、夢路は、夢から吹っ飛ばされた……そんな感じが、しているのだ。

うん、そう。目覚めるんじゃなくて、吹っ飛ばされた。夢、解けるんじゃなくて……吹っ飛ばされた。

枕元の目ざまし時計を確かめる。時刻は、まだ、午前三時二十七分。

普通だったら、当然。この夢をみるようになる前なら、当然。

この時刻を見た瞬間、夢路はまた、枕に頭を載せ……寝直すに決まっている。何たって、起きるにはまだ早すぎるもいいところの時間だし、起きちゃったことが何かの間違いなら、そりゃ、寝直すに決まっている。

けれど。

いろいろ考えて。しばらく考えて。

また時計を見る。

時刻は、午前三時三十二分。

この時間は、人様に電話するのに、あまりにも不適切な時間だ。

だが。

いろいろ考えたあと……夢路は、のそのそ起き上がって、枕元に置いてあった携帯電話を手にとる。そして。

「コール三回まで」

自分で自分に言い聞かせる。

これから、自分は、あり得ない時間に電話をしようとしている。

午前三時三十何分かっていう……誰かの危篤とか、そういう事態でもない限り、普通のひとが絶対に電話をしない時間に、それでも、電話をしようとしている。でもまあ、時間が時間だし。普通のひとは、コール三回では、電話があったことに気がつかないんじゃないかと思える時間帯だし。

だから、コール、三回まで。

これにもし、対応されてしまったのなら……。

そして、夢路は、電話を掛ける。

冬美(ふゆみ)の携帯に。


掛けた瞬間。

夢路の携帯に、呼び出しコール音が鳴り響いた瞬間、いきなり電話がとられてしまい……逆に夢路は、息を呑(の)む。

そして、電話から、聞こえてくる声。

「夢路っ！　あのおじいさん、大丈夫なのっ！」


この時。

あちこちで、ほぼ、同じような電話が、繰り返されていた。


氷川稔(ひかわみのる)から村雨大河(むらさめたいが)に。

佐川逸美(さがわいつみ)はやはり村雨大河に電話しようとして、氷川―村雨間が電話中なので、なかなか電話が通じず、じりじりし。

中学生達は、もっとずっと活発に、電話を繰り返していた。電話が話し中なんかで通じなかったら、LINEを使う。それで連絡を取り合って。

やがて。

話し中だの何だのでいろいろ齟齬(そご)はあったのだが(電話に、話し中の時の割り込み機能をつけているひとがいたりいなかったり、設定がいろいろだったりしたので、結構時間はかかったのだが)、やがて。

大原夢路は、氷川稔、村雨大河、佐川逸美、大野渚(おおのなぎさ)と、連絡をとることができた。

他の連中も、錯綜(さくそう)しながら、何とか、みんなと。

この五人が、さんざ、錯綜しながらも、おのおのと連絡ができた処で。

夢路は、ひとつの決断を下す。

佐川逸美との電話で。夢路は、断言したのだ。

「佐川先生……あの、あなたは先生だから、だから、こんなこと言えないと思うんですけど……言っちゃいけないと思うんですけれど、明日、って言うか今日、あなたの生徒さん、みんな、学校、さぼらせちゃってください」

言われた逸美の方も、判っていた。

「学校……行ってる場合じゃ……」

「絶対に、ない」

「それに、こっちにもこっちの事情があります。問題の看護師さんを、現実世界で特定する為に、うちの子が病院に張り込まなきゃいけない。だから……教師として、ほんとに落第なんですが、うちの子が明日、学校をさぼるのは了解です。というか……さぼってもらうつもりでした」

「そして」

夢路は、言う。

「明日」

うん、明日。すでに今日だが。

「あたし達、みんなして、一回、集まる必要があると思うんです。あの夢を見ているひと達、みんなが、集まらないといけない」

と、まあ。

水面下で。

様々なことがあったのだけれど。

それでも、時間がたてば、夜は明ける。

夜が明ければ、〝明日〟の朝に、なるのである……。

村雨大河

深夜の連絡網で。(いや、実際に、〃網〃のようになってしまったから、〃連絡網〃って言葉を遣っているんだが……そんなもの、作った覚えは、誰にもない。)

とにかく、判っている限りの、あの夢の当事者全員が、一回、どこかに集まることになった。

そうしたら……この全員が知っている場所って言ったら、僕の行きつけの碁会所になる訳で。(というか、それ以外に、全員が知っている場所が、とりあえずなかった。まあ、渚ちゃんが通っている中学校なんかは、行ったことがないひともいるんだが、それでも、地図見れば場所は判る。だから、そこに集合っていう考え方もあったんだが……けれど、中学生全員が、とにかく今日は学校をサボる予定なので、まさか中学校に集合する訳にはいかなかった。)

碁会所が開くのが午前九時だから、朝、九時に、ここで集合。

それが判っていたので、僕は午前八時四十分くらいにここへ来て、まだ開いていない碁会所の扉をくぐり、ひたすら、席亭に謝りたおす。すみません、ここに、これからやたらとひとが来ます、んでもって、来るひと全員、碁を打ちません、ごめんなさいって。

席亭は、何が何だか判らないって顔をしていて(それはそうだろう)、でも、僕が常連なので、なんか、苦虫を噛み潰したような表情になりながらも。

「ねえ、村雨さん、こないだもあんた、佐伯さんと揉めてたよね？」

いや、揉めていた訳じゃ、ないんだが。

「何やってんの、あんた達」

それが説明できれば本当にいいんだが。だが、只今の僕達は、まったく説明できないことをやっている。

と、いうか……。

三春さん。

今、僕が、ここに、こうしていること自体が、変なのだ。

あの時。

僕は、三春さんとお話をしようとしていて、するつもりで……なのに、〝吹っ飛ばされて〟しまった。

では、僕を〝吹っ飛ばした〟のは、誰か？

それは。

三春さんに、決まっている。

そして、では、もう一回。

それは、何故か？

この疑問を抱いてみると……。


何だか、判ってしまうことが、ある。


あの、夢の世界は。

そもそも、〝何〟なのか。

どういう成り立ちで、何故、あそこにあるのか？


吹っ飛ばされてしまったから、だからこそ、僕には、判ることがある。


あれは、夢だ。

でも、現実だ。

あそこで僕は、三春さんを追いつめてしまった。

いや、追いつめるつもりだった、最初っからそのつもりで石を置いていったんだから、僕が三春さんを〝追いつめて〟しまったこと、それは了解だ。

そして、追いつめられてしまった三春さんは……爆発した。

彼女が爆発したら、僕達は、もう問答無用で、いきなり、凄まじい勢いで、あの〝夢の世界〟から吹っ飛ばされてしまったのだ。

ここから演繹される事実は、ひとつ。

あの夢、あの世界は、三春さんのものなのだ。三春さんのみが宰領している、そんな、三春さんの世界なのだ。

いや。

最初っから、それは判っている。

けれど、それでは、〝変〟なことが、あるでしょう？

昏睡してしまったひと。そのひとがいる限り、三春さんはこの世界の結界を解けない。

この理屈が、変だ。

あの世界が、ここまで完璧に三春さんのものであるのなら。三春さんの宰領のもと、存在している世界なら。

なら、こんな細則があること自体が、とても〝変〟なのだ。

なのに、ある。この細則。

そして、三春さんは、これが事実だと確信している。

これは。

これは、ちょっと嫌な事実を想像させる。

あの世界のマスターである三春さん、その彼女が〝想定〟しているのより、あの世界は、〝深い〟のかも知れない。

あの世界で、三春さんが本当に怒ってしまったら、是非もなく、理非もなく、僕達はみんな、あの世界から吹っ飛ばされる。多分、三春さん自身は、そんなことをしたいとは思っていなかったんじゃないかと思う。でも、彼女が本当に激してしまったら、そんな理屈はもう通用しない。僕達はひたすら吹っ飛ばされる。

そのくらい、強い支配力を、三春さんはあの世界で持っている。

なのに。

昏睡してしまっているひとがいる以上、三春さんでも、自分が作った結界を解けなくなった。そして、その昏睡しているひとを、三春さんといえども、いかんともしがたい。そのひとが起きるか、死ぬ以外で、あの〝結界〟を解く術がない。

……これは……今更ながらなんだが、本当のことなんだろうか？

三春さんの思い込み……っていう可能性は、ないのか？

実際は違うのに、三春さんが、こう、思い込んでいるだけっていう可能性は……ない、のか？

いや、そのくらい、圧倒的だったんだよ。僕達を吹っ飛ばした三春さん。

あのくらい圧倒的に、世界を支配しているのが三春さんなら……あの三春さんの結界で、昏睡してしまったひとが、それに何らかの影響を及ぼすことができるとは……僕には、ちょっと、思えない。

それから。

彼女は、〝この世界には自分とはまったく関係がない処で、昏睡してしまったひとがいる、その誰かのせいで、自分が張った結界、自分で解けなくなってしまっている〟、とか、思っていない。

けれど、僕は。僕と氷川さんは。その、昏睡してしまったひとを、実際に見ているのだ。

木彫りの……まるで、パペットとか、そういうものにしか思えなくなったひと。すでに、女性だとも人間だとも思えなくなった、そういう存在。

あの、糸が切れた操り人形のようなひとに、三春さんを脅かす能力があるとはとても思えない。

三春さんは、多分、〝問題のひと〟がそういう状況になっているだろうってことは推測していても、実際の、〝問題のひと〟を、見てはいないのだ。というか、以前のやりとりから考えるに、彼女は、〝どのひとが問題のひとであるのか〟、おそらくは察知することができないのだ。〝問題のひと〟が、只今どういう状況であるのか、彼女は見ることができないのだ。

これ。変、じゃないか？

いや、変だろう。

三春さんが思っている〝細則〟は、あるいは〝ない〟のかも知れない。三春さんが思っているだけなのかも知れない。そんな可能性がある。

三春さんは、〝昏睡してしまったひと〟が普通ではない状態になっている処までは、推測できる。けれど、あの、あからさまにパペットのようになってしまったひとを、感知できない。

これは、あの世界から吹っ飛ばされた今なら断言できる、変だ。

夢の世界にあれだけ強い支配力をもっている三春さんだ、そんなこと、まずあり得るとは思えない。

けれど。三春さん本人が。

〝自分には限界がある〟〝その限界はこういうものだ〟〝だから自分はそのひとを感知できない〟〝そのひとに影響を及ぼすことができない〟って、思い込んでいれば……こういう事態、発生し得るのではないのだろうか。

おそらくあの世界では最強であり無敵である三春さん。

ただ、そんな彼女にも弱点は有り得る。

自分の意識の中の世界で最強であるということは、自分の意識の中の世界で、間違ったことを自分が思い込んでしまえば……それは、確実に、現実になってしまうのだ。


多分。〝三春さんが意識しているあの世界〟では、三春さんは昏睡してしまったひとを感知することができず、そのひとが昏睡している限り、いかんともしがたいんだろう。そんな細則、実際にあるんだろう。

でも、それは、ひょっとしたら、あの世界の〝法則〟ではないのかも知れない。

あの世界は、あきらかに三春さんの意識の中の世界だから……どんな化け物であっても妖怪(ようかい)であっても、三春さんにも、〝無意識〟ってものがあるだろう。

その無意識の領域で。三春さんが、そういう風に思い込んでいるだけ。

あの世界の細則って、実はそういうものではないのか？

大原夢路

午前九時……に、なる前に。

碁会所の前には、この夢の関係者が、ある程度揃っていた。

まず、あたし。それから、村雨さん、氷川さん、冬美、佐川先生、渚ちゃん、伊賀さん、そして中学生達……の、数が、ちょっと、足らない？

「ああ。梓とゆきちゃんは、ここには来ません」

って、あたしの疑問を先取りして、伊賀さんが言う。

「あの二人、病院を張り込む必要があるから」

「って！　もう、張り込んでんの？」

今からみんなして相談して、いろんなこと決めようと思っていたのに。

「私達が相談した結果は、ＬＩＮＥですぐにあの二人にも伝えます。……ここに、あの二人がいることよりも、問題の看護師さんを特定する方が大切だと思ったから。だから、とりあえず、あの二人には、病院の方へ行ってもらいました。だって、看護師さんの交代時間がいつだか、私達には判らないでしょ？　七時かも知れない、八時かも知れない、九時かも知れない、十時かも知れない。……なら、ずっと張りつくしか、ない」

って、伊賀さん。いや、それは確かに。でも、この理屈って……。

「勿論この理屈は、病院の出入り口がひとつだけって場合じゃないと、成り立ちません」

あ。あたしが言いたいこと、伊賀さんが言ってくれた。ほんとに賢い子だなー。

「そして、あの病院の出口は、患者さんが出入りする処だけで、正面出入り口と南出入り口があって」

「あ、二階で歩道橋に接続している連絡口もありますよ」

って村雨さん、あんた、この事態をこれ以上かき回してなんかいいことあるんかいっ。

で、伊賀さんは、ごほんって一回咳払いして、この村雨さんの台詞を無視する。

「その他にも……っていうか、関係者出入り口は絶対ある筈だろうと思うし、大体が、救急の為の出入り口、救急車が入ってくる処、ある筈ですし。……だから、まあ、あの二人に病院へ行って貰ったのは、ぶっちゃけ、言い訳ですね」

って、なんなんだよ、それっ！

「ゆきちゃんはこの中で一番瑞枝と親しかったから。……ここに、今、いない方がいいと思いました。梓はねえ、実際にその看護師さんを見ているから絶対張り込みに必要なんだけど、それにゆきちゃんをつけたのは、私の独断」

って！

「だって、そうでしょ？　この先……瑞枝は……　〝死んだ〟つもりで、話が進む可能性がある。つーか、そうなるしか、ない」

ごくん。伊賀さんのこの台詞を聞いて、一番派手に唾を呑み込んだのは、佐川先生だった。ねえ、先生がそれで大丈夫なの？

同時に。

「あんた中学生なのに、凄い覚悟だな」

呆然と呟いたのが、氷川さんだった。

「最近の中学生って……」

「そんなこと言わないでっ！」

いきなり、伊賀さんが怒鳴る。同時にあたし、伊賀さんの目に光っているものがあるのが判ってしまい……。

「おっさんが何言ってんだよっ！　覚悟は、年で決まるもんじゃねえっ！　わ……たしっが！　私だってっ！　瑞枝のっ！　……たしがっ……！」

ほぼ、絶叫。

そして、それから。十秒程すると、伊賀さん、落ち着いて。少なくとも落ち着いて見えるように表情を取り繕い、一回目を瞑(つむ)り、そしてそれから。

「……失礼しました。とにかく、今は冷静に話をしましょう」

伊賀さんがこう言った時。同時に。あたしの手を、冬美が、握った。もの凄く、力強く。まるで握り潰すかのように。そんでもって、冬美、ぼそっと。

「初めて会ったんだけど、伊賀さんってかっこいーねー。昔の夢路みたいだ」

見ると、冬美の目も、なんか湿っている。

そして。

「守ろうね」

冬美は、こう言うと、もう一回、あたしの手を握る。

「こういう子供が守れないのなら、私達は大人になった甲斐がない」

「そのとおりだ」

ここで、ぼそって口を挟んだのが氷川さん。

「俺だって、覚悟した。……これが守れないなら、俺の人生に意味はない」
☆

で。

あたしが話を始めようとしたら。

いきなり、それ、村雨さんに遮られてしまった。ああ、ほんっと、場の空気を壊すひとなんだよね、村雨さん。

「あの……あんまりこういうことを言いたくはないんですが……碁会所の前の道で、ひたすら会話をしているっていうの、碁会所にも、御近所の方にも、迷惑なのでは？　……それに、もうすでに、ここに集合すべきひとは集まっている感じですんで……えー……僕の知らないひともいますけど」

ああ、それは、冬美だ。だからあたし、慌てて冬美のことをみんなに紹介。

「あ、判りました、お孫さんが大切な方」

……村雨さん。理解としてあってはいるんだけれど、いるんだけれど、それはどんな納得の仕方なんだ。なんか頭痛くなるじゃないか。

「でも、それはそれとして。……みなさん、移動した方がいいのでは？」

……ま。

言われたことは、確かに、そのとおり。

だから。あたし達は、場所を移した。また、前回と同じファミレスに。

そして。

ここでやっと、あたしは、話を始めることができたのだ。

☆

みんなが席につき、おのおのが飲み物を目の前にした処で。あたしは、口火を切る。

「あたし……今朝の……っていうか、あの夢から吹っ飛ばされた経験で、思ったんだけれど。あの世界、変だと思うの」

全員が、首を傾げている気配。

「前にもここにいる何人かにちょっと聞いてみたんだけれど、誰も、いつから自分があの世界にはいって、何回あの世界に行っていたのか、確定的な数字を覚えてはいないのね。だから……確言は、できないんだけれど」

でも。あたしには、違和感を覚えていることがある。確かにある。

「あたしは……何故だか判らないけれど、あの世界にはいった日のことを、よく、覚えている。そして、それから、何回あの世界に行ったかも……覚えていると、思う」

「……それは……あんたが〝呪術師(じゅじゅつし)〟だからか？」

　こう言ったのは氷川さん。で、あたしは、この台詞を、わざと無視する。うん、この台詞に拘ってしまうと、また、全然別の話が発生してしまう可能性があるから。

「んで。あたしが覚えている限りにおいて、数字が、あわないの」

「ああ。確か、前にもあんた、そんなこと言ってたっけ」

　と、氷川さん。それから佐川先生が。

「それ……なんか意味、あるんですか？」

「いや、判らない。あるのかも知れないし、ないのかも知れない。……ただ」

　これだけは、確か。

「数字が、絶対に、あわない。あの事故の日から今日までにたった日数と、あたしがあの夢にはいった数は、絶対に、あわない。現実にたった日数の方が、多い」

　みんなは、何だか、お互いに顔を見合わせている感じ。うん、そりゃ、そうだろう、あたし以外の殆どのひとは、そもそも、〝夢の中で自分が同じことを繰り返していること〟に、あたしが動き出すまで、気がついていなかった。だから、夢が何回あったかなんて、判る訳がない。それに……そんな処に齟齬があったって、一体全体それが何なんだろうって思っちゃうのも当然だし。

「そんな違和感をあたしはずっと抱いていたんだけれど……決定的なのが、昨日。あたし達、みんなして、あの夢から吹っ飛ばされたでしょ？」

　こくこくこく。全員が、頷く。

「あの時、判った。……あの、起き方は……今までの夢とは、違う。というか、むしろ、〝あの夢〟じゃない、普通の夢から起きた時は、こんな感じなんじゃないかって気がした。あたしの感じでは、今まで、あの夢から覚める時は……なんか、〝ほどける〟感じが、していたのよね。ゆるゆると、夢がほどけ、そして、あたし達は、現実世界に帰ってくる。でも、昨夜の夢だけは違った。あの時は、夢、ほどけなくて……ただ、あたし達、夢の登場人物だけが、あの夢から、吹っ飛ばされた」

「確かに」

「そんな感じだったよねー」

「でも、それが何か？」

いやあ、こんな感想があるのは、織り込み済み。

「で。こっから先は、ほんとにあたしが思っているだけのことだから……実証も何もできないんだけれど。あたし達が〝あの夢〟をみていて、そして、目が覚める時って、夢の登場人物の誰かが、つまりはあの時電車の中にいて、夢をみているひとの誰かが、物理的に、目覚めてしまった時なんじゃないのかなあ。だから、夢が、ほどけてしまった感じになって、みんな、ゆるゆると、現実世界に帰ってくる」

あたしがこう言うと。

「………」

「？」

「……？」

もっの凄い数の、言葉にならない疑問符が返ってきた。

「夢をみている、あの夢の世界に捕らわれているあたし達は、何十人もいるよね？　うん、今、ここだけで十数人いる訳だし」

「まあ……電車の中に、三十人近く、ひとがいたことは確かですしね」

「多分」

ここからは完全に推測なので。あたし、ちょっと慎重に言葉を紡ぐ。

「あの夢が成立する為には、おそらく、あの夢の登場人物全員が眠っていることが必要なんじゃないかと思うの。全員が眠ると、あの夢が成立する。……だから、実際に過ぎ去った日々と、夢の数に、齟齬が発生する。いくら、夜は寝るものだっていっても、仕事で寝られないひともいるだろうし、その日の気分で、どうしたって眠れないひとだっていると思うの。……そういうひとがいたせいで、実際にたっている日数と、あたしが覚えている夢の数が、違う。夢の数の方が、少ない」

「あ……有り得る……仮説……」

「けど、だからって、それで何が判るって言うんです？」

中学生組から文句がきた。最初の台詞が伊賀さんで、次の言葉は渚ちゃん。

「いや待てキャプテン。これ、結構大きな問題かも知れない。……私達の中に、看護師さんがいることは確定でしょ？　なら、看護師さん、夜勤とか準夜勤とか日勤とかで、寝る時間が日によってすんごくずれているのかも知れない。だから、こんなことがおきてしまったのかも知れない」

「だとして？　それが何か？」

「判んないのキャプテン！　これ、ある意味、凄いことなんだよ？　これで、私達には、〝三春ちゃん〟を脅す、そんな切り札ができたのかも知れない」

おお。すっごい賢い子だ、伊賀さん。まさに、それが、あたしが言いたかったこと。

「私達、全員が眠らないと、あの世界が成立しないと仮定する。するとね……私達、十数人が、すでに連絡をとって結託しているんだよ？　するとね、私達は……」

あたしと、伊賀さん以外のみんながほんとに不得要領な顔をしている。でもって、伊賀さんは、なんか、ちょっと、言葉を溜めてる。そんな感じがする。だからあたしは、決めの台詞を、伊賀さんに託すことにした。

「あの世界を、成立させないことが、できる……かも知れない。呪術師が言いたいことって、多分、これ」

そのとおり。

でも、あたしのことを、呪術師って言うのはやめてー。

そんなことを思いながらも。あたしは、伊賀さんに視線を送る。そんなあたしの視線を受け取った伊賀さんは、一瞬、「あ、呪術師って言っちゃったのはまずかったか」って顔になり、それが判ったあたしは、伊賀さんに対して右手の親指をたててみせる。

その、あたしのジェスチャーを受けて。

この後、伊賀さんは、あたしが説明したかったことを、やってくれたのだ。

☆

「あの夢の世界で。〝三春ちゃん〟って存在が、私達から生気を奪って、そして生きているのなら」

伊賀さん、まず、前提条件から確認。

「あの夢の世界が成立しないのは、まずいよね。……まあ……千草のあと……必要もなかったのに瑞枝から……だから……当分は……必要ないかも知れないけれど……」

ちょっと目をしばたく。この時、あたし、瑞枝さんのこともあるし、伊賀さんから台詞を引き継ごうかと思ったんだけれど、伊賀さんは、目でそれを拒否して。彼女の言葉が続く。

「だから。〝三春ちゃん〟にとって、あの夢の世界は、絶対に成立しなければいけないもの。そこまでは、前提条件だって、みんな、思ってくれる？」

こくこくこく。全員が、まるで機械のように頷く。

「けど。じゅじゅ……大原さんが言うことによれば……私達は、あの世界を、成立させないことが、できる……かも知れない。その可能性がある」

「ごめん伊賀ちゃん、うち、あんたが何言ってんだか判らないわ」

「あー、あたしも」

　ここで、伊賀さん、一回唾を呑み込んで。

「先刻、大原さんが言ったでしょう。〝あの夢が成立する為には、私達全員が眠る必要がある〟」

「うん。それは判った。で、それが、何か？」

「言い換えましょう。私達のうち、誰かが、〝ある時間帯には絶対に眠らない〟って決めてしまったら、そして、その時間帯が、〝みんなが眠っている時間帯〟なら……私達、みんなして協力すれば、あの夢を成立できなくさせる、そんなことが可能なのよ」


　しばらく、騒然とした。

　最初のうちは、この伊賀さんの台詞の意味が判らないひとが多くて騒然、それからちょっと時間がたつと、この伊賀さんの台詞を理解したひとが多数派になって……そして、別の意味で、騒然。

「話、纏(まと)めるね」

　渚ちゃんがこう言う。

「あの夢の世界は、夢の世界の登場人物である私達みんなが眠らないと成立しない。三十人近いひとがあの世界にいるんだ、それも、偶然同じ電車に乗り合わせただけの無関係なひとだもの、普通だったら、夢の中のひと達、自分がいつ眠っていつ起きているのか、他のひとには教えることができない。他のひとも、そんなこと、知ったことじゃない。でも、みんな、大体普通の生活をしているから、だから、まあ、大体、どうやっても同じような時間帯に眠ってしまって、だから、ずっと、あの夢の世界は成立していた。けど、偶然にも、夜勤や準夜勤をする、看護師さんってひとがいたので……時々、どうやっても、同じ時間帯に、全員が眠らないことがあった。だから、実際の日数と、夢の数が、ずれている」

渚ちゃんの台詞、あっていると思う。けど、老婆心ながら、あたし、補足。

「補足すると、あの夢の世界が成立するのに、現実での時間は、あんまりいらないのかも知れない。目ざましが鳴って、起きなきゃって思って、でもうっかり二度寝しちゃって、次に目が覚めて慌てて起きるまで、ほんの数分しかたっていないのに、夢の中の時間はもっとずっとたっているとか、そういうことあるじゃない？　だから、ほんの数秒でもいい、とにかく全員、とにかくみんなが眠っている時間さえあれば、あの夢、成立しちゃうんじゃないかと思うの」

この言葉が。みんなの意識にしみ込んだ処で、渚ちゃん、台詞を続ける。

「で。普通だったら、それは、それだけのこと。でも……今の私達は、少なくとも十数人が、結託している状態にある」

「十数人が分担すれば、自分達が寝る時間を絶対にずらすことができるんだよ」

ここで伊賀さんが口を挟む。

「普段だったら、誰がいつ眠るのかなんて、他のひとの知ったことじゃないと思う。でも、十数人が結託して相談したら。たとえば……えー、普通のひとは、夜十二時から朝六時くらいまでは大体寝てると思うけど、私達は十人以上いるんだ、このうち三人が、その時間帯には絶対に寝ないとする。ゆとりをもって、あと三人くらいが、夜十二時から昼の十二時までは、絶対に寝ないとする。更にゆとりをもって、三人は、朝六時から夕方六時までは絶対に寝ないとする。となると、どうなる？」

「え……」

「うち、算数よくー判んねーから」

「これ多分算数の問題じゃないよ？」

「いや、これ、数学の問題でも算数の問題でも、基本的にないから」

「あ！　判った！　十数人が結託してれば、全員が眠る時間帯を作らないことが可能なんだっ！　いつでも誰か一人は絶対に起きている、そういう状態にもってゆくことが可能なんだ！」

「そういうことなのよ」

こう言ったのが、渚ちゃん。

「判る？　これで私達、戦略的に、無茶苦茶優位にたてる筈」

こう言ったのが、伊賀さん。

「あの〝三春ちゃん〟って奴が、もし、絶対にあの夢の世界を必要としているのなら……あそこで、ひとの生気を吸うことが必要ならば……私達は、これで、絶対に有利にたてる。そこまでいかなくても、交渉条件を手にいれることができた」


……よくできた子が、渚ちゃん。

よくできる子が、伊賀さん。

それが……しみじみよく判る会話だった。


と、ここで。中学生組の一人が、おずおずと、手をあげた。

「ね、キャプテン。それに、伊賀ちゃん。……うちら、結託すれば、あの夢の世界に行かないこと、可能なんだよね？」

「うん、大人組が協力してくれれば」

ここで、伊賀さんが、ちらっと、あたしや村雨さんに視線を寄越す。

「先刻の話にはね、普通のひとが眠っている時間帯で、あの夢の中の誰かが、絶対に眠らないっていう前提条件が必要なのね。でもって、一日や二日なら、私達だってそれができると思う。でも、そういう日々が、一週間、一月続いたら……これは、中学生である私達には無理だって話になると思う。大体、いつからいつまで眠らないって決めて生活していて、試験前になったらどーすんだって話だし、そもそも、ほんとに眠きゃ授業中だって居眠りしちゃう奴はいるんだし……そんなことやってっと、そのうち高校受験がくるよ」

あ。この状況を……すでに、そこまで、長期戦もありって考えているのか。ほんと、すごいや、この子。

「……それに、いっちゃん先生だって無理。だって、学校に来て、授業やらなきゃいけないんだもの。サラリーマンやってるひとだって無理。毎日会社に行かなきゃいけないんだもの」

「ああ、無理だ」

氷川さん、こう、断言。そりゃ、そうだよな。けど、同時に。

「できます」

村雨さんが、こう断言しちゃったんだよね。

「どうせ定年になって暇もてあましてるんです、中学生が眠っているのって、大体夜八時から朝八時くらいでしょう？　なら、その時間帯、絶対起きていること、僕は可能です。

日常無視して、とにかくそれ以外の時間帯で寝てりゃいい訳なんでしょう？　なら、老人は、そんなに眠らなくっていいんだ、夜八時から、朝八時まで、起き続けてみせます」

この村雨さんの台詞を聞いて。まったく違う意味で、中学生達、大騒ぎ。

「夜八時から朝八時まで寝てるって……それ、どんな中学生よ？」

「あり得ない。どんだけ寝てるんだその中学生」

「そこまで寝てる中学生がいたら、それは嗜眠症の一種だ」

「え……しみん、しょう、って、何？　川崎市民とか、所沢市民とかが」

「あ、そっちの市民じゃなくて。嗜むっていう字に、眠るって書いて、嗜眠。こりゃもう、病気で昏睡しているようなもんだって思ってそんなに間違ってない」

「なんか、このじーさん、中学生に幻想持ってない？」

「今時夜八時に寝る中学生っているの？」

　そんで、中学生達、わやわやわやわや。（お判りだろうと思うが、嗜眠症だの何だの、妙にマニアックなことを言っているのが伊賀さんだ。）

　ここで村雨さん。胸をはっちゃって。

「いや、その、しみん、何とかは、知りませんけれど。僕は、とにかく毎日十二時間、起きていることは、できます」

　……いや、村雨さん、嗜眠って字を伊賀さんがわざわざ説明してくれたんだ、大の大人が胸はって〝しみん、何とかは、知りませんけれど〟なんて言うなよー。それに大体、努力なんかしなくても、普通のひとは毎日十二時間は、いくら何でも起きていると思う。けど。問題なのは、そんなことじゃなくて。

「問題なのは、村雨さんひとりが起きていてくださっていても、それじゃ駄目……って言うか、危ないってことなんだと思います」

　こう言ったのが、渚ちゃん。村雨さんのこと、〝じーさん〟じゃなくて、ちゃんと、〝村雨さん〟っていう固有名詞で呼んでいるのは、今の処、中学生組では、渚ちゃんくらい。

それに、この台詞の応酬を思うと……ほんっと、伊賀さんと渚ちゃんって、補完し合っている関係なんだよなあ。

「大原さんが仰(おっしゃ)ったように、この〝夢〟が成立するのに、どのくらいの時間が必要なのかが判らない。ということは、起きているつもりの村雨さんが、何かの拍子で、くらっとしてしまったら。その時、ふっと眠ってしまったら。ほんの、数十秒でも、それは、まずい、です。でもって、人間なら、そういうことは、絶対にあり得ます。ですから、この時間帯に絶対に眠らないって断言できる人間が、最低もう一人、できれば、あと二人、いた方がいいです」

ここで。しょうがないから。あたしは、立候補した。

「なら、あたし」

「大原さんは、駄目です」

いきなり渚ちゃんから駄目だしがきてしまった。

「だって、あなたは、呪術師。夢の中でみんなにつきそってくれなきゃいけない、あなたはそんな立場の人間なんです。だから、大原さんだけは、みんなが眠る時間帯に一緒に寝てくれなきゃいけないんです。万一夢が成立してしまった場合、そこに大原さんがいなきゃ駄目」

……言われてみれば……それは……そのとおりか。でも。

「夢が成立してしまったのなら、その時は全員が眠っている訳だから、あたしだってそこにいるよ？」

このままこの渚ちゃんの台詞に諾うのがちょっとしゃくで、あたし、軽く抵抗。でも、すぐにあたしの台詞は、伊賀さんに粉砕される。

「そーゆー話じゃないって、大原さんだって判ってるんでしょ？　呪術師だけは、万全の用意をして睡眠についてくれないと困るんです。いきなりくらっと眠っちゃって、あの世界に行ってしまうんじゃなく。……それ判ってて抵抗しないでください。いい大人なんだから」

……うっ。……はい。すんません。

と、ここで。

「じゃ、私」

冬美が手を挙げた。

「えっと。中学生のみんなは、私のことを知らないよね？　私も、あなた達のことをよく知らない。私はね、夢路の……呪術師の、おまけ。夢路に付き添って、今、この集まりに来てみました。でも、勿論、私も、あの電車の中にいました。だから、資格はあると思うのよ？」

冬美は。確かにこの〝集まり〟に関しては、あたしのおまけ。でも、この夢の参加人物ではある。けど……けどっ！

「フユっ！」

あたしは、叫んでいた。

「あんた、そんなことやってる場合？　あんたが昼、寝ているってことになったら……夜、眠らないってことは、必然的にそうなるんだよ？　その場合、孫の世話とかお迎えとかその他諸々は、誰がやるの？　お嫁さんと、お姑さんとの確執はどうなんの。あんたそれが大変だから、それがあんまり辛いから」

でも。あたしがこう言い募るのを、冬美はさらっとかわす。

「……さあ？」

こう言った時の。

冬美の表情は……ほんっと……なんか、おそろしいものだった。

「さあ？　そんなこと」

言葉はさらっとかわしていたんだけれど……表情が、全然、それに追随していない。表情は、まったく違うことを言っていた。

「お姑さんからうちの旦那からうちの嫁がやるんでしょうよ。……その前に」

ほんとに……何て表情なんだ、冬美。

「私は、覚悟を決めた。この中学生達を護れないのなら、私は、大人になった甲斐がないってことになる」

い、いやフユ、待てフユ、確かに今、中学生達が極限状況にいるのは確かだ（いや、そんなこと言ったら、そもそも、あたし達全員が極限状況だ）、でも、いきなりあんたがそこまでてんぱってしまう必要はないんじゃない？

あたしがそんなことを言う前に。

「ごめんね、夢路」

いきなり冬美は、柔らかな表情になったのだ。

「……いろいろ、辛くて、つい、あなたに頼ってしまった。高校の時のあなたに。そのまだったあなたに。……でも……私だって、もう、いい年だ」

こう言うと冬美、まっすぐ前を向く。

「いい加減、自分のことは自分でやらなきゃね。いい加減、ちゃんと自分で生きてゆかなきゃね。いい加減、姑や息子や嫁に、言わなきゃね。私は、あなた達の為に存在する、便利屋じゃ、ないって」

……い……いや、ここに、冬美のお姑さんも息子さんもお嫁さんも、いないんだけれど。不思議と、何か宣言しているみたいな雰囲気の冬美。

「私は、妻で、嫁で、母で、息子の嫁の義母で、孫のおばあちゃんで、いつだって、あなた達の人生の辻褄を合わせる為の存在だった。まるで柔軟なパテみたいな……あなた達の人生に不都合があった時、それをおしつけられて、それを何とかする、そんな存在だった。今までは、そんな緩衝材でいることが、自分でも嫌じゃなかった。しょうがないと思ってきた。だから受け入れてきた。……けどっ」

冬美、笑う。にこっ。

「けどっ！　私は、あなた達の人生の為の便利屋でも緩衝材でもないっ！　私は、私だっ！　だから、最後くらい、自分の好きなことをやらせてもらう」

い、いや冬美、気持ちは判る、あんたがそう言いたい気持ちは、もう判り過ぎるくらい判る気はする。今まで、それを言いたくて言えなくてでも言いたくて言えなくて、それですっごい辛かったんだよね？　……でも、今、ここで、こうも高らかに宣言されちゃっても……。

「私はね。生まれてきた、生きていた、甲斐がある人生を送りたいのよ。なら、最後に。私は、妻でも嫁でも姑でもない、名字や家、関係ない、冬美っていう名前の、個人の私として、自分がやりたいことをやる！　私は……今、この中学生達を護りたい。そりゃ、早紀は可愛い。とても大事だ。でも、早紀は今、危機に瀕してる訳じゃない。だから、私は、自分がやりたいこと、それを、やる！」

「って……！　あの、冬美……？」

「何」

「なんでいきなり、そんな、人生最後みたいな台詞になってる訳？」

と、ここで。今回一番の冬美の笑顔。ほんっと、「意外なことを言われました」って感じの、さっぱりとした、何の含みもない、あけっぴろげの笑顔。

「今更何言ってんの夢路。だって、三春ちゃんは、人間に対する捕食生物だよ？」

あ……でした。

なんか、相手が妙に話判りそうな雰囲気だったんでうっかりしていたんだけれど……確かにあれは、人間に対する捕食生物。

だとすると。

「今、私達がやってんのは、〝生きるか死ぬか〟って戦いなんじゃないの？　この戦いに負けたら、私達に明日はない。そういうことじゃ、ないの？」

……そうなのだ。

なんか、今まで。

不思議とそんな気がしなかったから……だから、つい、うっかりしていたんだけれど。

よくよく考えてみれば、本当に、そうなんだ。

そう思った瞬間。

くらっと、した。

地軸が傾く感じ。

体の奥深く。立っているのなら、足から。横になっているのなら、それこそ腰のあたりから地中へ向かって生えている、現実にはない、あたしの〝根〟から。波立つ感じが、伝わってくる。

ああ、これ、あたしはよく知っている。
地震がある時に感じる、〝ういやっ〞って奴だ。
ただ。
今回は、判っていた。
この〝ういやっ〞のあとに、地震は、起きない。
いやその……地質学的な意味では。
そのかわり。
地震は、起きる。それも、今までになかったような、大地震が。
地質学的な意味の〝地震〞ではない、あたしの心を揺らすって意味での……大地震が。
そして、それは、起きた。

☆

思い出したのだ。
あたしは、意識だけ、はるか昔、子供の頃の自分に……吸い込まれていった……。
どうして忘れていたんだろう。

……もう……よく、覚えていない、そんな、本当に小さな子供だった頃の、あたしの気持ち。

あたしは、結構めんどくさい子供だったんだろうと思う。めんどくさいって言葉が悪ければ、育てるのに手がかかる子供。

うん。どうして忘れていたんだろう。

何たって、あたしは……生きているのが、怖かった。生きているのが怖い子供だったんだ。

いや、それ、小学生だか幼稚園児だか知らないけれど、そんな子供が思うことじゃ、ないだろう？

でも。

毎日が、怖くて怖くて。怖いから、辛くて。

未来に、何があるのかが判らない。判らないと、怖い。怖いと、進みたくない。でも、進む以外の選択肢がない。自転も公転も止められない。ひたすら宇宙をつき進むしかない。

いつだって、あたしは、あたし以外のひとが怖かった。だって、あたし以外のひとは、あたしの知らないことをする可能性があるんだもん、あたしが思ってもいないことをする可能性があるんだもん。それが、怖い。とっても、怖い。

その前に、あたしは、自分が、この地球と繋がっていることを、知っていた。どんな言葉で言われるのよりはるかに深く、はるかにずっと、知っていた。

地震が判る。その規模を感じる。

これは、あくまで、とっても表層のこと。

その前に、あたしは地球と繋がっているから、だから、地球の気持ちが、判ってしまうのだ。地震の感知なんて、とってもささいな話なんであって、あれは単に地球がちょっと肩をすくめたり軽くくしゃみをするだけの話なんで……それより、もっとずっと深く、もっとずっとはっきりと、ずっとよく判ってしまう地球の感じが……怖くて怖くてたまらなかった。

だって。

あたしと繋がっている地球は……いつだって、怖がっていたんだよ？

そうなの。

あたしが感じた〝地球〟は……いつだって、とっても、怖がっていたのだ。何をかは知らない。でも、なんだかほんとに、いつだって……。

あたし達が生活している地球。この地球が、いつだってほんとに怖がっているのなら……。

なら、この先の人生、怖いことしか、ないでしょう？

小学校も高学年になると。

この感覚にも、折り合いがついた。だって、ほんとに物心ついた時から、毎日毎日、怖がって怖がって、それで生きてきたんだもん、そのぐらいの年になったら、怖がるのに、飽きちゃった。いや、怖がることに慣れてきたって言った方がいいのかな。怖いのが普通だから、それ、無視することに慣れてきた。うん、そんな感じ。

それに、小学校高学年ぐらいになって、自意識って奴がちゃんとできると、今度は別なことを思うようになる。

うん……自分と地球が繋がっているだなんて、それってものすっごい思い上がりなんじゃないかなって。あたしは、別に特別なひとじゃないんだし、あたしばっかりが地球と繋がっているって変じゃない。他のひとがまったく怖がっていないんだもん、〝地球が怖がっている〟っていうあたしの感覚、これ、あたしの思い込みに違いないって。そう思ったから余計、あたしは、〝怖さ〟を無視して、強気で振る舞うようになった。

強気で振る舞う……いや、ちょっと、違うか。

自分の頭で判断をしようとするようになった。

いや、これ、当たり前に聞こえるだろうけれど……普通、そのくらいの子供だったら、自分の〝頭〟じゃなくて、自分の〝気持ち〟で、物事を判断してるんだと思うのよ。自分の気持ちが〝こっち〟って思う方へ行く。でも、あたしには、それができなかった。だって、あたしの〝気持ち〟って、地球に同調しているっていう、自分でも信じられないものなんだもの。だとしたら、あたしが判断の基準にするのは、自分の気持ちではなくて、自分の頭。自分の考え。……多分、冬美が、あたしに信頼を寄せてくれるのは……この時のあたしの判断のせい、というか、おかげ、か、なあ。〝気持ち〟で判断している子供達の群れの中に、〝気持ち〟で判断しない奴が紛れていたら、それは目立つもの。

そして。高校生になったくらいから、できるだけ、この思い込みを、自分の心の奥底に閉じ込めて、そしてあたしは、生きてきた。

そして、あたしは、大学を出て、就職して、結婚して……。

この辺からあたし、〝自分と地球が繋がっている〟っていう感覚を、殆ど、忘れることができたんだ。何たって、就職して、結婚したら、他に怖がらなきゃいけないことが、山のようにでてきちまったもんで。

で、綱渡りのように、毎日を過ごす。

大好きだった、天職だと思っていた校閲の仕事にも、怖いことが沢山あったし（「言われたように書類処理したんだけど、あれでほんとに正しかったのか？」「ちゃんと原典にあたったとは言うものの、あそこで赤字いれるのって、校閲としてどうなんだろう？」「あの単語は漢字によって解釈が微妙なんだよなあ、あの言葉、あの漢字でほんとによかったのか？」）、結婚生活にも怖いことは沢山あった。そもそも最初は、旦那の心変わりが怖かったし、結婚してしばらくしたら、今度は旦那の浮気が怖くなった。

あ。

心変わりと浮気は違うの。これは、あたしの中では絶対に違うの。

あたしは……自分の気持ちに自信ってものが持てない半生を過ごしてきたから、〝こんなあたしを愛してくれるひとなんていない〟って、最初、確信を持っていたんだよね。だから、結婚したあと、旦那の〝心変わり〟が怖かった。

〝心変わり〟……いや〝回心〟？

回心って、改心とは違うの。

改心とは、〝心をあらためること〟。（まあ、大体の場合、〝悪い〟思いをあらためるっていう使い方をするわな。）

で、回心は、辞書的に言えば、〝キリスト教で生活や世界に対する従来の不信の態度を改めて、信仰へ心を向けること〟なんだよね。あたしは信仰を持っていないから、だからこの場合の〝回心〟は、あたしの気持ちでは、〝信仰へ心を向けること〟じゃなくて、〝本当のことに心を向けること〟。

うん、そもそも、あたしを愛しているっていうのが、なんか、旦那の〝誤解〟だっていうか、〝思い違い〟だって、結婚当初、あたしはずっと思っていたんだよね。だから、怖いのは、〝心変わり〟。旦那の回心。あたしみたいな……変な人間じゃなく、本当に愛すべきひとに、旦那が気がついちゃったらどうしよう、その場合、旦那が、そっちのひとを愛してしまっても、そりゃ、あたしが文句言える筋合いじゃないって気がして……。だから、この時、あたしが怖かったのは、旦那の〝浮気〟じゃなくて、〝心変わり〟。旦那の、回心。

でも。結婚生活が二十年を超えると……さすがにあたしも、そんなことを思わなくなってきた。旦那の、回心への心配は、薄れてきた。

んで、ここから心配になったのが、旦那の浮気。まあ、でも、幸いなことに、現在に至るまで、旦那はそんなことしていないみたいで……。

……まあ。

〝心変わり〟と〝浮気〟の間に、こんな差がついてしまうんだ、あたしの気持ちがちょっと変なのは、何か判って貰えるかなあ。

それでも。

結婚生活二十年で、旦那の回心があんまり怖くなくなったように、二十年続けていれば、仕事にも慣れる。仕事に対する怖さは、徐々に、薄らいでくる。

と。

そんな頃にあたしに襲いかかってきたのが、うちの両親の介護と、旦那の両親の介護だ。それもまあ、五年から十年の時間差攻撃。

この頃にはあたし、まだ、〝ういやっ〟って感覚は残っているものの、すでに、自分と地球が繋がっていた、あの感覚を、忘れて久しい。

そんでまあ……親の介護の為に。あたしは、仕事をやめざるを得なくなり……やめたが最後、あたしには収入の道がなくなり、なのにっ。にもかかわらずっ。

蛇口の壊れた水道。

いささか酷(ひど)い表現かも知れないが。

あたしは、介護のことを、自分の心の中で、こう思っている。

〝蛇口の壊れた水道〟。

水、漏れっぱなし。じゃあじゃあ漏れている訳ではないけれど、でも、毎日毎日、ぽたぽた、ぽたぽた、水は漏れ続ける。

この場合の〝水〟は、お金である。

どこまでも、お金は、出てゆく。しょうがない、結婚以来貯めてきた貯金を、ちょっとずつ崩す。こんなことやっているのに……あたしには、収入がない。

この後、あたしと旦那二人の老後が控えているのに。これはもう、怖いとしかいいようがない事態だ。怖くて怖くてたまらない。

だから。

自分で、意識していなくても。

あたしは、心のどっかで、思っていたのだ。

願っていたのだ。希っていたのだ。

いつか。

いつか、来るんだか、来ないんだか、判らない、いつか。

すべての〝怖い〟ことがなくなってくれたら。

介護が終わり、今仕事がきつくってぴりぴりしている旦那が定年になり（ああ。旦那の仕事も、今のあたしには、〝怖いこと〟なんだった。いや、別に、旦那の仕事は怖くないし、旦那と喧嘩(けんか)するのも、怖くはない。けど、ぴりぴりしている旦那を、妙に刺激してしまうのが、怖かった。ただでさえ疲れている旦那を、あたしとの喧嘩なんかで、消耗させてしまうことが、怖かった)、あたし達の世代の場合、いつ貰えるんだか、本当に貰えるんだか、よく判らない夢の〝年金〟なんてものが貰えるようになったら。

そうしたら、あたしは、旦那と、二人で、ゆっくり、過ごすんだ。

怖くない世界で、一緒に、ゆっくり、過ごすんだ。

二人で、何もせずに、ゆっくり、お茶を飲む。

一緒にTVなんて見たりもする。

その時に、どんな番組があるのか判らないけれど、連続ドラマとか、見ちゃうんだ、一緒に。だって、今の状況だと、毎週何曜日の何時に一緒にTVを見る、だなんて、物理的に不可能なんだもん。仕事状況的に、毎日何時に帰れるのか判らない旦那がいたら、連続ドラマなんて、続けて見ること不可能。でも、もし、それができるようになったのなら……それは、どんなに、嬉(うれ)しいことだろう。

近所の公園には、野外劇場みたいなものがある。そこで時々、市民団体や学生さんなんかが、演奏会やっていたりする。只のそれを、聞きに行ってもいいよね。

二人で散歩するのもいい。

前に、数年間、ガーデニング関係の雑誌の校閲をしていたことがあったから、あたし、自分で言うのも何だけど、結構植物には詳しい。この辺は完全な住宅街だから、お庭のある家ばっかりで、散歩しながら、「あれが何々。あっちの白い花は、実はこれこれなんだよねー」って、旦那に教えてあげるのも、楽しいかも知れない。

ああ。

あたしは、本当に、それが、やりたかった。

それだけが、やりたかった。

地軸が傾いだ、揺らいでしまった世界の中で、あたしはそんなことを思い出して……。

いや、この表現、違う。

あたし、忘れていた訳じゃない。

だから、思い出すっていうのは絶対違うんだけれど……でも、そうとしか言いようがないことも、確か。

あたしはずっと、あたしは自分でも意識しないまま、そんな、夢のような世界に、憧(あこが)れていた。その世界が自分にやってくることを祈っていた。願っていた。

心の奥底で。

あたしは、その世界のことを、〝猫の世界〟って呼んでいた。

ちょっと違う話をしようか。

結婚して、随分たって、四十を超えた時。

猫を飼いたいなって思った。

子供いないし。できないし。ずっとずっと望んでいたのにできないし。だから、猫でも飼いたいなって。でも、猫飼っちゃったら、いや、これはもう理屈にも何にもなっていないんだけれど、子供、もう絶対にできないような気がして。子供ができないからって猫飼っちゃいけないような気がして。

だから、猫を、飼えなかった。

そして、いつの間にか、あたしは、五十を超えた。気がつくと、閉経していた。もう、子供は絶対にできない。それが、絶対的真実として判った瞬間、あたし、思わず笑っちゃったんだよお。

ああ、なら、猫を飼えばよかった。こんなことになるんなら、猫、飼っとけばよかったよお。

でも、時、すでに遅し。あたしは五十を超えていて、親の介護が始まっていて、もう、猫なんて飼っている精神的、物理的なゆとりはなくなってしまった。

それにさ、最近は猫って、結構長寿らしいじゃない？　犬は、まあ犬種にもよるんだろうけれど、十いくつくらいで亡くなるみたいなんだけど、猫は、二十超すくらい生きるのもめずらしくないって、それ知ってしまったら、もう、〝親の介護が楽になったら〟、そうしたら猫を飼おうだなんて、思えなくなってしまった。

だって、あたし、この時すでに五十を超えていて、今は五十五も超えていて……今から猫飼っちゃったら、猫が天寿を全うする時、あたしは八十近いって可能性あるんだよ？七十代の父を看取り、母が八十ちょうどで亡くなり、その間数年、どんなにあたしがその介護に苦労したかと思うと、自分がそんな年になった時、うちに猫がいていい訳がない。介護されることになったあたしが猫飼っていたら、今の処誰だか判らない、そもそもいてくれるかどうかも判らない、あたしと旦那の介護をしてくれるひとの苦労がふえるだけだ。

こんな状況下で、今更猫なんて飼える訳がない。

でも……憧れていたんだよね、猫。

いや、多分、実際に猫を飼ってみたら、また違う意見になったのかも知れないけれど。端で見ている限りでは、猫ってさあ、なんか、とっても、幸せそうじゃない。あたしには、猫、幸せの象徴みたいに思えたんだよね。

なあんにも考えていない感じ。なあんにも悩んでいない感じ。猫生、怖いものなしって感じ。

いっつも、寝てる。（という訳では多分ないんだろうけれど、なんか、もの凄く、寝ているようなイメージ。）うつらうつら、現実の世界に半分、夢の世界に半分いて、それで一生を過ごしている。

あんな生き方ができるのなら、それは、幸せだろうなあって思っていた。

だから。

あたし、自分の老後を、もの凄く〝猫〟に託していたんだ。うん、現実の猫ではなくて、猫に象徴されるものに。


旦那と二人でお茶を飲む。何もしないで、ただ、お茶を飲む。

TVを見る。連続ドラマなんか、見てしまう。見ることができる。

お散歩をする。何の目的もなく、健康の為でもなく、ただ、のんびりとお散歩をする。

これで、縁側があって、ひなたぼっこできたら、も、それ、猫でしょう？

あたしの持っている、〝猫〟のイメージって、まさにそんなものだったのだ。

だから。

あたしは、ずっと、思っていた。

今の世界がどんなに怖くても。どんなに辛くても。でも、あたし……なんとか、持ちこたえてみせる。いや、だって、〝怖い〟のは、あたしにとって、デフォルトなんだもん。

そして、あたしは、あたしが、夢みた、そんな世界に……いつか、いつの日か、至りたい。

いつか猫になる日まで。

それを夢みて……そして同時に。

あたしは、思ってもいたのだ。

あたしの人生。折り返し点を過ぎた。いや、この先、平均寿命がいきなり爆発的に延びて、人間の平均寿命百二十歳になっちゃう可能性もあるけどさ。でも……そういう、ブレイクスルーは、今の処、まだ、ない。

なら、あたしが夢みた、〝猫になる日〟は、近いのかも知れない。その時あたしが、〝猫〟になっていられるような状況であるかどうかは、また、別問題として。

そして。

もし、そうなったら。

夢の〝猫〟になれる日が来て、実際、あたしが、猫になることができたとしたら。

そんなことが……そんな、夢のようなことが……本当に、あったのなら。

なら、あたしは。

〝絶対、猫から、動かない〟！

いつの間にか。

心の中で、あたしは、固く、固く、そう決心していた……みたい、なのだ。

うん、自分でも、知らなかったんだけれど。

どうやら、自分でも、自分の心を掘り返してみたら、本当にあたしは、そう思っていたみたい。

絶対、猫から、動かないっ！

そんな時だったのだ。

あの、地下鉄での、〝ういやっ！〟が、起きたのは。

☆

一気に。ここまでのことを、自分の心の中で回想し終えると。

あたしは、また、今のこの世界に帰ってきた。

この〝地震〟……地面は揺れていないんだけれど、あたしの心が揺れてしまった、そんな〝地震〟のことは……まあ、あたし以外のひとは、知らないことなんだからね、どうでもよろしい。大体、時間だって、全然たっていないと思われる。

ただ。だけど。

あたしは。

あたしだけは、自分のそんな心の動きを、全部、記憶している。全部知っている。全部了承している。

そして。

そして、あたしは、理解した。

今の、これが、何なのかを。

絶対猫から動かない。

自分でも知らなかった心の奥底で、あきらかにあたしは、そう思っていた。それはもう、絶対条件だった。何が何でも譲れないことの筈だった。

でも。

あたしは……多分。猫に、ならないん、だろう、なあ。

なれない……ん、だろうなあ。

そのチャンスを……今、自ら、捨てようとしている……みたい、なんだよ、なあ。自分のことなのに、断定できないのがなんか情けないんだけれど……多分、きっと。


うん。

世の中に神様がいるとして。

今。

神様が、あたしを選んだのだ。

それは……不思議と、前にあたしが思っていた、〝あたしと地球は繋がっている〟っていうのと、同じテイストの感覚。

いや、どっちも、〝自意識過剰〟のひとことで説明がつく感覚なんだけれどね。

でも、きっと。

これは、あたしの〝自意識過剰〟じゃ、ない。

勿論、神様があたしを選んだ訳じゃないし、あたしが特別なひとだから地球に選ばれた訳でもない。ただ、〝あたしがそう思ってしまった〟ってことが、大切なのだ。この感覚には、地球も神様も、関係ない。

子供の頃からずっと、自分の〝気持ち〟じゃなくて、自分の〝頭〟で生きてきたあたし。そうじゃないと怖くてたまらなかったあたし。

そんなあたしが……どうしたって、今は自分の〝気持ち〟を大切にしなきゃいけない、そんな思いに突き動かされているとしたら……。

これが、〝神様に選ばれた〟ってことなんだろうと思う。

いや、今だって、怖くて怖くてたまらないんだけどさ。

でも。

どんなに怖くても、あたしは今、自分の〝気持ち〟に従いたい。これ……先刻冬美が言っていた宣言と……なんか、同じ衝動なのかも知れない。

冬美の宣言を聞いた瞬間、あたしの心が揺れたのは、大地震が起こったのは、きっと、そのせい。

だから。

あたしは、前を向く。

背筋を伸ばす。

顎（あご）を、こころもち、あげる。

あたしの頭から、一本の線が伸びている。その線が至るのは、天上の世界。

あたしの足からも、一本の線が伸びている。そちらが至るのは、地球の中心。

あたしは、はるか天上の世界と、地球の中心の間に、この二本の線によってつり下げられて……そして、ひとり、立つ。

肩から余計な力を抜く。


うん。


あたしは多分。

この瞬間、覚悟を決めたのだった。

『絶対猫から動かない』

これは、あたしの、悲願だ。何はさておき、守りたい第一原則だ。

でも。

いろいろあって、しょうがないから……あたしは、この原則を、破る。

だって他に、どうしようもない。


いや、あたしの場合。

渚ちゃんはいい子だと思うし、伊賀さんはすっごい子だと思う、でも、彼女達を護りたいっていう積極的な理由は、申し訳ないけどあたしにはない。

けど、あたしは。

冬美だけは、護りたいのだ。これだけは……譲れない、譲ってはいけないことなんだ。

あんな、さらっと、「さあ？」って言った冬美、あたしの親友の冬美、彼女だけは護らなきゃいけないんだ。あんな顔で、さらっととんでもない覚悟をしてしまった冬美は、絶対に護らなきゃいけないひとなんだ。じゃないと、今度はほんとに、あたし、冬美と友達になった甲斐がない。

そして。

今となっては、冬美を護る為には、渚ちゃんと伊賀さんと中学生みんなを護らなければいけない訳であって……。

ま、これ。

もうちょっと、いい加減な理屈、なのかも。

うん。だって。

あたしはそんなもんじゃないけどさー、でも、この団体さんにおいて、あたしの立ち位置は呪術師な訳でしょ？　んでもって、呪術師って、何が何だかよく判らないんだけれど、とにかく、人間と、そうではないものの〝仲立ち〟をする立場なんだよね。

なら、この団体さん。

あたしが護らなくて、誰が護るのよ。


と、あたしがこんな決心をした瞬間。どこかで、誰かの携帯が、着信音をたてた。伊賀さん。

で、伊賀さんが電話にでて、ちょっと会話、そして。

「意外にも……って言ったらまずいか、でも、まさかこんな簡単にこうなるとは思っていなかったんですけど……」

「伊賀ちゃん！　この状況で持って回らないっ！」

「ごめんキャプテン。ちょい、意外だったもんで。……えー、梓から電話でした。梓、問題の看護師さん、みつけちゃったみたいです」

伊賀さんが、梓ちゃんっていうのか、病院に張り込んだ子からの電話を受けた処で。気の早い連中はいきなり病院の方へ移動しようって言い出し、渚ちゃんとあたしがそれにストップをかけ（いや、看護師さんと話す前に、こちら側で話をもうちょっと煮詰めておく必要があるんでは？　んで、それに賛成する人々、そんなことやってる場合かよっていう人々に分かれ……）、一時はあたし達、分裂しそうになったのだが。電話の会話が、自然にその分裂を防いでくれた。というのは。

「で、梓、その看護師さん」

「あ、市川さん、って、名前みたい。市川って名札つけてた」

「その、市川さんに、これから私達会いたいんで、アポイントメント、とってくれる？」

「あー、それ、不可能。つーか、無理」

「無理って梓！」

「いやあ、だってさあ。こっちはあのひとがあの時の看護師さんだって判っただけなんだよ？　で、『あの、随分前のことになりますけれど、地震で、有楽町線が止まってしまった時、その車内で倒れたひとがいて、そのひとに付き添った看護師さんはあなたですか？』って聞いて、イエスって返事までは貰えたんんね。けど……そのあと、どっしよーもないっしょーがー」

途中から伊賀さん、電話をスピーカーモードに切り替え、みんながこれを聞けるようにしてくれる。

「いや、だって、この看護師さん、只今お仕事中なんだよ？　入り口前の見張りをゆきちゃんに任せて、病院の中巡回してみて、したら、採血室の前で、多分患者さんなんかなー、車椅子押してる市川さんに、偶然気がついただけなの。この状態で、地震があった時の付き添いのこと、聞けただけでめっけもんだと思う。だって、仕事中の看護師さんが、病院の中で立ち話なんて、そもそもできる訳ないって思わない？」

「……確かに……それはそのとおり……か……」

「ほんの一瞬、立ち話してくれただけで、こっちの話に付き合ってくれただけで、も、これ、めっけもんじゃん。これ以上どうしようもなくって、市川さん、すぐに車椅子押してどっか行っちまいましたー。止める暇もありませんでしたー。当然、妖怪がどーの、三春ちゃんがどーの、そんな話できるゆとりはありませんでしたー」

「……そう……確かに、そうは、なるか……。じゃ、えっと、梓、その市川さんなんだけれど、どこのナースさんだった？」

「いや、だからこの病院の」

「じゃなくて、内科とか外科とか」

「その声はキャプテンかー。なら、推察しろよー。んなこと、聞いてる時間なかったし、そもそも、んなこと、なんで聞くのよ？　変でしょ？」

「……だよ、ねえ……」

「だから、知らない」

だあああ。梓ちゃんの言っていることは、何ひとつ変ではないのだが、全員が、脱力してしまったことも、また、確かだった。

「ということは……話、殆ど進んでないんじゃないの？　結局、看護師さんの名字が判っただけで……」

「そういう言い方は、ないでしょう。もの凄い進歩ですよ」

で、ここで、力強くこう言い切るのは、村雨さん。

「だって今までは、そもそもあの看護師さんが本当にあの病院にいるのかどうかすら、判らなかった。その可能性があるだけだった。でも、今では、それが判っている。その上、そのひとの名字まで判った。大進歩ですっ！」

「……ああ……じーさん、あんたがとんでもなく前向きなひとだってことは、よく判った。けど……その〝前向きさ〟加減は……なんか、あんまり実利がなさそうなんだよなあ……」

こうぼやいたのが氷川さん。

「名字が判ったって、そのあとどうするよ。患者程じゃないにせよ、病院スタッフだって個人情報守られてるんだぜ？　このあと、俺が病院の受付に行って、『市川さんって看護師さんに会いたい』って言ったって、それ、そのまますぐに相手に伝えて貰えるかどうか。

『あなたはどなたですか、どんなご用件ですか』って聞かれた段階で、手詰まりになっちまうのが、おちだ。だって、どう考えても、市川さんに対するまっとうな用件が、俺達にはない」

「いや、氷川さんならそうかも知れませんが、僕なら」

「……って、どんな意味だ」

「いえ、あの、壮年であり、女性に対して、ある意味危険かも知れない氷川さんと違って、僕なら。も、まったくのじーさんですから。どこからどう見ても人畜無害、危険性皆無、なら、僕が聞いたら、個人情報、ぽろっと教えて貰えるんじゃないかと」

ここで氷川さん、ひとしきり、「ある意味危険かも知れないってなんなんだよ」ってぼやいた後で。

「かも知れないけどなあ、いや、そんな気はしないでもないんだがなあ、じーさん、あんた、別の意味でぼろだしまくりになりそうだから、そういう、潜入捜査みたいな真似は、絶対にしない方がいい。全然違う処で、訳判らない疑いを招きそうだ」

「なら」

ここで。全員の目が、渚ちゃんに集中する。

「そんなことなら、適任なのは……」

「キャプテンだよなあ……」

「どう考えてもキャプテン……」

「キャプテン」

「……私？」

渚ちゃん。ちょっと困ったような顔になり、そしてそれから。

一回、うんって頷くと、両手で握り拳を作ってみて、そしてそれから、にこって笑う。

「あの、すみません、こちらの病院に、市川さんって看護師さんが、いらっしゃいますよね？　いえ、何科の方なのか、そもそも病棟の方なのか外来の方なのか、それすら私は存じあげていないんですけれど。……あの、えっと……実は、前に、うちの曾祖母が、この病院の前で転んでしまったことがありまして。ええ、曾祖母、もう九十超してます。あの時は、ただ転んだだけで、それも、膝を擦りむいただけだったんですけれど、ですから、病院のお世話になる必要なんてまったくなかったんですけれど……年が年でしょう？　私、本当に心配になっちゃって。……そんな時、ちょうど患者さんをおくりだした処だったんでしょうか、この病院から、看護師さんが出てきていて、その方が、本当によくしてくださったんです。……あ、勿論、その方が、私達のこと、覚えていてくださるかどうかは判りません。むしろ、看護師として、本能的にやるべきことをやったっていうだけで、私達のこと、覚えていない可能性の方が高いかと思います。……けれど、やっていただいた、私達は、本当に嬉しかったんです。有り難かったんです。その方のお名前が、市川さんって仰るんですが……。いえ、名乗ってくださった訳ではありません。私が勝手に名札見て、お名前を記憶しているだけなんです。……ええ、先日、曾祖母、亡くなりました。九十超してますので。天寿を全うしたって思っています。……ちょっと前、荼毘(だび)に付しました。……そして、一段落して、思い出したんです。あの時お世話になった看護師さん、市川さん、彼女に、一回は、ちゃんとお礼を言いたいなって……。それで、あの。市川さんにお目にかかることは、できませんでしょうか。……あ、すみません、無理ならいいんです。ただ、できれば、お礼だけはね、ぜひ、言いたいんです私。本当に嬉しかったんです、あの時の私達」

　こう一気に言うと、渚ちゃん、くるんと他のみんなを見渡して。

「と、いうようなことを、私に言って欲しいと」

「うん、完璧(かんぺき)」

　あたし、思わずうなってしまう。

「渚ちゃん、あんたって……ほんっと……できた子だわ。完璧。……いや、この台詞まわしは、自分でそれ、判ってるね？　……自分でそれが判っているのが、ちょっと厭味(いやみ)だっていえば厭味なんだけどさ」

「でも、完璧。みごとにできた子だわ。敬語の使い方なんか、お見事っ！って言うしかない感じ」

　これは、冬美。

「その上、時制と内容を完全にぼかしている。市川さんが何をしたんだかまったく判らないし、いつあったことなんだかも、まったく判らない。……これじゃ、普通の人間は、自分に思い当たることがなくても、〝そんなことがあったのかなー〟って思ってしまうに違いない。うん。じーさんが何か言うより、絶対にこの方がいい」

これは、氷川さん。

で、結論。

「とりあえず、看護師さんを呼びだして話を聞くことについては、渚ちゃんに任せることにして……その前に、こっちで、できるだけ話を詰めよう」

☆

ということで。何が判って、今何ができるのかを、あたし、纏めてみる。

「とりあえず、看護師さんの存在は判った。そのひとが特定できたし、そのひとにコンタクトできることも判った」

あたし、こう言うと一回唾呑み込んで。

「と、いうことは……昏睡してしまったひとが誰なのか、そのひとが今どうしているのか、それも、きっと、判る」

うん。その、筈、なのだ。いまいち、確言できないんだけれど。

「そして、あたし達には、切り札がある」

これは先刻みんなで話しあった時間配分の件。あたし達は、この先、自分達だけの裁量で、三春ちゃんの世界に行かない方法がある。そんな可能性が見えてきた。

うん。これ、初めてこっちから打って出る手なものだから、「どうだ！」って感じであたし、胸をはる。でも。

「……えーとあの……何て言うんですか？」

って、村雨さんが聞いてきたんだよなー。

「いや、だから。三春ちゃんに対して、あたし達には万全の対策がある。眠る時間をずらしさえすれば、あたし達は、三春ちゃんに対抗できる。だから、三春ちゃんに対して、〝確かにあなたはこの世界では最強でしょう、でも、あたし達はこの世界に来なくなるって対抗策がとれる、そしたらあんたは本当に困るんじゃないのか？〟って言うことができる。うん、できる」

こう言い切ってしまってから、あたし、ちょっと、躊躇。

いや。確かに。

これは、〝只今あたしが思っているだけ〟の対策だ。ほんとにこれが有効であるのかどうかは……実の処、判らない。けど、それが判るまで、待っている時間は、ない。

すると。村雨さん、台詞を続けて。

「いや、大原さんが仰っている対策、多分、あるいは、おそらくは……三春さんに対して、効果があるかと、思います。でも……それをもって、大原さんは、三春さんに、何を要求したいんですか？」

え。

えと、あの。

しまった。

何だか、三春ちゃんに対する方策があるって思った段階で、あたしの意識は自己完結していたみたいで……自分が呪術師だって自覚して初めて、こっちから打って出る手だから、ついつい言ってみたんだけれど……ああ、こんなこと言われると、これが判らなかったりするんだよなあ。

「んと……えーっと……あたし達を、この夢から、解放してくれ？」

最初に思ったのがこれだったので、とにかくあたしはこう言ってみる。けれど、村雨さん。

「……いえ……あの……そもそも、三春さんが、三春さんこそが、この夢から解放されたがっていたのでは？　この夢から解放される為に、硬直してしまった事態を何とかする為に、夢を硬直させている、〝昏睡してしまったひと〟を何とかして欲しいって、有体に言えば殺して欲しいって暗示しているのでは？」

あ。

あ、そうだ、確かに。なら、こんなことあたしが言っても意味がないっていうか……そもそも、三春ちゃん本人が、この夢を何とかしたいって思っているのだ。……なら、こんな要求、やっても意味ない。

「この夢をみないようにローテーション組んでやってゆくことは可能ですよ？　でも、その場合、そのローテーションは、ずっと、ずっと、続くんです。いつまでも、いつまでも。根本原因が解消されない限り。……その場合、僕達は、いつまでも永遠にローテーション組んで、眠る時間を調整し続けることになる。一年も、二年も……あるいは、十年も、二十年も、三十年も。そんなことって、可能ですか？」

「不可能」

中学生組からこんな声。

「んな……今までの人生より長い時間のこと言われたってさあ……」

「十年って、私、そもそも四歳より前のこと覚えてないし。そんな、私の、自分が覚えている人生と同じくらいの長さにわたって、んなことし続けろって言われてもねえ」

「二十年……。二十年後なんて、そもそも、生きてんの、あたし？」

「いや、そんな、三十いくつで死ぬなよー」

「だって、二十年後なんて、三十すぎだなんて、も、前人未到の領域だよ？」

「待て。そんな前人未到の領域に達しているひと達が、ここにはいるから。私達以外のひとは、みんな前人未到に至ってるから」

「いや、いっちゃん先生は、さすがに三十いってないんじゃ？」

「それ言ったらじーさんなんて軽く六十超えてるぜ」

ここで、かすかに笑いを含んだ氷川さんの声。でも、そういう氷川さんだって、五十とっくに超えてるんじゃないの？

と。不思議なため息が、中学生組から漏れてきた。

「ああ……。今まで私、年輩の方を敬えって、理屈でしか判っていなかった。けど……村雨さんも、氷川さんも、大原さんも、みなさん、前人未到の領域にいるんですよねえ……。そう考えると、これは、凄いことなのか。老人って、敬わなければいけないって……なんか、肌感覚で、納得できました」

って、渚ちゃん！　確かにあたしは五十超えてるけどさあ、前人未到の領域は、ないと思う。いくら何でもないと思う。

「……あのう……みなさん。今、僕達が話しているのは、そういうことではなくて……」

ここで、おずおずと、村雨さんが、話の方向修正。

「ここで考えなきゃいけないのは……それをやるのは不可能だっていう結論にはなったんですが、それでも無理矢理、僕達が、十年、二十年、三十年、ローテーション組んで、あの夢に絶対行かないことにした場合……果たして、三春さんは、どうなるのか、です」

「……って？」

「十年、二十年、三十年……ひとの生命力を吸うことができなかったら……三春さん、死にますか？」

「え」

「どうなんだろう。人間だったら、十年とは言わない、十日食事ができなかっただけで、も、ぼろぼろになりそうだし、十カ月食事ができなかったら、大抵のひとは飢え死ぬよねえ」

「ラッコだったら絶対死んでる」

「何それ」

「いや、前、水族館でそんな話聞いたの。ラッコって、むっちゃ燃費が悪い動物で、ひたすら食事しないと死んじゃうって話を。だから、十日も食事できなかったら、ラッコなら死んでる」

「いや、話はラッコじゃないから」

「あ！　でも、三春ちゃんが死んじゃえば、話、オールＯＫになるんじゃないの？　なら、がんばって……さすがに十日では死なないだろうけど……十年は想像もつかないけれど……十カ月かそこらで三春ちゃんが死んでくれるんなら、みんなして頑張って三春ちゃん殺そう！」

「待て。相手は、妖怪だ。妖怪って……死ぬ、の、か？」

「……京極夏彦(きょうごくなつひこ)に聞いてみよう」

「むしろ、水木(みずき)しげるなのでは？」

「いや、ここにその二人ともいないから。その前に、水木先生、亡くなってるから」

おや。京極夏彦や水木しげるって、今の中学生も知っているのか。……いや、最後の台詞、伊賀さんだから……なんか、伊賀さんなら、かなりマニアックなことを知っていそうな気はするよね。で、ここであたしも口をはさむ。

「妖怪が死ぬかどうかは判らないけれど……よくあるじゃない、大変法力があるお坊さんが、鬼を封じて、その上に石を載っけて封印するだなんて話」

「空海、とか、ですか？　伝奇ものでよくあるパターン」

だから、伊賀さん、どうしてそんなこと知ってんの。

「ただ、その場合も、何年も……場合によっては、百年、二百年、封印された鬼でも、封印を解かれた瞬間、甦ってきてしまうっていうの……あるよね」

「……ああ……あります。つーことは、妖怪って」

「死ぬんだかどうなんだか判らない。実際問題、やってみなくちゃ判らない。そんな判らないことに、あなた達の十年、二十年っていう人生を賭ける訳にはいかない」

ふううう。ここで、あたし達、ため息ついて。

するると。

「だから、今、僕達が話しているのは、そういうことではなくて」

またまた村雨さんが軌道修正を図る。

「あの、本当に問題にしなければいけないのは……三春さんが死ぬにせよ、死なないにせよ、そんなこと言われた三春さんが、どう思うのか、です」

「……え？」

「あのね。もし僕が三春さんだったのなら。大原さんに脅しをかけられた瞬間、怒り狂うと思うんです」

「怒り狂いたいのはあたし達の方」

「……って？」

「三春ちゃんが勝手に襲ってきて、で、こんな事態に立ち至っているんだよ、ほんとに怒り狂う権利があるのは、絶対こっち！」

「というのは、理屈です。理屈はおいておいて、感情でゆきます。そんなこと言われたら、三春さんは、絶対怒ると思います。……一回、三春さん視点で、考えてみてください」

って……それは一体、どういうことなんだ？

「あくまで話を三春さん視点にします。……僕達が、結託して、ローテーション組んで、三春さんの世界に行かないようにしたとします。その場合、三春さんは、どうなるんでしょうか。僕達が全員眠った世界に瞬間だけ、あの世界が成立し、そしてあの世界が成立した瞬間だけ、三春さんは、その世界に君臨する。それ以外の時間は、存在しない。それならば、まだ、いいんです。切れ切れの、時々訪れる瞬間だけ、三春さんがあの世界に君臨しているのなら。……けれど……もし。僕達の世界が成立していない場合も、三春さんは、ひとりで、あの世界にいるとしたら……」

ちょっと考えてみる。完全に時間が止まってしまった地下鉄の中、たったひとり、意識を持っている三春ちゃんが、止まってしまったあたし達の中を、地下鉄の中を、ゆるゆるとひとりで動いている。動き回っている。

こ。これは。

想像するのも……嫌な、世界だ。

だって。

だってそんなの、寂しすぎるっ。

「そして、僕達がローテーション組んで、三春さんの世界に行かないって決めたら……確かに、妖怪は、死なないのかも知れません。百年封印されても生きているのかも知れません。僕達のローテーションは、それこそ、高僧による封印って形になるのかも知れませんけれど、その時間中ずっと……たった、ひとり」

「さ……寂し……」

「いや、だって、それは三春ちゃんが悪いんでしょ？　ひとのこと殺そうとするから、そーゆー目にあってるんでしょっ？」

「待て。捕食生物に、捕食するのが悪いって言ってもしょうがない」

「だからって、捕食される生物が、捕食生物に同情してあげる理由なんて、何ひとつないわよ？」

冬美まで参加してきて、話はもう紛糾の一途を辿る。んでもって、また、軌道修正したのは、村雨さん。

「あの、だから、今、問題にしたいのは、三春さんが寂しいかどうかではなくて。怒ってしまった三春さんが、何をするか、です」

「え……何、するって言うの」

「僕が三春さんなら……怒り狂ったら、電車の中のその辺のひと、見境なしに、片っ端から襲います。いや、今までだって、三春さん、それをやってよかったんですよ。だって、あの地下鉄の中にいる何十人かを全部殺してしまえば、構成員が全部死んでしまえば、三春さんの理屈によれば、問答無用で結界が解ける筈なんですよね？　じゃ、何故、三春さんが今までそれをしなかったのか。相手は、人間を捕食する生き物ですから、勿論、〝人を殺すのはいけない〟とか、〝なるべく人を殺さないようにしよう〟なんていう、人道的な理由じゃない筈です」

「た……確かに。なら、なんで」

「そんなことしてしまうと、大騒ぎになるっていうの、三春さんが判っているからでしょうね。……いや、勿論、普通、ひとが衰弱死することが数十人続いたって、それは問題になりません。それは、あくまでも、病死の一種で、他殺でも自殺でも事故死でもないんですから。まして、衰弱死するひとには、同じ地下鉄に乗っていただけですから、普通の意味で、相互関係がありません。警察やマスコミが、それまでの人間関係だの、過去の経緯(いきさつ)だの関係だのを検証したって、基本的に無関係なひとばっかりの筈です。どんなに警察ががんばって捜査しても、亡くなった方々に、相関関係は認められないでしょう……その。その、ある日、同じ時、同じ地下鉄に乗っていたっていう以外は」

確かに。でもって、それを、〝関係〟だって思うひとは、まず、いない。

「それに、今までにすでに時間もそれなりにたっていますから。地下鉄に乗るのなんて、ある意味ほんとの日常なんで、誰もそれを特殊なことだって思いません。何月何日の何時の地下鉄に乗った、だなんて、誰も問題にしません。そもそも覚えてすらいないでしょう。……だから、そんな、関係ないひとの衰弱死が続いたって、それは、それだけの話なんです」

そうなる。話は、絶対、そうなる。けれど。

「けれど……その、〝衰弱死〟したひとが、以前、何故か、全員が同じ地下鉄に乗っていた。そんな事実が、もし。もしも、判ってしまったら？　その瞬間、大問題です。……これはもう、偶然に感謝なんですけれど……中学生組がいるだけで、この手段、三春さんはとれなくなったんですよ」

あ。そうだ。確かに。

中学生組がいるだけで、全員を殺すっていう手段は、もう、無理なのだ。

同じ中学のバスケ部の人間が十人近く纏めて衰弱死したら、これを〝不幸な衰弱死〟が〝偶然〟連続しただけだって思うひとは、絶対にいない。謎の中学生衰弱死事件という話に絶対になり、問題点は〝バスケ部〟だって話になり、じゃあ、このバスケ部の何が問題だったのかっていう検証を、マスコミなんかがこぞってやって……石神井（しゃくじい）の中学校での練習試合が問題になったとする。そしてその時、あの電車の中にいた他の人達もみんな死んでいたら……みんな、有楽町線に乗っていたってことが発覚してしまったら。

当然、大問題になる。

まず、〝謎の有楽町線怪死事件〟だ。

で、そののち、みんなが同じ車両に乗っていたってことまで判ってしまったら……。

これはもう、大問題なんてものじゃない。

理由が判らないから、ほぼ、怪談だ。いや、間違いなく怪談だ。どんなマスコミだって、絶対食いついてくる怪談だ。ここまで怪しければ、警察だって介入してくる。どう考えても、地下鉄に問題があるとしか思えないから。それこそ、地下鉄の一車両を狙った、謎の毒物によるテロ事件まで、考慮にいれられてしまいそうだ。（ま、でも、警察が介入したからって何ができるのかって言えば、何もできないだろうけど。）

そんなことになるのが、三春ちゃんに判っていたとしたら……なら、三春ちゃん、絶対に、〝ただちに全員を襲う〟っていう戦略をとらない。危険過ぎる。

……ああ。

ああ、だから、あたし達は、まだ、生きて、助かって、いるのか。

そうあたしが思って、ふうって息を吐くと、今度は渚ちゃんが。

「で……でも……全員殺して、それでも、昏睡しているひとが、昏睡し続けていたら？　なら、その場合は、全員死亡ってことにならないだろうし……昏睡しているひとが生きている限りは、結界が維持されるんじゃ……。そもそも、昏睡しているひとを三春ちゃんが殺せないっていうのが前提で、こういう話になっているんですよね？」

「その場合でも、話はとっても簡単です。三春さんは、ただ、待てばいいだけなんです」

「……あの？」

「あんまりこういうことは言いたくはないんですが、普通、昏睡しているひとは、昏睡している状態では、あんまり長生きできません。数日とか、数十日とか……いえ、今までにすでにかなり日がたってますから、この昏睡している方、そもそも、まだ、存命していらっしゃるのが奇跡みたいなものなんです」

「………………」

「稀にね。数年間、昏睡を続けた後で、覚醒なさる方もいらっしゃいます。そんな話、僕は聞いたことがあります。でも、大抵の昏睡している方は、亡くなるんですよ。……これを、三春さん視点で確認しますと」

「……はい」

「ちょっとの時間……長くて、一年かそこら、運が悪くても数年の間、待てばいいだけなんですよ。少なくとも、何十年も封印されるのより、ずっと前に、昏睡している方は亡くなります。三春さんは、ただ、それを待てばいいだけ」

……ああ……そういう話に……確かに、なる。もし、三春ちゃんの世界が、みんなが〝夢〟に来ない時も続いているって説が正しいのだとすれば、それは、本当に索漠としていて、寂しい世界なんだろうけれど、空海だか何だか、徳の高いお坊さんに数百年封印されることを考えれば、それは多分、ずっとまし。で……それをやらないのは……やっぱり、三春ちゃんが、〝とある日のとある地下鉄の同じ車両に乗っていたひとが全員何故か衰弱死〟っていう事態を避けたいと思っているからだとしか思えない。

「んでも……回復しちゃう可能性もあるのでは？　いや、これ、小説だからね、ほんとにそんなことがあるのかどうか、私には判らないんだけど。私、読んだことあるんだよね、『デッド・ゾーン』とか。まんがなら『僕街』とか。あれ、数年単位で昏睡した後、回復してるよね？」

だから、伊賀さん、なんでそんなこと知ってんの。（ちなみに、『デッド・ゾーン』はスティーヴン・キングの小説で、これ、かなり古いぞ？　最近の新刊じゃないぞ？　なのに、読んでるのか？　『僕街』っていうのは『僕だけがいない街』ってまんがだ。あ、両方共、映画になってるからそれ見たの？　いや、違うな、〝読んだ〟って言ってるよな伊賀さん。ここであたしは、伊賀さんを、〝おたく〟認定する。あたしだっておたくだから判る、この子、あたしの同類だ。）

「いえ、回復するのなら、その方が、むしろ、いいんです。だって、回復したひとは、必ず眠るでしょう？　たったひとり生き残った昏睡者が眠ったら、確実に三春さんの世界に行きます。そこで、回復した、そのひとを殺せば……」

長年昏睡していたひとが、回復したと思ったら、原因不明で亡くなる。……確かに、この流れには、怪しい処なんて、何ひとつない。むしろ、納得できてしまう流れだ。それまで昏睡していたんだから、「一時は意識を取り戻したものの、やっぱり悪い処があったんじゃないか」って、死亡の理由まで納得できてしまう。〝謎の衰弱死〟より、ずっと自然だ。

「と、いう訳で。三春さんに、ローテーションのことを言って、彼女を脅迫するのは、絶対にやめた方がいいと思うんですよ。だって、僕達には、彼女を脅して利益になることがなにひとつない。なのに、脅された三春さんは、脅された場合、怒り狂って、最悪のことをしてしまう可能性がある」

……成程。

確かに。

村雨さんが言っていることは、筋が通っている。

今度、異議を挟んできたのは氷川さんだった。

「けどさあ」

「俺達、一応、三春ちゃん対策はできた訳だろ？　みんなが目を瞑る。目を瞑っていさえすれば、あいつは俺達に手出しができない」

確かに。でも。それが本当なのかどうかは……実は、まだ、検証できてはいないんだよね。とりあえず、あたし達が目を瞑っていれば、前の夢では、三春ちゃんは何もできなかった、それが判っているだけ。全員がずっと目を瞑ってい続けていたら、次に三春ちゃんにどんな手があるのか、そもそも打つ手がないのかどうか……これは、やってみないと判らない。

それに。

「あの。それ……辛くありません？」

今度口挟んだのは冬美。

「ここにいる中学生のみなさんの気持ちで考えた時……眠ったら、夢をみたら、そしたら絶対、夢の中で目を開けてはいけない。そんなことをずっとずっと思って、毎日眠るって……そして、夢にはいったら、もう絶対に目を開けてはいけない、そんな状況が続くのって……なんか、思うだに、辛そう」

「の前にー、できんわそれ」

「あたし、絶対目を開けちゃう自信があるー」

「そんなことに自信持つなっ！」

「いや、だって、寝る時って眠いんだよ？　なら、んなこと、忘れちゃうって。そもそも、眠る前にそんな面倒なこと考えられるんなら、授業中に寝ませんって」

「だわ、なあ」

「その前に。他のひとのこと、考えた方がよくないですか？」

「え、伊賀ちゃん、他のひとって誰」

「あの車両にいた、普通のひと達。あのひと達、この間の夢では、いきなり、〝目を瞑れ！　目を開けるな！〟って言われて、それに従ってくれたんだけれど……そーゆーのがずっと続いたら、そもそもなんでそんな命令に従わなきゃいけないんだか判らないんだ、ずっとその命令、守ってくれる理由がない」

あ。そりゃ……そりゃ、そうだわ。

んで。

ここで。ここであたしは、ごくんって一回、唾を呑む。

うん。多分……多分、あたしに、期待されているのは、〝これ〟。

いや、中学生組は、そんなこと期待していないだろう。けれど、大人は。口に出して言わずとも、いや、そもそも、心の中で明確に思いはしなくても……それでも、あたしに、期待していることがあるんじゃないか。それが、判ってしまう。

あたしが。

呪術師である、あたしが……三春ちゃんを、殺す。

多分。

この中で。

あたしが。

あたしだけが。三春ちゃんと目と目をあわせても死なない。

だから。あたしだけが、三春ちゃんを殺すことが……できる……可能性が、ある。

いや、ちょっと変な言い方になったのは……そもそもあたし、自分にひとが殺せるかどうかが判らないから。いや、三春ちゃんは〝ひと〟じゃないのかも知れないけれど。と、なると、余計、殺せるのかどうかが、判らない。

ひと、を。殺せるのか、あたし？

考えても考えても考えても考えても……あたしは、ノーとしか、思えなかった。

いや、でも、正当防衛なら。

冬美がここまで思い詰めているのなら。

なら、殺せないだなんて選択肢は、ない、だろ？　倫理的にも、論理的にも、あたし、三春ちゃんを殺すしか、ないよね？

でも。

今度は。

倫理的な面はおいといて。

物理的な面が、立ちはだかる。

そもそも、あたし、物理的に、ひとを殺せるのか？

それ……多分、無理。

だって、あたしにはそんなに体力ないし。

幼児ならともかく、大の大人を扼殺できる体力が、自分にないってことは判っている。中学生だって無理。力をこめて手を振りほどかれたら終わりだ。

じゃ、絞殺はどうか。（あ、えっと、〝扼殺〟っていうのは、自分の手で相手を縊り殺すことなのね。で、〝絞殺〟は、紐みたいな凶器を用いて、相手を縊り殺すこと。紐があるんで、多分、扼殺よりは力が少なくて済む筈。）そりゃ、あたしが三春ちゃんの頸に紐を巻くのを、三春ちゃんが黙っておとなしくずっと待っていてくれれば、それ、できるかも知れないけれど、そんな訳ない。そもそも、あの世界に紐があったのかどうか。少なくともあたしは、絞殺できるような紐持って、地下鉄に乗っていない。

刺殺。地下鉄の中に、ひとを殺し得る刃物が、どこにある。（少なくともあたしは持ってない。）

撲殺。頭っから無理。体力的に絶対無理。（バットだのバールだの、ひとを殴れるものがあれば話は違うんだろうけど……あたしはそんなの持ってないし、地下鉄のどこにそういうものがあるのよ？）

銃殺。だから、どこに銃があんのっ！

結局。

あたしは、どう考えても、自分が三春ちゃんを殺すのは無理だっていう結論に達して……。

そうしたら。

いきなり村雨さんが、こう言ってくれたのだ。

「いや、ちょっと、待ってください。この流れだと、なんだか、呪術師である大原さんが、三春さんを殺すこと、それが最善だってことになりそうなんですが……」

いや、実際に、そうなってます。でも、それ、多分、無理なんです。

「その前に」

村雨さん、こう言ったのだ。

「ここで、もう一回、考えたいことがあると、僕は思っているんです。今、僕が話した流れ……なんか、ちょっと、変、でしょう？　……問題は、三春さんが、〝昏睡しているひとがいる以上、自分は何もできない〟って思っていて、実際にそうなっているっていう、そのこと、なんです。……判らないんですけれど。僕には判らないことなんですけれど、これは、〝変〟です」

変、です。……どこが？

「三春さん、そんなに無力である筈がないんです。ここに、多分、何か、間違い……っていうか、認識の齟齬があるんじゃないかと思います」

「悪い、じーさん、俺、あんたが何言ってるんだかよく判らない」

氷川さんが口を挟んだんだけれど、それは、いつもの、茶化すような口調とは違っていた。だから、村雨さんも真面目に。

「僕も……自分でよく判っていないから、どう言っていいのか判らないんですけれど……でも。多分。きっと」

多分、と、きっと、は、かなり状態が違うんだけれどな。

「多分。きっと。あるいは。ここに、あるんじゃないかと思うんです。現状に対する、突破口が」

あたし。

この言葉に期待した。

いや、そもそも、この話題になってからは村雨さん、なんかすっごく頼りになる感じだったし。彼が何を言いたいのか、あたしは、本当に期待した。

でも、聞けなかった。

何故なら。

いきなり、声が、した、から。

深い、深い処から、聞こえてくるような声が。

誰の反論も許さないような、とんでもない、声が。

☆

「三春ちゃんを脅迫して。それでも、やりたいことが、わたしには、ありますえ。

ほんとのいきなりだ。

誰だこれって思ったら……佐川先生だった。そう言えば、伊賀さんが梓ちゃんからの電話を受けたあと……佐川先生、ずっと黙っていたんだよね。もの凄く深く、沈黙を守っていたんだよね。そんな、佐川先生の、本当に悲痛な、声。

「瑞枝を、助けてください。瑞枝を、わたし達に、返して」

「え！」

「あ！　瑞枝！」

「瑞枝、そうだよ、何忘れてたんだようちら、瑞枝！」

「瑞枝が死にそうなのは、その、三春とかのせいなんだよね？」

確かに。瑞枝が死にかけているのは、あたしも把握していた。でも……中学生組の中で、瑞枝ちゃんって子が、死にかけているのは、あたしは、この子のこと、もう〝死んでしまった子〟だって、心のどこかで思っていたのだ。けど……大変申し訳ない話なんだけれど……今までの行き掛かりで、あたしは、

…佐川先生は、まったく、そう思っていなかったみたい。

「ひとから生気を吸って、それで生きている生き物ならば。ひとに、生気を返すことだって、可能でしょう？」

……なのか？　そんな都合がいい話ってあるのか？　いや、普通、ないでしょう。でも、相手が妖怪なんて訳判らないものなんだから……これは本当に判らない話なんだが。

「ローテーションを組んで。わたし達が、三春っていう化け物に圧力をかけることが可能なら。なら、わたしは、これだけを言いたい。あなたが、どんな生き物で、どんな理由で生きているのかはまったく知らない。どうでもいい。ただ、わたしの、わたし達の、瑞枝を、返して。あなたが、瑞枝の生気を吸ったのなら、同じものを、瑞枝に返して。……もし、あなたがそれをやってくれないのならば。……わたしは、あなたを、できるだけの地獄に落とす」

……って、え？

「たったひとりで。寂しくて寂しくて、たまらない世界。もし、これが、〝地獄〟なら、わたしは絶対に、あなたをそこへと落とす」

「……」

「返して。まだ間に合うのなら、瑞枝を、返して」

佐川先生の目のいろ。それは、どっかで常軌を逸してきている感じがして……。

「確かに、ひとを捕食する生き物に対して、それを怒ったってしょうがないでしょう。でも、わたしは、怒ります。わたしは、許せません」

……ああ……はい。

「千草は、死ぬ訳がなかった。千草を殺した運命を、わたしはいつまでだって、呪います。怒り狂います。そして、今、瑞枝が死にそうになっている。そんなこと……許せる訳がありません」

で、しょう、ねえ。

「わたしの要求は、たったのひとつ。瑞枝を、返してっ！」

佐川逸美

わたしは。

ただ単に。

その時自分が思ったことを言っただけなんだけれど……。

わたしが思ったことを言った瞬間、いきなりあたりの空気が重くなってしまったことが判った。

「瑞枝を、わたし達に、返して」

この言葉を言うまで、確かにわたしは、場の空気ってものをまったく読んではいなかった。あたりで交わされている会話、殆ど聞き流していたような気がする。でも、それはわたしが、あたりの会話を気にしていなかったからではなくて……ただ、これを、この言葉だけを、ずっと、ずっと、思い詰めていたからだ。

だって。

返して。

瑞枝を、返して。

それ以外、わたしには、思うことなんてない。

で、わたしが、この言葉を言ってしまうと。

「いっちゃん」

いきなり、凄く重い調子の言葉を、わたしにかけてきたのが……伊賀ちゃんだった。

「あの……」

なんだろう、凄く、言い澱んでいる。

「……あの……」

「なあに、伊賀ちゃん。言いたいことがあるんなら、いつものようにすらっと言っちゃったら?」

「うん、だから……あの……」

でも、伊賀ちゃん、まだ、言わない。

と、ここで。

いきなり口を挟んできたのが、氷川さんっていったかなあ、えーと、五十代の男性の方だ。

「ああ、こっちの中学生組が言いたいことは、なんか判るわな。……あのな、こっちのお嬢さんは、『瑞枝を返して』っつー、あんたの台詞が、無理だって言いたいんだよ。でも、そんなこととても今のあんたには言えないし、けど、事実としては多分そうだからそう言うしかなくて、なのに、そんなこと、感情的には絶対言えない。……んで、言い澱んでいるんじゃねーか?」

「な……」

何! それ、何!

そんなことを部外者の父母に言われたのが微妙にしゃくで(いや、氷川さんは、うちの子供達の父母って訳じゃないけど、年齢的にそういうひとだ。だから、そういうひとに、こう言われたのが、本当にしゃくだったのだ)、わたし、それに噛み付きかける。

「んなこと、父母でもないあなたに」

しは、黙る。

「言われる筋合いはまったくない。そのとおり」

……わたしが言いたいことを、そのまま言われてしまったので……しょうがない、わた

「けど、こっちの中学生組のお嬢さんは、多分、そう言いたかったんだと思うぜ」

ここで。伊賀ちゃんが、うんうんって頷いているので……も、わたし、どうしようもなくなる。

と。伊賀ちゃんが。

「あのね。……三春ちゃんっていうのが、どういう存在なのか、私にはいまいちよく判らない。……けど……あの……本やCDなんかの貸し借りじゃないんだから……〝生気〟なんてものは、〝吸いました〟〝吸われて減りました、生気減ったんで死にそうになってます〟〝あ、なら、返します〟〝はい、ありがとう。返されたんで元気になりました〟っていうものじゃ……多分、ないと、思うの」

って！

「いや、だって！　輸血って、そういうもんじゃ、ないの？　貧血のひとは輸血されると元気になるんでしょ？　なら、貧血気味のひとがついうっかり献血してしまって、それで更に貧血になったのなら、そのひとに、自分が献血してしまった血を返してあげたら、そのひと、また、元気になるんでは？」

わたしがこう言い募ると。伊賀ちゃん、なんだか、憐れんでいるかのような目で、わた

しのことを見る。

「あの……いっちゃん先生だって、本当のところ、判っているんでしょ？　……そもそも、貧血気味のひとから、採血は、しません。献血やってんのはみんな医療関係者だから、献血する前に、献血志望者の血液検査、します。でもって、献血してもいいって判断されたひとからのみ、献血、受け付けています」

そんなこと！　知っている。知っているんだけれど……。

「……知っているんだけれど、でも、どうしてもそう言いたくなったんだよね」

だからっ！　伊賀ちゃん！　なんか、わたしのことを憐れんでいるような目で見るの、やめてっ！

「……あの……」

と、ここで、口を挟んでくるひとがいた。村雨さんとかいう、おじいさんだ。

「そういう話になるのなら。実は、僕には、前から気になっていたことがあって。……あの……」

村雨さんの視線、うちの子供達の間を二、三往復する。しばらく彷徨う。そして、それから。

「あの、あなた」

真理亜のところで、村雨さんの視線、止まる。そして。

「へ？　うち？」

「あなた。昨日は、随分、具合が悪そうでした。でも、今は、大丈夫なんですね？」

「え？　へ？　うちの健康状態のこと？　んなこと、じーさん、心配してくれてんの？

ありゃま、そりゃ、ありがとうございます」

「いえ、どういたしまして」

　この辺までは、普通の会話。で。

「で、今のあなたの健康状態は、いかがなんですか？」

　こう言われた真理亜は、ちょっと黙り、自分の心の中を一瞬覗き込むようにして……そして、それから。

「ま、ふつー」

　こう言う。でも、その、言い方が。

　普通では、なかった。

　いや、そもそも、普通の〝健康状態〟のひとは、自分の健康状態を聞かれた時、条件反射で答えてしまうのが、それこそ、〝普通〟だ。自分の健康状態を聞かれて、自分の心の中を一回でも覗き込んでしまうのなら……それは、すでに、〝普通〟では、ない。

「それは、〝今は普通〟なんでしょう？　でも、昨日はあんまり普通ではなかった。場合によっては、一昨日やその前日は、もっと、普通ではなかった」

　村雨さんがこう言うと。いきなり騒がしくなったのが、うちの子達だ。

「あ。そー いや真理亜、一昨日とか一昨々日とか、がっこ、休んでなかった？」

「そーいえばっ。千草がああなって、瑞枝が入院して……その直後に、真理亜までがっこ休みだしたから、心配してたんだよ。言い方悪いけど、〝まさか三人目か！〟ってちょっと考えちゃって」

「うん、だから、昨日真理亜が来てくれて、ほんっと、ほっとしたんだあたしら」

「ん、なんか、心配かけた？　ごめんね。……けど……あの時はね、ほんっと……起きられなかったんだ……よね」

「ちょっと待って。それ、お腹が痛いとか、熱があるとか、喉が痛いとか、咳があるとかじゃ、なかったの？　そういうこと一切なしで、起きられなかったの？」

ここで、大原さんが口を挟んでくる。よりにもよって、呪術師が。

「んー……とにかく、起きらんなかった、だけ。気分は別に悪くなかった、体調だって悪くなかったと思う、けど……とにかく、ベッドから、自分の体を持ち上げることができなかったんだよなー。なんでなんだろー、ほんっとに。……いや……あれ……考えたら、変？」

こう言うと。真理亜、自分の心の中に沈んでしまったような感じになって。そして、それから。

「考えたら、変。あれ、変」

いきなり饒舌になってしまったのだ。

「うん、あれ、変。絶対、変。ママにも言われたんだ。どーしてもベッドから体起こすことができなくて、ママにそう言ったら、『だってあなた、平熱だし、脈も速くないし、何言ってんの。気のせいでしょ？』って。でも、絶対に、あれは、気のせいじゃない。ほんっと、起きられなかったんだよ？　なのに、それ、ママに認めて貰えなくて、無理矢理起きようとしたら……そのまま、膝から、くずおれちゃったんだよね。へたへたへたーって、ベッドの脇で、しゃがみこんじまったの、うち」

「って、それ、何？」

真理亜のことを問い詰めているのは……いつの間にか、うちの子達じゃなくて、気がついたら、大原さんになっていた。呪術師に。

「やー、体に力がまったくはいんなくってねー、とにかく立つことができなくってねー、ママも、最初は、仮病とか疑ったみたいだったんだけれど……あの時はね、ほんっと、マジで、立つことができなかったん。で、そーやってるうちに、『あ、この子はほんとに立つことができないんだ、何故かできないんだ』って、ママが納得してくれて、この後がほんとに大騒ぎでさ。ママは救急車呼ぼうとしたけど、それはさすがに嫌だから」

「何で。実際に立てなかったんでしょ？　前日まで普通に生活していたひとが、いきなり朝、熱もない、脈も普通で、なのにベッドから立てなくなったのなら、それ、本当に大騒ぎするべき事態なのでは？」

「なの？　いや、だって、かっこ悪いじゃない。うち、体に悪い処は何もないんだしさ、平熱だの脈も普通だの、ママ、言ってるんだし。実際、立てなかっただけで、気分が悪かったりしてた訳じゃなかったし」

うわあ。中学生だ。この瞬間、わたしは、思ってしまった。

いや、知っているんだけれどね、わたしは中学校教諭なんだから、わたしの教え子はみんな中学生なんだけれどね。でも……ああ、この反応、中学生だ。

この子達は、普通の日常生活送っていて、それで、自分が死ぬ可能性なんてまったく考えていない。苛めとか何か精神的な問題があって、自殺してしまう可能性なんかは考えるかも知れない、けれど、健康上の問題で、自分が死ぬだなんて、想像すら、できないんだ、きっと。

いや、その前に、自分が重病になる可能性だって、まったく考えていない。そもそも自分が病気になる可能性だって、考えていないんじゃないのか？

勿論、持病があったり、生まれつき体が弱い子だったら、また違う反応になるんだろうけれど……それまでまったくの健康体だった中学生は、そんなこと、想像だにしないのだ。

うん、今の処まだ二十代のわたしだって……ある朝、起きたら、自分が立てなくなってしまった、そんなことになった時……それでも、救急車を呼ぶのは、ためらうよなあ。それがいいことかどうかはおいといて、なんとなく、ちょっと様子を見ようって思ってしまうんだろうなあ……。

「で、とにかく、寝てりゃ治るって言って……ママとの間では、わちゃわちゃいろいろあったんだけれど、実際に、二日、寝たら、治ったんだよね」

「それ、です」

「それ、だ」

村雨さんと大原さんが、ほぼ同時に同じ台詞を言って。で、この二人が視線を交わす。

そんでもって、大原さんが。

「あんまり聞きたくはないと思うんだけれど……あのね。実は、あの地下鉄の中で、中学生組からあがった悲鳴……三人分、あったと思うの。最初のひとがとにかく悲鳴をあげ続けて、気がついたらそれは断末魔の絶叫みたいなものになってて……」

「……千草だ」

「それきっと千草」

「で、それに被るようにして、二人目の悲鳴があがりだして……二人目の悲鳴があがりだした頃、一人目の悲鳴が聞こえなくなった」

「……瑞枝……」

「そして、あなた達が大脱走する前に。三人目の悲鳴が、あがった」

「……うち？」

地下鉄の中で。悲鳴をあげた記憶がまったくないのか、真理亜、なんかきょとんとこう言う。

「いや、誰かは、判らない。悲鳴で、それあげてるひと特定できる程、あたし、あなた達のこと知らないし」

大原さんはこう言う。それから。

「ただ、ちょうどその時。あたしが村雨さんの方へ歩いていって……したら、三春ちゃんが、こっちへやってきたのよ。えーと、中学生組が地下鉄の進行方向から見てかなり前の方、あたし達は最後部にいたから……えっと、三春ちゃん、それこそ、地下鉄の車両一両の端から端までやってきたって感じになったのね。あの時は、あたし達の方へ三春ちゃんが来たんで、怖くて怖くてそれどころじゃなかったからよく覚えていないんだけれど……思い返してみれば、その時からあと、三人目の悲鳴は、聞こえなくなったと思うの」

「確かに、そうです」

村雨さんも、こう言う。

「って？　え、ってことは、うち？　うちが、その、悲鳴をあげてた三人目？」

真理亜、自分でも驚いているかのように、こんなことを言う。

「だってうち、悲鳴も何も……」

「いや、でも、あなた、そもそもあの脱走劇を演ずるまで、自分が地下鉄の中に捕らわれているって、知ってましたか？」

これは、村雨さん。

「いや、知らなかった。そもそも、夢なんて覚えてなかったし……」

「だから、多分、あなたが三人目だったんですよ。三春さんと目と目があってしまった、三人目。ただ、この時、三春さんは、車両の後ろの方で動きがあったから、それを気にして、あるいは、昏睡してしまったひとを特定する為にも、車両の中を移動しました。……多分。多分、それであなた、助かったんだろうと思います」

まず、千草が。ついで、瑞枝が。その、三春って存在と目と目を見交わしてしまい、悲鳴をあげ続け、死にそうになり……おそらくは、真理亜、三人目になりかけた。でも、その瞬間、ちょうど、三春とかって奴が、車両の後部へ行く為に、真理亜から目を逸らした。それで、真理亜、助かったのか？

　今までの会話の流れから、ほぼ、こんなことが推測できる。

「え……え……へ？　つーことは、うち、呪術師に助けてもらったってこと？」

「いや、それは違うから。それは偶然だから。……それに、できればあたしのことは、大原って呼んで欲しい」

　大原さん。呪術師って言われるのが、ほんっとおに、嫌なんだろうな。

「ん、まあ、でも……ありがとうございました」

　真理亜は、言葉遣いはあんまりよくないけれど、でも、本来とても素直なよい子なので、まずは、感謝の言葉を口にする。

「はい、どういたしまして。でも、そんなことはどうでもいいから」

「いや、どうでもいいって、命助けて貰ったのを〝どーでもいい〟とか言っちゃったら、うち、ママとパパに思いっきり怒られるし」

　ああ。そんなこと思っている場合じゃないんだけれど、わたしの生徒達は、ほんっとみんな、いい御両親に育てられているいい子供達なんだよね。

「いや、ほんとにどうでもいいから。……そんなことよりも肝心なのは……あの……こういうの、あんまり、中学生に対して言いたくはないんだけれど……思い出すのも嫌だろうと思うんだけれど……あなたは、現時点で、多分、ただひとり、〝三春ちゃんに生気を吸われたけれど、無事に生きている、そんなひと〟なのよ」

「い……？」

そう、なるのか。確かに、そうなるよね。

「だから……ほんっと、中学生にお願いしていいことじゃないのは判ってる、けど、あなた以外に聞けるひとがいないから……だから、お願い、教えて。三春ちゃんに生気を吸われるって、どんな感じのどんなこと……だった……？」

「……い……え……えっとお……」

ここで、真理亜。

こんなこと言われたんで、しょうがない、自分で自分の心の中を見通すように、思い出すように、思い返すように、目を瞑る。目を瞑って、そして、しばらくしてから。

「い……」

いきなり真理亜の口から、言葉が漏れた。

最初は、「い……」。ただ、音としての、「い」。

でも。次の瞬間。

それは、絶叫になったのだ。

「い、やあっ！　いやあっ！」

「落ち着いて、真理亜」

わたし。

この真理亜の絶叫を聞いた瞬間、彼女のことを、抱きしめていた。全身全霊をもって、抱きしめていた。

「落ち着いて、真理亜。あなたは大丈夫だから、今、わたしがここにいるから、わたしがここについているから」

「落ち着け、真理亜」

同時に、伊賀ちゃんが、真理亜の右手を両手で握りしめていた。

「あんたはもう帰ってきた。もう、怖い処にはいない」

「落ち着いて、真理亜」

真理亜の左手を握りしめているのは、渚。

「いるから。私がいるから。あなたはひとりじゃないから」

「い……い……い……やあっ！」

わたしの体の下で。震えている真理亜の体。いや、それはもう、震えているだなんてものじゃなくて、びくんびくんしていて、それこそ、変な処が変な時に飛び跳ねてしまって……これは、もう、普通の人間の普通の反応ではない。

「だから落ち着いて真理亜」

「ゆっくり呼吸して。大丈夫だから、私達いるから」

「いやあっ！」

ぎゅっ。ぎゅううううう。

他にできることがないから。

だから、わたしは、真理亜のことを、抱きしめる。

いや、抱きしめたって何かいいことがあるのかどうかまったく判らないんだけれど……

でも、他に、できることがないから。

だから、とにかく、わたしは、真理亜のことを、抱きしめ続ける。

そして……そういう時間が……一分か二分か……あるいはもっとか……続いた処で。やっと、真理亜の体は、びくんびくんと飛び跳ねるのをやめてくれたのだ。

そして、それから。

ゆっくりと、真理亜から、わたしに、言葉がかかる。

「……あ……ごめん……つーか……ありがとういっちゃん」

言われてわたしは、真理亜の体をぎゅうっと抱きしめていた自分の力を緩める。

「それから、伊賀ちゃんも渚も、ありがとう。けど、も、大丈夫」

それから真理亜、まるで自分の体を点検するかのような視線を送って。

「うん、大丈夫。うち、もう、大丈夫」

「なのか？　本当に？　下手な気を遣わなくていいからね」

こう言ったのは、伊賀ちゃん。

「うん、伊賀ちゃん、大丈夫。……けど……怖かった……あ……。あああ、ああ、思い出しても……怖かったあ」

☆

真理亜の話によれば。

〝三春ちゃんに生気を吸われても無事に生きているひとだ〟って言われた真理亜、がんばって、三春ちゃんに生気を吸われた瞬間のことを、思い出してみたんだそうだ。

で、それが、おそらく、〝最悪〟っていうか、〝最低〟の経験だったみたいで。

「思い出した瞬間……うち、暗い処に、落ち込んでいってしまった」

「ごめんなさい」

大原さんが、深々と、頭を下げる。それこそ、テーブルに頭がつくんじゃないかってくらい、深々と。

「あたしの気配りがなかった。いくら他に聞くひとがいないからって、そんなの中学生に聞いていいことじゃなかった」

「ううん、呪術師さん、聞いてくれてよかったんかもー。だって、うち以外、あの感覚を説明できるひと、いないっしょ？　なら……うちが、思い出すしか、ない」

真理亜。こう言うと一回唾を呑み込んで。

「暗くてね、暗くて……それ、灯がないっていう意味の暗さじゃなくて……なんにもないって意味の暗さでね、暗い世界でね……たったひとつ、ぎらぎら輝いているものがあったん。それは……見るの、嫌だった。ほんと言って、すっごく、見るの、怖かった。けど……あんまりぎらぎらしていて……どうしても、目を逸らすことができなかった。ううん、目を逸らすことができないだけじゃない、目を瞑ることもできない……んと……んーとぉ、何つったらいいんだかよく判らないんだけどね、なんにもない、ほんっとおになあんにもない、すべてが〝無〟の世界で、ひとつだけぎらぎらしているものがあったら、だって、世界にはそれしかないんだもん、それ、見るしかないっしょ？　どんなに見たくなくったって、それに目がいっちゃうしかないじゃん」

　ゆっくり言葉を紡ぎ続ける真理亜。その真理亜を見ているわたし……今、一所懸命真理亜がしゃべっているのだ、余計なことをするべきじゃないって思いながらも、それでも、真理亜を抱きしめたくてたまらなくなる。と、同じ衝動にかられたのか、いつの間にか、気がつくと、真理亜の右手を伊賀ちゃんが、左手を渚が、握りしめている。

「あの時はね、あれ、何が何だかまったく判らなかったんだけど……今なら、ちょっと、判るかも。……あれ……目、だ」

「め？」

「そう。なんか……薄いいろの枯れ葉みたいな……茶色じゃないんだけれど、肌色って訳じゃもっとない、なんか変ないろの……あれは、肌、だな。で、皺々って訳じゃないんだけれど、水気が抜けて枯れ葉みたいになってる肌の……あれは、顔、だと思うん。その顔の真ん中に、ぎらぎらがあって……だから、あれは、きっと、目」

ひとの顔を描写するのに、まず肌色からいくっていうのは、あんまり普通じゃないから……だから、ほんとに、普通じゃない肌の色だったんだろうな、それ。

「……けど……思い返してみると、目、だけなん。眉毛も鼻も口も、判らない。ただ、真ん中にぎらぎらが……」

ここでまた、真理亜の体、びくんと跳ねる。真理亜の両手を握っている二人の手に、おそらくは力がはいったのであろう気配。

「したら……そのぎらぎら見てたら……どうしてだか、うち、口開けてて……自然に口が開いちゃって……したら、そこから、声が」

また、真理亜の体、びくんと跳ねる。そして。

「声がっ！　ああ、あああ、あああっ！」

再び叫びだした真理亜の左手を、渚がぎゅっと握りしめる。そして、右手を、伊賀ちゃんが優しくぽんぽんって叩く。それから、伊賀ちゃんは真理亜の耳元に口を寄せて、ゆっくりと、優しい声で。

「落ち着け真理亜。あんたはもう、怖い処にはいないから。ここには、渚も私もいるから。私達がついているから」

そしてまた、ぽんぽんぽん。

これで真理亜は、また、少し落ち着いて。

「うん、判った。今、判った。うち……悲鳴、あげたんだね、きっと。だって、ぎらぎら見てたら自然に口が開いちゃって、その、自然に開いちゃった口から……多分、音が、出たんだと思う。口から出る音って、これ、きっと、悲鳴って言うんじゃね？」

「だと私も思う。私がみんな判っているから、だから真理亜は落ち着け」

また、ぽんぽんぽんぽん。伊賀ちゃん、ゆっくり、規則的にリズムをもって、真理亜の手を、軽く叩く。

「ん……ありがと伊賀ちゃん。……で、ね」

真理亜。一回俯くと、数秒その姿勢を保ち、そして、その後。

「これ……あんま、いい話じゃないから……いっちゃんには言いたくないんだけどね、今、判った。あの……口を開けた時。うちの口から声が出るのと同時に……悲鳴があがるのと同時に……なんか、他のものが、出てった。と、思うの。うん、きっと、そう」

え。わたしに言いたくないって、何なんだそれ。それに、口から一緒に出ていったものって……。

「他のものが、出てった。……うん。あの、ぎらぎら見てると、何でだか口が開いちゃったのね、それ……多分、悲鳴をあげる為じゃ、ないんだよ。ぎらぎら見た瞬間、口が開いちゃったのは、悲鳴をあげる為じゃなくて、口から、何か、他のものが出てゆくから、だから、口が開いちゃって……。けど、口が開くって、普通は何かしゃべる為っしょ？　だから、口が開いちゃったから、悲鳴が出てった、そんな順序じゃないかなって、今、思った……」

え。

言われた言葉が、なんかとっても衝撃的で……ただ、聞いた瞬間には、今の言葉の、何がどう衝撃的なのか、わたし、それを頭の中で論理的に構成できなくって……そのかわり。伊賀ちゃんが、これを、纏めてくれる。

「うん、判った。だから、もう真理亜は、これ以上、そのこと考えなくていいから」

伊賀ちゃん、こう言うと、もう一回優しく、真理亜の手を、ぽんぽんぽんって叩く。そしてそれから。

「纏めると、こういうことですよね、きっと」

なんて、主にわたしに向けて言ってくれるんである。（どっちが先生だ？）

「あの……三春某と目と目があってしまった瞬間。目があった人間は、三春某のことを、〝ぎらぎら〟だと思う。それは、きっと、三春の目。そして、それを意識した瞬間、目があった人間は、それに捕らえられ……気がつくと、口を開けている。何で口なんか開けているのか。それは、口から、出てゆくものがあるから。そして……これが、きっと、〝生気〟とかいう、訳判らないものなんじゃないかと」

成程。

「三春某は、〝生気〟とかってものを吸う妖怪なんだから、目と目があった瞬間、まず、相手の口を開けさせて、そして、そこから〝生気〟を吸う。これは、妖怪として大変判りやすい行動です。んでもって、被害者の方は、何故か口が開いてしまったのだ、そして、三春某が怖くてしょうがないんだ、この瞬間から、悲鳴をあげ続けることになります」

そりゃ、そうだ。

「だから、悲鳴があがっている時間というのは……被害者が」

ここで伊賀ちゃん、ちょっと斜めを向く。多分……千草や瑞枝のことを、〝被害者〟って言いたくないんだろうなって、わたしにも判る。けれど、すぐに、伊賀ちゃん、自分の姿勢を立て直す。

「〝生気〟とかってものを、吸われている時間だってことなんだろうと思います。だから、悲鳴をあげている時間が長ければ長い程……」

「うん。うん、判った」

わたし、慌ててとにかく頷く。いや、だって。この、伊賀ちゃんの台詞を、続けさせる訳にはいかない。

だって……この台詞って、続くとすると……『悲鳴をあげている時間が長ければ長い程、〝生気〟を吸われていた時間が長いっていうことになり……被害者の生存の確率がどんどん低くなります』ってものしか、考えられないんだもの。そして、そんなことわたし、伊賀ちゃんに言わせたくないんだもの。勿論、それは、わたしが〝聞きたくない〟からなんだけれど、同時に、同じくらい、〝伊賀ちゃんにそんなこと、言わせたくない〟。と、ここで。

ぽんぽんぽん。

何故か、今度は、真理亜の方が、伊賀ちゃんの手を、軽く叩いた。そして。

「……あのね」

ゆっくりと、真理亜は言う。

「いっちゃんにはあんまり言いたくないんだけどね。でも、うち、判ったんだよね」

え。わたしには言いたくないって……何？

「んと……　〝生気〟、だったっけか、うちの口からこぼれ落ちてゆく奴」

「んー、まあ、仮定だけど」

「それ、なんだけどね。あれ、うちの中から、どんどんじゃんじゃん、こぼれ落ちていった訳。……でも、それって、〝こぼれ落ちていった〟んだよ。それだけ、なんだよ。なんかこう、〝吸われていった〟とか、〝奪われている〟とか、そーゆー感じ、一切、なし」

「ごめん真理亜、それ、意味判んない」

「んと……」

言われた真理亜は、一瞬、天を仰いで。

「んー、うち、伊賀ちゃんみたいにちゃんと話せないからなー、えっとお、どー言やいいんだ、そのお……」

ここでしばらく真理亜、考えこんで、そしてそれから。うんって一回頷くと。

「あの、うちが怪我したとします。出血、してます。大出血です。ほっとくと死ぬ可能性があります。で、そんなうちを発見した親が、救急車呼びました。うち、止血されて、その上、失った血を輸血されて、そんで、無事、助かりました。……そんな話って、あるよね？」

……何が言いたいんだ真理亜？　伊賀ちゃんも、おそらくは同じことを思ったのか、かなり不得要領な顔になり。

「ん。言ってることは判るけど……あんた、何が言いたいの」

「いや、言いたいことは、ここではなくって。この後なん。……今と同じ例でね、『うちが怪我をしたとします。大出血です。ほっとくと死ぬ可能性があります。……でも、そんなうちを、親は発見してくれませんでした』。……こんな可能性も、あるよね？」

「……まあ……なあ……そりゃ、あるっちゃあるが……」

でも、何が言いたいんだ真理亜。

「けど」

どうやら真理亜が言いたいのは、更にここから先のことみたいだった。

「にもかかわらず、助かっちまいました、うち。……と、まあ、こーゆーことも、ある、よね？」

まあ、ある。勿論、ある。

「大出血しちゃっても、その出血が自然に止まり、やがてゆるゆる傷口が塞がってくれたら、うち、死ななくて済むかも。言いたいのは、そーゆー話」

「悪い。まったく比喩の意味が判らない」

「んとおっ、えーっとお、うちが助かったのは、多分それ。と、まあ、そーゆーことを言いたかったのー」

「……？」

「つまりね。えとえと、これ、正しい比喩なんだか自分でもよく判らないんだけどね、うちがリストカットしたとして、親が見つけてくれて救急車呼ばなくても、止血しなくても、血が、勝手に止まっちゃうことってあるんじゃね？　そーすっと、リストカットして、どんなに出血しても、助かっちゃう、そーゆーことって、あるっしょ？って話」

「……いや……リストカットで動脈切るのはかなり難儀だから、その前に神経傷つけちゃうから、大抵の場合、リストカットは静脈で止まって、動脈までいかないから……だから、リストカットで死ぬひとはあんまりいないんだが……そういう、医学的なことを言いたい訳じゃないよね、真理亜」

「うん。そもそも、じょーみゃくだのどーみゃくだのしんけーだの何だかんだ、んなこと、うち、知らんもん。どーでもいーもん。……ただ……うちの状況がね、そーゆーもんだってことを、言いたいの。……あの……うちが助かったのは、三春なんとかって奴が、うちから〝生気〟を吸わなくなったからじゃなくって……あれがいなくなった瞬間、うちの口から漏れていたものが止まって……そのあと、自然回復したっていうことなん。それにそもそも、三春なんちゃらは、うちから何も吸っていない。ただ、あれを見ていると、うちから何かが勝手に漏れていっただけだっていう……ごめん、言いたいこと、判って貰えてる？」

ごめん。まったく判らない。と、わたしが思っていたのに、伊賀ちゃんは。

「ん、なんとか判った。つまり、三春某は、真理亜から、能動的に〝生気〟なんて吸っていない、と」

え？

「ただ、三春某と目と目があってしまった人間は、勝手に口が開き、悲鳴をあげ……同時に、勝手に〝生気〟が漏れていってしまう、と。まあ、その時三春某は、その〝生気〟を吸うのかも知れないけれど、吸わないのかも知れない。そんなこととはまったく関係なく、目があってしまった人間からは、〝生気〟が漏れていってしまう、と」

え。それじゃ……三春って奴から、〝生気〟を返してもらうっていう前提……無理？

それは無理だって話になっちゃうの？

「そして、真理亜が助かったのは、三春某が何かしたからって訳じゃなく、目と目が離れたから、自然に〝生気〟の流出が止まり……真理亜の台詞でいえば、自然に出血が止まり……そのあと、真理亜に体力があったから。だから、ちょっとは寝込むことになったけれど、それで、それだけで、自然回復した、と」

「そう！　さっすが伊賀ちゃん、そゆことなの、うちが言いたいのは。……あの、起きられない状態が続いたら、さすがにうち、危なかったんかなーって、今になって思う。けど、もう、三春なんちゃらの呪縛からは解放されていたし……出てゆくものが止まったら、あとは、うちの、基礎体力。それが勝ったんかなあって。……いやあ、キャプテンがいつも言ってるとおりだよね。勝負を分けるのは、いつだって基礎体力だ。走り込み、バスケ部員には必須です」

え。え、じゃあっ！　じゃあ、瑞枝が助かるかどうかは（勿論、三春って奴がこれ以上瑞枝から〝生気〟をとってゆかないのが前提条件だとしても）、〝生気〟を放出してしまったあとの、瑞枝の体力次第だって話になってしまうのか？

と。

そんなことを思って、わたしは、沈み込みそうな気持ちになる。

そんなわたしの気持ちを慮ってか、伊賀ちゃんも、目を伏せる。

そして、それを見て。

渚が、いきなり、明るい声を出したのだ。

「ね、そんなことがあったのなら、真理亜だって疲れたでしょ？　いや、真理亜が疲れたのは、昨日より前のことなのかも知れないけれどね。でも……うん、みんな、疲れたんじゃない？　この辺で、御飯にしようよ。だって、もう、お昼だよ？」

いや、確かに。言われてみれば、もう、お昼。

朝、碁会所前に集合してから、もう、随分時間がたってしまっていたのだ。うん、確かに、もう、お昼。しかも私達がいるのは、ファミレス。

「よおし」

ここで、大声を出したのは、氷川さんだった。あの、父母でもないのに口を挟んできた、中年の男のひと。

「中学生組、みんな、好きなもん頼めよ。俺のおごりだ」

「え……」

「わっほう、いいのー、ほんとに？」

「うわおっ」

子供達は、みんな、〝おごり〟って言葉に喜んで、早速メニューを検討しだす。で、これがわたしには何だか申し訳なくって。

「あの……氷川さん……本当にいいんですか……？」

「佐川さんだったっけか、先生、俺のこと、莫迦(ばか)にしてんのか？」

「いえ……そういう訳ではありませんが……あの……ひとりやふたりならともかく……あの……十人近く、いますよ、子供達。千円程度のものを頼んだって、一万円超えるかも……場合によっては、もっとずっといっちゃう可能性も、あります」

「……ぐっ」

一瞬、言葉に詰まった氷川さんだったのだが、でも、果敢に。

「経費なら、そんなもん、落とすの無理だ。けど、自費ならね、そのくらいできるわっ」

うーん。逆に、申し訳なく思ってしまう。ま、勿論、こんな会食が、氷川さんの属している会社の経費で落ちる訳ないんだが(だって、それ、どんな〝経費〟だ?)、自費ってことは、これ、全部、氷川さんのお財布から出るって話になっちゃう訳で。ああ、ごめんなさい、ああ、ありがとうございます、氷川さん、すみません。

で。みんなが御飯を注文し、そして御飯がやってきて、みんなが御飯を食べている時に。

また、電話が、鳴ったのだ。

伊賀ちゃんの、携帯。

☆

「梓から、電話」

聞いた瞬間……全員が、緊張する。

梓から、電話。ということは、これは、〝病院からの電話〟なのだ。

「んと。市川さんっていったよね、あの看護師さんと、また、会ったの。いや、向こうも、こっちのこと、捜していたみたい。……なんでも……あの、看護師さんの方も、昨日のあの〝夢〟のこと、不思議に思ったんだそうなんで。んと、別にあの夢のことを直接言った訳じゃないけれど、それ、隠していた訳じゃないんで。だから、微妙に、前に会った時、夢に触れたかな、そんな気がするから……んー、あっちはあっちで、それが気になっていたみたいで」

　……何が言いたいのか今ひとつよく判らない台詞まわしだけれど、何となく、判った。

「今日の、五時。看護師さんは、この時間で勤務が終わる。だから、五時に、会ってお話をしたいって言ってんだけど……どうしよう」

　いや、どうしようも何もない！　これはもう、絶対に外せない用件だ。

だから。

「何が何でも、五時にその看護師さんとアポイントメントとれっ！」

　こう、叫んだのが、伊賀ちゃん。

「どうしたって私達、その看護師さんと直接話をする必要があるっ！」


　そして、それから。

　みんなして御飯を食べて。食べ終わった処で、もう、午後二時をすぎていた。（いや、これは、御飯食べ始めた時間が、遅かったからなのね。）

　ここで、中学生組、氷川さんに礼。（渚が音頭をとってこうなった。）

　それから、ゆるゆると、練馬高野台の駅へと移動。このあたりで、すでに、午後三時近く。

　問題の看護師さんは、五時にお仕事が終わる筈。だから、それを〝待つ〟為に、みんなして、何となく、駅の中にあるコーヒーショップでたむろ。わたしと渚、そして、伊賀ちゃんだけが、コーヒーショップでたむろしているみんなをおいて、病院の方へと歩く。

(お見舞いじゃなくて、一般の受付に、中学生の団体がいるのって……考えてみると、ちょっと変なんだよね。中学生の団体が内科待合室の前にいるっていうのも変だし、婦人科待合室前に女子中学生が団体でいたら「それは何事だ」って話になっちゃうと思うし……いや、そもそも、病院に、中学生の団体は……どこにいても、〝変〟だから。だから、みんなには、駅のコーヒーショップで待っていて貰うことにした。)

視界の片隅で、大原さんと……よりにもよって、呪術師と、村雨さんが、何か、顔を突き合わせてしゃべりこんでいるのが見えたんだけれど……それ……これから看護師さんにいろいろ聞いて……で……って思っている私からすると、なんか、嫌な感じがしないでもなかったんだけれど……この場合、とりあえず、それ、無視。

私達が病院に着くと、玄関前には、ゆきちゃんと梓がスタンバっていて。

「あ、いっちゃんせんせー、こっち、こっち」

で、わたし達、合流。

そして、合流した後、病院の中にはいると……すぐにエスカレータ。そこを上った処に、外来受付があって、その脇に、レストラン。

すると梓が、ちょっと上目遣いに、なんかねだるような感じで私のこと見て、こう言う。

「ここで、市川さんと待ち合わせしてるの。……で……えへ？　えへ、レストラン、だよ、ね。まだ時間あるしー、うどん、くらい……いっかなあ？」

「あああああ、うどんー。うどんー、憧れてますー、うどんー。もちょっとすると、お腹、鳴りそ」

あ。

梓とゆきちゃんは、朝からここで張り込んでいて、お昼食べていないのかも。いや、食べていないんだ。だって、中学生だもん、レストランで外食なんて、できる経済状況じゃないよね？　しかも、お弁当、持ってきている訳ないよね。（たとえ持ってきていたとしても、病院の内科待合室や放射線科待合室でお弁当食べてる中学生って……やっぱり、変、だ。）

だから、わたし、慌てて。

「うん、ここにはいろう。おうどんでも何でも食べていいからね。市川さんが来るまでの間に、食べて、食べて」

「……あの……」

「勿論わたしのおごりですっ」

「何でも？」

「はい、勿論」

「じゃ、この……何とか御膳（ごぜん）って奴でも……」

「……ごめん、お願い、それはやめて」

それはねー、3って数字のあとに、0が三つならんでいるんだよね。これはさすがに…

……これはいささか……。

なんか……微妙に……氷川さんの気分が……判ったような気がした。

そして。

二人が、肉うどんを注文して、何とかお腹を満たした頃、私達が待っていた、市川さんという看護師さんが、来てくれたのだ。

☆

お店の中にはいってきて。なんか、きょときょととしている若い女のひと。

このひとが市川さんだ。

挙動からして、まず、それが判ったんだけれど……同時にわたしは、何か、とっても妙な既視感を抱いていた。

え……わたし……この、市川さんってひとを、知っている？　どっかで会ったことがある？

そしてまた。

こっちに近づいてくる、市川さんも、何でだか、わたしのことを知っている？

そんな感じがした。何故か、した。

それは。

一体、何で？

何でわたしは、市川さんのことを知っているの？　市川さんの方も、何でわたしのことを知っているかのような態度をとっているの？　あの〝夢〟の中で、わたし、ナースさんと接触なんかしていないよね？　なのに、何でこんな態度になるんだ。で。

わたし達の前に来ると、市川さん、おずおずと。

「……あの……なんか……妙な夢の話が聞けるかと思って、ここに来たんですが……違うんですか？　あの……あなたが聞きたいのは、瑞枝さんの話、ですか？」

言われて。

言われて初めてわたし、やっとわたし、判った。

ああ、このひとは。

入院している瑞枝をお見舞いに行った時、会った、瑞枝の担当のナースさんのひとりだ。だからわたし、このひとに会ったことがあるんだ。

「うわあっ、うっへー。うまいことやられちゃったんかなー。……あの、〝変な夢〟の話をね、聞きたくてここに来たんだけれど……それ、違ったんかい。ひっかかっちまったなー、あー、これ、師長さんに知られたら、また怒られるよー」

市川さん。口の中で、ぼそぼそとこんなことを言うと、それから、いきなり、表情を変えて。

「……で……えっと……その……お気持ちは、判りますけれど。受け持ちの生徒さんが入院していて、病状が判らない、だから心配だ、そのお気持ちは、お気持ちだけは、ほんっとおに判るんです。でも……あの、前にも言いましたように、患者さんの容態については、御家族以外にはお話しできないんです。個人情報がなんとかかんとかなんです。よく判らないけど言っちゃ駄目なんです。んなことしたら、あたしが思いっきり師長さんに怒られます」

ナースさん。市川さん。とりあえず約束してたからここまでは来てくれたものの、わたしの顔を見た瞬間、わたし達が陣取っていた席に座ることもなく、いきなり逃げ腰になってしまう。で、伊賀ちゃんが慌てて。

「あの、すみません、市川さん、何のお話をなさってるんでしょうか？　ちょっと……あなたが仰っていることが、よく判らなくて……」

「いや、あなたが知らなくても、こっちの先生がよく知ってるでしょーが。……あの、あなた、瑞枝さんの学校の先生ですよね？　瑞枝さんの容態について、すっごい勢いで病院関係者に尋問してたひと」

……いや……尋問って……単にわたしは詳しく話を聞きたかっただけで、別に病院関係者に尋問した訳じゃないんで……そもそも〝尋問〟する権利なんてわたしにはない訳で……このひとの日本語の遣い方、ちょっと、変、かも。

「だから、その尋問の続きをしたくって、うまいこと話作って、あたしのことおびき出したって話なんじゃゃ……」

……いや、〝尋問〟は、まだ、いいとしよう。でも、〝おびき出した〟っていうのは、何なんだ。このひとの日本語の遣い方、本当に変だよお。

ここで、伊賀ちゃんが、わたしの方に物問いたげな視線を送ってくる。(渚は、バスケ部を代表してお見舞いにきてたから、なんとなく事態を察してくれたらしい。)だからわたし。

「あのね、すっごい偶然なんだけれど、この市川さんって、入院している瑞枝の担当ナースさんなのよ」

「ああ」

伊賀ちゃん、頷いて。

「瑞枝が入院している病院は、ここ、か。住所考えると、瑞枝が、普通に近所の総合病院に入院ってことになったら……その可能性は、あり、か。それ考えて対策とっとくべきだったな私」

伊賀ちゃん、こう呟くと、それから凄まじく流暢(りゅうちょう)に、続く台詞を紡ぎだす。

「あの、それ、誤解ですから。それは、偶然です。私達は、ほんとに、あの夢の話をしたくて、あの夢の中で昏睡してしまったひとの情報が知りたくて、あなたにコンタクトしたんです」

でも、市川さん、まだ全然伊賀ちゃんの台詞に納得できていないようで……なんか、じとっとした、疑いの目つきで、わたし達のことを見ている。すると、伊賀ちゃん、続けて。

「いや、あのね、私達があなたのことをおびき出すとして。〝おびき出す〟為に、止まってしまった地下鉄、その中で昏睡状態になってしまったひと、そのひとに付き添ったナースさん、そんなエサをまくって……変だと思いませんか？　そもそも、そんなものが〝エサ〟になるって思ってる段階で、その話、おかしいでしょう？」

こう言われた処で。ナースさん、おもいっきり、頷く。

「確かに。変、ですね。だから……疑いもせずにあたし、ここに来ちゃったんだけれど……でも……よくよく考えてみたら……そもそも、そんなこと、知っているのが変」

「そう、変なんです」

伊賀ちゃん、こう言うと、軽く顎をしゃくる。それは、目の前で立っているナースさんに、〝その椅子に座れ〟って促している動作。

「だから、判ってください。そもそも、そんなエサ、まける訳がありません。……あなたには、〝作為〟があるとしか思えないだろう、いっちゃ……いえ、あの、中学校教諭の佐川先生がこの件に嚙んでいるのも、実はそれなりの理由があります。けれど、それは、あなたが思っているように、瑞枝の容態を知りたいから策略を尽くしたっていうものとは違います。……とはいうものの、これは、まったくの偶然という訳でもないんです。後でちゃんと詳しく説明しますけれど、必然的な理由があって、だから、佐川先生は、今、あなたの前にいます」

すっごく不得要領な顔になりながらも……それでも市川さん、何とか頷く。と、伊賀ちゃん、たたみかけるように。

「それを知りたかったら、よろしければ、ぜひ、私達の前の椅子に、腰掛けてはいただけませんでしょうか？」

で、すとん。

市川さんが腰をおろした処で。

渚と伊賀ちゃんが、かわりばんこに市川さんに対する事情説明にはいる。

それを横目で見ながら。

わたしは、ひとり、まったく違う世界に心を飛ばしていた……。

☆

まったく違う世界。

そう。

よくよく考えてみれば……わたしは……わたしは……何が、したかったのだ？

看護師さんと会う。そのひとに会って、昏睡してしまったひとの情報を知る。

それを知って……わたしは、何が、したかったのだ？

〝昏睡〟してしまったひとは。

わたしの心の中では、〝ほぼ、死んでしまったひと〟なのだ。

本来的には〝死んでしまった〟筈のひとなのに、昨今の医術は凄いから。

そもそも呼吸ができないひとに、無理矢理呼吸をさせる。

御飯が食べられないひとに、無理矢理栄養を与える。

これは……そのひとにとって、本当に幸せなことなんだろうか？

そう、思って、いた、から。

昏睡状態に陥ってしまったひとが死んだら、それで、三春ちゃんの結界が解ける。

そう聞いた瞬間、わたしは、〝昏睡状態に陥ったひと〟が死ぬことを希望した。

だって、そのひとが死ねば、三春ちゃんの結界が解けるんだよ？

この結界さえ解ければ、瑞枝は助かる。

そう思っていたから……だから……　〝結界〟を作っている、市川さんが付き添って地下鉄から降ろした、昏睡したひとの状況を知りたかった。

場合によっては……そのひとのこと、自分で殺してしまうかも知れないって思っていた。

瑞枝の為に、そのひとのこと……殺そうかと思ってしまった自分は、確かに、いる。


けれど。

今になってみれば……まったく違う考え方も、あるんだ。

うん。

考えてみれば、瑞枝だって、もうずっと、殆ど起きられないような状態になっている訳で……。瑞枝の担当ナースさんである、市川さんの顔を見た瞬間、わたし、それに気がついた。

真理亜が助かったのが、ひとえに本人の〝基礎体力〟によるのならば。

今、昏睡しているひとが死んで、それで、三春ちゃんの結界が解けたとしても……瑞枝が助かるのかどうかは、本人の基礎体力にかかっているとすれば……。

いや。

その前に。

瑞枝だって、今となっては、ほぼ昏睡状態のようなものだ。

本来ならとっくに死んでいる状態を、只今の医療技術が、何とか持たせている。

お見舞いに行った時。御両親から聞いた話の限りでは。

瑞枝、かろうじて、自発呼吸は、ある。

故に、瑞枝は、今でも生きていることになるんだが……だが……。

その、呼吸は、浅い。何か、今にも止まりそうな感じがする。しかも、血中酸素濃度って……なんだか判らないものが、あんまりよくない……らしい。だから、今の瑞枝は、酸素マスクをずっと装着している。これがないと、呼吸をしていても、それでも、〝生きている〟のが辛い状態になってしまう可能性があるらしい。

それに。いつ、心臓が止まってしまうか判らないから（言い換えると、〝いつでも心臓が止まってしまう可能性があるから〟）心肺蘇生装置が、常に瑞枝の脇においてある。

それから。

こんな状態になってから今まで、瑞枝は、殆ど、意識を回復していない。

ということは、当たり前だけれど、起きて自分で御飯を、食べていない。

今は、輸液とかいう奴（この辺、詳しくはよく判らないんだけれど、なんか、高カロリーのものを血中にいれるとかして、栄養状態保ってるみたい）でなんとか生きてる。

寝返りだって自分でうてない。

今は、看護師さんと家族が、一所懸命体位交換なんかしていて、それで褥瘡(じょくそう)ができるのを防いでいる。

でも。

この状態でも、御家族もわたしも、それにきっと女バスのみんなだって、それでも、瑞枝が生きていることが嬉しいのだ。生きていて欲しいのだ。瑞枝の心臓が止まってしまうのが嫌なのだ。

ならば。

それならば。

わたしが知りたかった情報。

この看護師さんが知っている、わたしが知りたかった情報。

わたしは。

その情報を知って……それで、何が、やりたかったんだ？

とても単純に言えば、その〝情報〟を知ったわたしは、〝昏睡しているひと〟を、自分で殺す……だけの、覚悟が、あった。

それでも、瑞枝を助けたかった……守りたかった。

でも。

今、判った。

瑞枝の看護をしている看護師さんに会った瞬間……わたしには、判った。とても哀しいことに……判って、しまった。

じゃ。

じゃ、瑞枝は、何なんだ？

考えれば。

瑞枝は。

瑞枝本人だって……わたしが頭の中でぼんやり思っていた、〝すでに死んでしまっているひと〟なんだよっ！

放っておくと、自力では、生きることが、できない。機械の力と、看護している人間の力で、かろうじて〝生きながらえさせられて〟いる。〝無理矢理生かされている〟。

この条件を。

恐ろしいことに、瑞枝は、完璧に、満たしている。

「このまま命を繋いでいることが、果たしてそのひとにとって幸せだかどうだか判らない」ってわたしが思ってしまった昏睡しているひと。

そのひとにだって……きっと、御家族や、わたしみたいな知り合い、ゆきちゃんや真亜みたいな友達がいる筈。そして、そのひと達はきっと、〝それでもそのひとの心臓が止まらないこと〟を、祈っている可能性がある。

うん。それこそ、何ヵ月、何年単位で昏睡し続けているのなら、あるいは、御家族、友人は、まったく別の感慨を持つことになるかも知れない。

でも、今は。瑞枝とほぼ同じような頃から昏睡をしているひとなら……今は、まだ。今なら絶対。

こんなの……こんなの……御家族が、友達が、恋人が、そのひとの心臓が動き続けることを祈っていない訳がないじゃないかあっ！

だとしたら。

わたしは……この看護師さんに会って、一体何がしたかったんだ？

いや、何がしたかったのかは、判っている。

けれど、ここまで思いを致してしまうと……判らないのは、この先。

これからわたしは……どうするんだ？

一体、何が、したいんだ？

☆

「……うわあー、なんか、すっげえドラマチックうっ！」

わたし。自分の心の中に、ずっとずっと沈み込んでいたんだけれど、ふいに、看護師さんが妙に大きな声を出したので、ふっとこの現場に、心が還（かえ）ってくる。

「それ、マジなんですよね？　うわあ、この仕事についてから、〃マジかよ？〃これ、医療モンのドラマじゃん〟って現場にはたまに出くわしちゃうこと、あったんだけど……医療モンじゃないっすよね、これ」

看護師さんの言葉遣い、気がつくと、中学生二人に合わせてか(というか、こっちが地なのでは)、かなりざっくばらんなものになっていた。

「恋愛モンじゃないし、お仕事モノでもないし、母子モノでもない」

「……ま……ホラー、かなって気は、しますね」

「うんうん、あたし達はみんな、地震で止まってしまった地下鉄の夢の中に捕らわれていて、そうなったのは、あの時あたしが駅でおりて付き添った、昏睡してしまった患者さんが原因である、と。あのひとが目覚めるか、あるいはお亡くなりにならない限り、この夢から解放されることはない、と。あなた達はみんな、あの地下鉄に乗っていて、だから纏めてこの夢に捕らわれてしまった。そして、瑞枝さんがそうなんだけれど、あの夢の中で、変な化け物に襲われたひとは、原因不明の寝たきり状態になる。佐川先生がここにいるのは、先生も地下鉄に乗っていたからで、別にあたしのこと騙(だま)して、瑞枝さんの情報が欲しいからじゃない、と」

あらら。こうして話を聞いている限りでは……この看護師さん(市川さん、だったっけか)、言葉遣いはおいといて、かなり頭がいいひとみたいだ。わたしはちゃんと聞いていなかったから判らないんだけれど(伊賀ちゃんがかなり判りやすく話を整理してくれたのかなって思うんだけれど)、この短時間でこの把握は見事だ。

「はい。現状、そんな感じです」

と、これは渚の台詞。

「んー……話、判ったっちゃあ、判りました。それにね、実際……今朝起きた時はね、夢から吹っ飛ばされた感じだったし……そう思って、思い返してみたら、『考えてはいけません。思ってもいけません』とか何とか、凜々と鳴り響く声を……聞いたような気が、しないでもないような……聞いてないのかな、よく判んないっすけど、なんかなあ、確かに鳴り響く声がなあ……あったようななかったような、そんな気、しないでもないっす」

市川さん、こう言うと、軽くわたしの方に視線を向けて。

「まあ、確かに、アイスホッケーのマスク被ってひとを殺しまくる奴はいないし、TVや井戸から出てきちゃう貞子もいない、ぷかぷか浮いている赤い風船もない、でも、ホラーだっつーのは、判りました」

何て判り方なんだそれ。

「でも……」

で。ここで市川さんは、まっすぐにわたしに視線を寄越す。

「あたし、嫌なんですよね、この先生」

……え……わたし？

「この先生のね、目つきが嫌なんですあたし」

て、あの？

って、わたしが言う前に、伊賀ちゃんが。

「佐川先生の目つきの、どこが嫌ですか？」

「いや、先生がね、瑞枝さんの情報が欲しいからあたしのこと騙している訳じゃないっつーのは、納得っす。けど……先生、今でも……なんだかんだ言って、やっぱ、〝そう〟でしょ？」

「そうでしょって言うのは……」

「今度は、あの、昏睡してしまったひとの情報が欲しいから、あたしのこと、騙している。でしょ？」

い、いや。それはそうなんだが。いや、自分の思いに沈みこむ前までは、確かにわたし、そう思って市川さんにコンタクト取ろうとしたんだが。

「先生は、騙している気持ち、ないのかも知れないっす。けど……あたしから情報、取ろうって思ってたっしょ？」

いや、うん、ついさっきまでは。でも……今では、そんな気持ち、ないんだけれど。

「そんで……なんか、この先生、剣呑だ」

「剣呑って……いっちゃんは、全然剣呑なひとじゃ、ないんですよ？　とっても人畜無害っていうか……ああ、先生にそんなこと言っちゃいけないのか、でも、本当に毒にも薬にもならないっていうか……ああ、もっとこれはまずいのか」

渚がこう言ってくれるんだけれど（……〝言ってくれる〟って、好意的に評価していい表現なのか、これ？）、市川さん、それ、無視して。

「こー見えても、あたし、だてに修羅場は潜ってないっす」

って、どんな看護師さんなんだ、あなたはっ！

「この先生、あたしから、昏睡してしまったひとの情報を聞いたら……下手すると、昏睡している方を、殺してしまうかも知れない。いや、殺すまでいかなくても、人工呼吸器の電源に足ひっかけて転んで、偶然のふりして電源抜くとか、そのくらいのこと、わざとしそうだ。……そんな感じの目つき、ですよね」

……い……いや。

いや、確かに、さっきまでは、場合によっては、それ、しようかと思っていた。でも、今となっては、そんなこと、思ってもいない。

「いや、それはっ！　確かにいっちゃん先生、場合によってはそれ、やっちゃうかも知れないけど」

って、伊賀ちゃん、あなたがそれに諾ってどうするのよ？

「けど、私がそれ、絶対に阻止しますから。私が見張っていますから」

「だからって……あたしは、この先生に、昏睡している患者さんのことを、話すつもりはまったくないっす」

「いや、でもっ！　あの、今までの私の話、ちゃんと聞いてくれました？　私達は、只今、三春某っていう妖怪のせいで、命の危険に晒されているんです。だから私達は」

「だからって、昏睡してしまった患者さんのこと、あなた達に教える必要が、どこにあります?」

「いや、だから、その昏睡してしまった方が今どんな状況にあるかによって、今後とり得る作戦が違ってきちゃう訳なんであって……」

「それは、あたしが口頭でお話しします。それ以上の説明、いらないっしょ?」

「だから、私達は、今、生命の危機だって」

「んな話は、どーでもいいっ!」

ここで、どんっ。

市川さん、もの凄いいきおいで、肘(ひじ)をテーブルに打ちつける。肘って、てのひらや腕なんかよりずっと固いから(すぐそこに骨があるから)、どんって響く音がする。

そして。

もの凄い視線で、伊賀ちゃんを見て……。

「あんた、あたしを何だと思ってんのよ」

こう言った市川さん。これはもう、ほんとに凄い威圧感だったので……伊賀ちゃんも渚も、(同時にわたしも)、本能的に竦(すく)んであとじさってしまう。

「あたしは、ナースだ。ナイチンゲール誓詞を唱えてこの仕事についた。お医者さまじゃないけれど、ヒポクラテスの誓いだって守る。患者さんに害を齎(もたら)す可能性があることは、一切しない」

うわ。

これ……わたしが言うべきことでも、わたしが言っていいことでもないような気がするんだが……この瞬間、わたしは、思ってしまった。

市川さん。

かっこいい。

このひと……ほんとにかっこいいナースさんだ。

うちの子達が憧れて当然の、ナースさんだ。

それから。

自分がやった、肘をどんってテーブルに叩きつける動作が、渚と伊賀ちゃんをとっても脅かしたって自覚したのか、ふいに市川さん、ふっと笑って。

「あなた達が命の危機であるとして。あたしだって、命の危機にあるとして。だからって、あたしが、患者さんの命を、その天秤にかける訳にはいかないっしょ?」

あまりにも強い目力。それに押されて……わたしは勿論のこと、渚も、伊賀ちゃんまでもが、こくこくこくって頷く。

そして、それを見た瞬間。

市川さん、にぱって笑う。

そして。

「それがナースのお仕事ですから」

……だあああっ！　かっこいいっ！

確かにこのひと、ちょっと変なナースさんかも知れないよ、絶対、ヤンキーはいってる気がするよ、けど……間違いなく、このひとは、〝職業人〟だ。自分の職業倫理をちゃんと守りきっている、〝職業人〟だ。

そう思ったので。

次の瞬間、わたしからは言葉がこぼれ落ちていってしまった……。

「いや、わたし、思ってませんからっ！」

この言葉、多分、単独では意味が判らないだろう。でも、今は、こう言うしかない。

「わたし、思ってませんからっ！　……いえ、最初はね、確かにわたし、その〝昏睡してしまった〟方が死んでくれたら……そしたら瑞枝が助かるのかなって、ちょっと思って、だから、その……」

「やっぱ思っていたんかいっ！」

市川さんが叫び、同時に、渚と伊賀ちゃんまで、〝わあ、やっぱり〟って顔になる。梓とゆきちゃんは、きょとんとしている。

「でもっ！　でも、今はっ！　今はまったく、そんなこと、思っていませんからっ！」

もう、とにかく本気で。わたしは、こう、言い募る。

「今は本気でそう思ってませんからっ！」

ぜいぜいぜい。

あまりにも本気で、もの凄い勢いで言葉を口にしてしまった為、わたし、何だか、息が切れてしまう。

「とにかくっ！」

本気で、叫ぶ。

「あの、お願いですっ！」

この時。

わたしの頭の中には、さっき、コーヒーショップで見た、大原さんと村雨さんが顔を寄せ合って何か話している姿が、何故か浮かんだのだ。そして。

理由は、判らないんだけれど。

わたし、こう言葉を続けてしまった。

「あの、呪術師と、変なおじいさんの話を、聞いてやってください」

「……変な……おじい、さん？」

「村雨さんとか、言います。……けど、名前は、まあ、どうでもいい」

「……あの？」

「わたしはね、あなたが思っている通り、最初、昏睡してしまった方の情報を、あなたから知りたいと思っていました。その理由は、あなたが推測しているように……場合によったら、〝昏睡しているひと〟を殺す為です。昏睡してしまったひとが死んでしまったら、瑞枝が助かる可能性があるって、その時のわたしは、思っていたから、です」

「ああ……はい」

「けれど、今では。昏睡してしまっているひとを殺しても、瑞枝が助かる可能性が増えないことを……判っているつもり、です。それに、わたしや渚や伊賀ちゃんが、瑞枝に生きていて欲しいって思っているのと同じくらい、昏睡してしまった方にも、〝生きていて欲しい〟って思っているひとがいる可能性、やっと、判りました。今までそれに思い至らなかったのは、ほんとに恥ずかしい限りなんですけれど、今、瑞枝の担当をしているあなたに会って、やっと、それが判りました。心から判りました。だから……その方に死んで欲しいとは、今のわたし、思っていません。それは、ない」

それは、ないんです、本当に。

でも。

「でも、たったひとつ、判っていることがあります」

あるんです、たった、ひとつ、だけ。

「市川さん。お願いですから、ここでわたし達と袂(たもと)を分かつことだけは、しないでください。このまま……えっと、駅のコーヒーショップにいる、わたし達の……」

ここでわたし、言い澱む。真理亜達女バスの連中は、わたしの〝仲間〟だ。(いや、〝教え子〟なんだけれど、こと、こうい う話になってしまった以上、〝仲間〟としか言いようがないような気がする。)けれど、大原さんとか村雨さんとか氷川さんとかは……わたし達の……何、だ？

「仲間に会ってください」

渚が、言い澱んでいるわたしの台詞を補完してくれる。それから渚、ちらっとこっちに視線を送って、「いっちゃんが言いたいのはこういうことだよね？」って表情になる。だから、わたしは頷いて。

「わたし達の仲間に会ってやってください。そして……あなたも、わたし達の仲間に、なってください。……よく判らないんですけれど……こちらには、呪術師とか、なんか変なひとがいます。人間なんだけど、どうやら三春って奴に対抗できるようなひと、みたいなんです。そういうひとの話を、あなたも一緒に聞いて欲しいんです。あなたも……わたし達と一緒に、この問題に対処して欲しいんです」

「ま、同じ船に乗りあったってことで」

伊賀ちゃんが話を纏める。

「私達は、別に敵味方って訳じゃないから、〝呉越同舟〟って訳じゃないんだけれど、とりあえず、同じ船に乗っていることだけは、確かなんだし。この船が泥船だったら、沈む時はみんな一緒、それだけは確かなんだから。みんな一緒にぶくぶくぶく……は、是非、避けたい事態だと」

伊賀ちゃん。そういう言い方はね、ちょっとあのね……。だからわたしは、慌てて話をまっとうな方へと戻そうとする。

「あの。是非。是非。呪術師と、あの変なおじいさんのお話を、一緒に聞いてください。あのおじいさんの話を聞くのは、絶対に必要なことだって……なんだか、そんな気が、今、すっごく、するんです」

市川さんは、非常に不得要領な顔になったのだが、それでも、一応、頷いてくれた。軽く、こくんって、頷くことは頷いてくれた。

そして。非常に深く頷いたのが、伊賀ちゃん。

「あのじーさん」

こう言うと、もう一回、うんって頷いて。

「なんか、妙に鋭いじーさんだったよなあ。真理亜の不調だって、真っ先に気がついたの、私達じゃなくてあのじーさんだったし」

「じーさんじゃなくて、〝村雨さん〟。うちのおじいちゃんのお友達なんだから、ちゃんとそう呼んで」

渚は、一回こう言って、きっと伊賀ちゃんのことを睨むと、それでも自分の台詞を続ける。

「そもそも……考えてみたら、あの夢の最後で。村雨さん、三春某に喧嘩売ってたよね？」

「そう！　考えてみりゃ、ありゃ凄かった。じーさんがそれやっちまったせいで、私達、みんな、あの夢から吹っ飛ばされちまったんだ」

「あの、三春某に喧嘩売る。それだけでも、凄くない？」

「……まあ……凄いっちゃ、凄い」

この辺の会話。市川さんは、ほぼ、〝訳が判らない〟って表情で聞いていたんだけれど、

それでも。

私達が病院を辞去して、駅の中のコーヒーショップに行く時、市川さんも一緒についてきてくれた。

そして……。

第九章

「あ、いっちゃん先生だー。お帰りー」

「あ、えっと……ただいまー」

練馬高野台のコーヒーショップにて。

もう、お腹も何もぱんぱんになっていた女子中学生の集団、店にはいってきた佐川逸美と、その他五人の姿を見て、いきなり明るい声になる。

お腹ぱんぱん。

これにはちゃんとした理由があって……コーヒー一杯頼んだだけで、この店に、あまり長時間居続けることを、氷川稔と大原夢路が許さなかったからだ。一時間ごとに、新しい飲み物を注文することを、この二人は全員に課していて、中学生達、すでに飲み物、三杯目。これはもう、お腹ぱんぱんっていうか、お腹たぷたぷになってしまう状況である。

そしてその上。中学生達は、みんな、不安を覚えていた。

うん、今までの処、注文したあと、会計はみんな、氷川稔と大原夢路がやってくれていたんだけれど（このコーヒーショップでは、まず注文した時に、会計をする必要があったのだ）……これ、最終的に、誰が払うの？　自分で払うことになったら、そんなの、お小遣いが持たない。だからもう、心配が、ぱんぱん。

で、そこに、先生である佐川逸美が帰ってきてくれて、そこで、心からの言葉。

「先生、お帰りー」

いきなりアットホームになってしまう雰囲気。自分が頼るべき保護者が帰ってきてくれたので、この瞬間だけ、中学生組、お茶代の心配から解放される。だから、心からの、言葉。

「先生、お帰りー」

一方、氷川稔の方は、もっとずっと焦燥感を抱いていた。

佐川逸美が、あの時地下鉄の中にいた看護師と連絡をとる為、病院へ行ったことは判っている。あの看護師とも、できれば連絡とりたいとは思っている。けれど、それが重要なことだとは、氷川稔はまったく思っていない。(いや、あの看護師と是非にも連絡を取りたかったのは、限定、佐川逸美だけだったのだ、逸美にはまったく違う思惑があったから。)だから、こんな処で、時間を潰しているのが、氷川稔、嫌で嫌で。

この局面で、三時間。

有給休暇までとって、この集まりに付き合ったというのに、まったく無為な、三時間。

今晩、眠ったら、自分はまた、あの夢の中に行ってしまう可能性があるのに。

そんな状況下で、無為な三時間。これはもう、ないだろう?

しかも。

途中から氷川稔は、実に、実に、いたたまれなくなってしまったのだ。

この類のコーヒーショップを、書類書きの仕事や打ち合わせなんかで使ったことがある。だから……こんな十何人もいるような団体さんが、長時間居すわることが店にとってどんなに迷惑か、認識している。（そもそも、この類の店に、十人を超す団体がはいること自体、ある意味迷惑なんじゃないのか？　普通に打ち合わせをしたり、仕事やレポートなんか書いているひとにとって、周囲に十人を超す団体さんがいること自体、迷惑だろう。しかも、その大半が、女子中学生ときたもんだ。別に氷川稔、女子中学生に偏見をもっているつもりはないのだが……あきらかに、店の空気が、いつものものとは違ってきてしまっている。中学生の団体さんがいて、それが女の子であるだけで、静謐な空気が、違うものになってしまっているのだ。しかもそれが三時間も！）

だから、一時間がたつごとに、せめてもの誠意として、みんなで新しい飲み物を注文することにした。一緒にいた、大原夢路も、この提案には賛成してくれて、だから、二人してひたすら、みんなに新たな飲み物を注文させていたのだ。

なのに。一時間ごとに新たな飲み物を注文することに賛成してくれた大原夢路なのだが……彼女は、もうずっと、村雨大河と二人で話し込んでいて、こんな、完全に弛緩してしまった空気に異を唱える様子はない。

そこへもってきて、帰ってきた佐川逸美を迎えた中学生達の台詞……「あ、いっちゃん先生だー。お帰りー」。

こんなアットホームなことやっている場合か？　違うだろう、それは絶対に、何か違うだろう？

氷川稔は、もう、全力でこう主張したかったのだが……どうやら、そう思っているのは、氷川稔、だけらしいのだ。

もう、この空気が嫌で嫌で。

軽く舌打ちしそうになった氷川稔なのだが……その瞬間、気がつく。

あ。ひとが、一人、増えてる。

まったく知らない二十代女性がいて……あ、ああ。

彼女は、多分、あの時の看護師さん。

現実の看護師さんに会ったのは、地下鉄が止まったあの日のほんの数分だけのことだったから、断言はできないんだけれど。確かに、微妙に、この女性には、見覚えがある。

いや、確かに。

この異常な状況だ、〝仲間〟は多ければ、多い程、いい。

とは言うものの、新たに看護師さんが加わってくれたとして……それで、何か、開ける展望っていうものが、あるんだろうか。

……どうも……あんまり……あるとは思えないんだが。

かくて氷川稔は、軽いため息をつくと、それを自分の心の中で押し殺す。

大原夢路は、この店にはいってちょっとしてから(佐川逸美達が出て行った処で)、村雨大河と、二人で、個人的に、会話をすることができた。

彼女にしてみれば、「ああ、やっと」。

夢路、ちょっと前から、村雨大河と、とにかく二人で細かな話をしたかったのだ。彼の話を聞きたかったのだ。

だが、今までは。

そういう巡り合わせなんだか、村雨大河が何か重要(かもしれない)ことを言い出すと、不思議と、他の誰かが、彼の台詞を遮ってしまう。結果として、彼の台詞は、最後まで聞くことができない。そんな状況が続いていた。

いや、これは、夢路のせいでも、あるのだが。

ついこの間まで、夢路、村雨大河のことを、〝能天気なおじいちゃん〟〝妙に変なことを言い出すひと〟〝根本的にまったく空気が読めないひと〟〝おそろしい程に天然〟だとしか思っていなかった。だから、彼が何か言いかけても、それをまったく重要視しておらず、それ故、夢路本人が、村雨大河の台詞を遮ってしまったこともある。

けれど。

前日(というか、今朝)の、夢で。

あきらかに村雨大河は、三春ちゃんって奴に、挑戦的な言葉を遣っていたのだ。むしろ、挑発的ですらあったかも知れない。そのせいで、全員が、あの夢からふっとばされたのだ。

こうなると。

この間っから、何か言いたそうだった村雨大河、彼の台詞を、全部ちゃんと聞かずにはいられない。彼が何を知っていて、何を思っているのか、それを知らずにはいられない。どんな前提条件があれば、あんなに三春ちゃんに対して強気に出られるのか、その根拠を知らずにはいられない。

夢の中で。

三春に対抗できる、多分、唯一の存在、そんな呪術師である自分は……絶対に、それを知らなければいけない。それを知ったことにより、夢の中で、自分は、三春に対する、何かしらの武器を、手にいれることができるのかも知れない。

そんな夢路にとって、佐川先生と渚、そして伊賀ちゃんがいなくなって、村雨大河と取り残されたのは、もっけの幸いだったのだ。（そういう意図があったとは思わないんだけれど、村雨大河が何か言いかける度に、結構この連中が、それを遮っていたので。）

だから。

夢路は村雨大河とひたすらしゃべり尽くすことになり……ふっと気がつくと。

いきなり、場の空気が、ゆるんでいた。

なんか、アットホームで、ふゆんって感じに。

で、視線をあげると、そこにいたのは、佐川先生と中学生四人、そしてもう一人、知らないひと。

「あ、いっちゃん先生だー。お帰りー」

「あ、えっと……ただいまー」

……ああ。成程。

ゆるんでしまった空気で判る。

多分、佐川先生っていうのは、中学生達にとって、とってもいい〝先生〟なんだろうなあ。それは、〝教えるのがうまい〟とか、〝頼りになる〟とか、そういうのとは違う意味で。この先生が来ただけで、空気がこれだけほわんとしてしまう。これはきっと……この先生、ひたすら愛されているひとなんだ。だから、そこにいるだけで、中学生達が寛いでしまう、そんなひとなんだ。だから、交わされる、のほほんとした、意味がない会話。

いきなり中学生組の中に戻ってくる日常。

だから、多分。

佐川先生の人間性だけは、信じていいんだろうな。そんなことを、夢路、心の片隅で思う。

大原夢路

村雨さんと、二人で膝つきあわせて話しあうことができて。

あたしはとっても嬉しかった……っていうか、それで、判ったことが、多分、ある。

いや、村雨さん。

今までにも、何回も〝何か〟を言おうとしていた。でも、どういう巡り合わせなんだか、必ずそれが遮られていて……村雨さんが言いたかった〝何か〟が、明確に言語化されたことは、今まで、なかった。

それを……佐川先生と伊賀さん達なしで、ずっとふたりっきりでお話ができたんだ、あたし、理解することができたと思う。

けど、理解はできたものの。

それが何なのかって聞かれると……う、う、うーむ。

……大変、判りにくいのだ、村雨さんの話。

というか、ほぼ、〝印象〟だけで、このひと、話を構成していないか？　いや、そんなこと、してるんだよね。

今まで〝明文化〟できなかったのはあたり前、さては村雨さん、〝言いたいことが実際にあるのに〟、〝なのに言いたいことをまったく文章化することができなかった〟んじゃないのか？（端的に言ってしまうと、村雨さん、言いたいことがあるんだけれど、自分が何を言いたいのか自分でまったく判っていなかったんじゃないのか？）

そんな気がする。いや、多分、これが正しいのだろう。

村雨さんが言うには。（いや、言っていないんだけれど、いろんな会話から推し量る、彼の気分としては。)

三春ちゃんが、昏睡(こんすい)してしまったひとに捕らわれているのは、おかしい。

彼の疑問は、ここに尽きる。

何故って、あの世界において、三春ちゃんは圧倒的な〝力〟を持っているから。

これだけの〝力〟があるのに、あくまで〝昏睡してしまったひとに引きずられる〟のはおかしいし……何より、我々人間が、まるでパペットのようなものとして、その昏睡してしまったひとを認識できるのに……この世界の支配者である三春ちゃんが、問題の人間を、認識できないのは、変だ。そして、それは、何故だ。

いや、確かにそれは変な話なんで。

こんな話が成立する為には。

三春ちゃんが形成した結界、その中に、彼女の意図によらず、意識をなくしてしまったひとがいたのなら(つまり、三春ちゃんに原因がなく昏睡してしまったひとがいたのなら)、その瞬間、三春ちゃんは、その、昏睡してしまったひとにまったくタッチできなくなる、そんなルールがあるってことになる。そんなルールがあるから、三春ちゃんは結界を解くことができなくなったし、三春ちゃんだけが、まるでパペットのようになってしまった〝昏睡してしまったひと〟を、認識することができない、そんな話になる筈(はず)。で。

こんなルールがある可能性は、常識的に考えると、たったのひとつ。

この世界には、三春ちゃんより更に上位の存在がいて、そして、その存在が、そういうルールを設定している。

うん。

図としては、こんな感じになるのよ。

まず、この世界がある。

我々、人間が、君臨している世界。その世界では、我々人間は、上位者であり、だから、人間以外の生き物……動物とか、植物とか、そーゆーのを勝手に扱っている。

けれど。

その世界の上位者として、〝妖怪〟っていうか、われわれ人間を搾取できる階級の、三春ちゃんがいる。いることが、今回、実際に三春ちゃんと遭遇して、判った。

んで。上位者だから、三春ちゃんは、あたし達を含め、この世界のすべてを睥睨していて、この世界を管轄する。三春ちゃんが管轄している世界では、あたし達は、三春ちゃんの意に反するようなことは、何もできない。

でも。三春ちゃんの上には、更に上位者の世界がある。その世界にいる〝なにものか〟は、三春ちゃんを含めた、すべての世界を睥睨していて、そして、その世界を管轄する。

だから、三春ちゃんも、この〝上位者〟に反することはできない。

上位者が、「三春が作った結界の中で昏睡してしまったひとがいたら、三春はそれに接触できない」ってルールを作っているって仮定すれば。

それならば。

今、起こっている事実は、全部説明が可能だ。

けど。

違うだろうって、村雨さんは言うのだ。（いや、言っていないか。彼がそう思ってるってあたしが推測しているんだけどね。何たって村雨さん、もの凄く、論理的なことを言うのに不自由なひとだから。だから、彼の実際の台詞は、こうなった。）

「確かに。三春さんの行動を掣肘している〝上位者〟がいる可能性は、否定しません。……でも……そういうひと……ほんっとに、いるんでしょうか？」

「……いや……いて……悪い訳が……」

「確かに、ないんです。いて悪い訳がないんだから、実際にそういう〝上位者〟、いる可能性はあります」

「なら、いるんでは？」

「いや、もしいるとするのなら。話……もっとずっと簡単になってません……か？　我々は、三春さんのルールに従う、三春さんも、上位者のルールに従う、それに誰も何の疑問も抱かないって具合に。でも、多分、僕が思うに……そういう単純な話には、今、なっていませんよね？　そして……いえ……その前に、世界って、現実ですよね？」

村雨さんの話。あっちこっちにとんでしまって、はい、この局面で、「世界って現実ですよね？」って聞かれたって、あたし、ちょっと、返答に困る。

「現実ならね、ゲームじゃないんですから。そんな……なんていうのか……こんなきっぱりルールに則った、システマティックなことって……あっていいんでしょうか？」

いやあ……現実も、結構システマティックに構成されてるとあたしは思いますけど。

「それに、どう考えても三春さん、とてもとても寂しい筈なんです。僕がこの間の夢で、三春さんをつついたのは主にこの件についてです」

いや、聞こえていた会話の流れから、それ、判ってはいるんだけれど……「世界って現実ですよね」と、「三春さんは寂しい」って、どこがどうくっつく訳？

「だからね、思ったんですけれど……これは、三春さんの〝ないせい〟がある意味暴走したせい、かなって」

頼む。村雨さん。お願い。話に脈絡っていうものをくれ。この場合の〝ないせい〟って、何？　まさか、〝ある〟〝ない〟の、〝ない〟せいではないだろうし、内政ってこともないだろうし……。

「えーと……三春さんがね、自分の心の中を、本人も自覚しないまま、色々覗き込んでみたとして。その時にね」

あ。内省、か。自分自身の心の動きを観察すること。

「寂しくて。寂しくて。本当に寂しかったら、他者、欲しくなりませんか？」

だから村雨さん、話に脈絡ってものを……って思いかけた瞬間、あたし、村雨さんが言いたかったであろうことが、何か判ったような気がした。

そして。実際に村雨さん、あたしの推測に沿っている台詞を、口にする。

うん。この時、あたしが推測したことをおいておいて、村雨さんが口にした言葉だけを並べると……それは、こんな感じになる。

「三春さん。自分の結界の中で、自分が原因でなく昏睡してしまったひとがいたら、その結界が解けなくなるって、まるで自明の理のように言ってましたよね？　ということは、過去、そういう局面に至ったことが、少なくとも一回や二回は、あったんじゃないかと」

確かに。

「しかも、その場合、三春さんは、昏睡してしまったひとを認識できない。それが当然だって、三春さん、思っているふしがあります。最初っから三春さん、自分で、昏睡したひとを特定しようという行為を、一切していませんでした。まるでパペットのように見えるひとはいませんかって、僕達、人間に質問してきたんだから」

それも、そのとおり。

「そして、その結果、何が起こったか。僕達と……三春さんが、しゃべりだしたんですよ。三春さんは、このルールに基づく世界にいる限り、こういう局面になってしまったら、嫌でもエサである人間と会話しなきゃいけなくなるんですよ」

確かに。

「で……僕はね、これ、三春さんの内省の暴走だと思うんですよ。彼女が、自分の心の中をゆっくり、じっくり、見通して……それで……そこで発見した〝寂しさ〟が、彼女をして、こんな反応にさせてしまったんじゃないかと」

「………」

「だってね。本当に寂しかったら、ひとは……他者が、欲しいんです。欲しくなるんです。いや、三春さんはひとじゃないのか、でも、気持ちがひとと同じだったら、反応だってひとと同じになると思います。だとすると……」

うん。

村雨さんは、なんら論理的なことを言ってはいない。けど、彼が言いたかったであろうこと、あたし、推測がついたような気がした。

三春ちゃんが本当に寂しいとして。彼女が、是非、他者を欲しいとして。そうしたら……

…。

只今(ただいま)の、この、有楽町線における硬直状態は、まさに、三春ちゃんが欲しがっている、そんな状態なんだって話になってしまうんだものっ！

だとすると。結論は。

「三春ちゃんの上位者なんて、いないってことになるんですよね」

いきなりあたし、結論を言ってしまう。というか、多分、村雨さんが思っているのも、これだ。

「問題なのは、三春ちゃんの無意識」

言い切る。

「あ、あああっ！　凄い、まさにそれです、大原さん。僕が言いたかったのは、〝それ〟で！　そうでした、一回は僕、無意識って言葉を思い付いていたんだけれど、いやあ、すっかりそれ、自分で忘れてました」

　頼む。村雨さん。忘れるな、そんな重要そうなこと。というか、まず、その重要な単語を口にしてくれ。

　でも。とはいうものの。

　無意識。

　三春ちゃんの無意識。

　これは、有り得る。

「三春さんにも、僕達人間と同じような無意識があるんだとします。そして、無意識のうちで、三春さんは、〝他者〟を欲しがっている。だから、こんな訳の判らない世界の法則が、三春さんの中にできてしまった」

　うん。これで、話は、通るのだ。見事に通るのだ。

「凄いなあ、大原さん、僕が言いたかったのはまさにそれです。〝無意識〟って言葉です。それをちゃんと言ってくれるだなんて、大原さん、凄いです。さすが呪術師(じゅじゅつし)です！」

　いや、それ、話がなんか違うから。この事実まで追究できたのはあくまで村雨さんの手柄であって、〝無意識〟って単語を導き出したのは、あくまであたしの常識だから。うん、これ、あたしが呪術師だからって話じゃなくて、あくまで、「思っていることをどうしても明文化できない村雨さんの思いを、単純にあたしが明文化しただけ」だっていう話だからね。(むしろ話を整理してまとめ、作者の思いを推測する、校閲者としての能力のような気もする……。)

でも。

けど。

だとすると。

同時に、なんか、もの凄いことが決まってしまう。

決まってしまう、もの凄いこと。

昏睡しているひとがいようがいまいが……自分を呪縛しているのが〝世界の法則〟ではなく、自分の無意識だってことに、三春ちゃんさえ気がつけば、そうしたら、三春ちゃんは、この結界を、解くことができる!

「つまり、ですね」

村雨さんも同じことを思っていたのか、いささか歯を食いしばり気味になって、こんな台詞を口にする。

「三春さん、なんですが。彼女が、それに気がついた瞬間、あの結界は、解けるんじゃないかと思うんです」

「はい、あたしも、そう思います」

　そうだ。あたし達が、今、何としてもやらなきゃいけないことは、三春ちゃんの結界を解くことだ。あそこに捕らわれている限り、自分達の命が危ないんだもの、まず、あたし達は、絶対にそれをやらなきゃいけない。

「すると、ですね、僕達が今、やらなきゃいけないのは……彼女にそれを気づかせること、なんじゃないかと」

「……あたしも、絶対にそう思います」

　まあ。三春ちゃんがそれに気がついた時、果たして素直に結界を解く気分になるかどうかは……判らないんだけれど。それより何より、無意識の呪縛なんてものが、説得や理詰めで解けるものかどうか判らないんだけれど。

「……でも……その為には、彼女の感情を宥めて、彼女を労って、彼女の孤独に理解を示して、彼女の孤独に共感してあげて……」

　うん。そうするのが一番いいって、今のあたしは、思っている。けど。

「けど、昨日の夢で、村雨さん、それとはまったく違うこと、してませんでした？　あくまで三春ちゃんを追い詰めるような……」

「あ、いえ、それは……」

　口ごもる村雨さんを宥めるようにして。

「うん、判ります。あれ、必要だったんですよね。とても孤独で、今まで辛かった三春ちゃんを宥める為にも、まず、〝今まであなたはとても寂しくてとても孤独だったんだよね〟っていう事実を認識させることが」

「……はい。そのつもりで、僕は、布石を打ちました。……それが、うまいこと働いてくれればいいんですけれど」

いや、それはね。

「多分、村雨さんが思っていたよりずっと、うまくいったと思いますよ、あたしは。だって、あなたが打った布石に従って、三春ちゃん、本当に取り乱してくれましたから。……ただ……」

ただ。

本当に問題になるのは、ここから先だ。

佐川先生や中学生組にとって、三春ちゃんは、敵だ。

すでに死人が中学生組ででている以上、これは絶対に動かないと思う。

戦略的には。

三春ちゃんを宥めて、彼女を慰撫し、そして、結界を解いてもらう。

これでまあ、あたし達は助かる筈なんだから、これ以上の戦略はないと思う。けど。

けど、中学生組にとっては、これ、了解しがたい事態なんじゃないかと思うのだ。

いや、自分達が結界から解放されるんだからね、これが最上の結末だって、中学生組だって最終的には納得してくれるとは思うのよ。少なくとも伊賀さんくらいは、この理屈に納得してくれるんじゃないかと思う。

けれど。その為にとる戦術がね。

三春ちゃんを宥める。そして、彼女を慰撫する。

これに、中学生組が諾(うべな)ってくれるとは……まったく思えない。

そもそも、その前に中学生組、彼女を宥めることにも賛成してくれる訳がないし、彼女を慰撫するに至っては……〝反対〟ではなくて、〝そんなこと許せない〟っていう感情的な反応が起きてしまっても、何ひとつ、おかしくない。

また。

この方策は、根本的な解決策には、まったくならないのだ。

三春ちゃんの結界が解けたとすると、そこで起きる事実は。単に、あたし達が、三春ちゃんの結界から解放されるっていうだけ。三春ちゃんっていう、人類に対する捕食生物は、そのまま、世界に対して解放される、そんな話になってしまう。この後も、三春ちゃんによる、人類の捕食は、続くっていう話になる。

いや、その前に。

三春ちゃんの反応が、まったく読めない。

と、そんな時だったのだ。

佐川先生が、この集団に帰ってきてくれたのは。

☆

ほよん。

緩む、空気。

ここであたし、村雨さんと視線だけで会話しようとする。

「どうしよう、今あたし達が推測したこと、中学生組に言ってみますか？」

ああ、でも……駄目だ、これ。あたしが真っ正面から村雨さんの目を見つめても、村雨さんの顔には、あたしが言いたいことを理解してくれたって表情が、まったくみえない。いや、その前に、「何で大原さん、いきなり僕をみつめるんです？」って聞きたげな表情になってる。

ああああ、あたしは莫迦（ばか）だった。そうだよ、村雨さんって、確かに最初に思っていたのよりずっと賢く、頼りになるひとだったけれど……空気が読めないってことだけは、一貫して確かなひとでもあったんだ。こんなことになるのなら、わざわざお店の隅っこに行って、村雨さんと二人で話しあうんじゃなくて、氷川さんや冬美を巻き込んで話しておけばよかった。少なくとも冬美や氷川さんなら、適切な反応を示してくれるんじゃないかと思うし。

（ああ、でも、駄目か。わざわざ隅っこに行って、二人きりで話していたからこんな結末になったのであって……最初っからみんなの前で話していたら、三春ちゃんを宥めるって話題がでた処で、中学生組から猛反発がきていたに違いない。）

で、あたしが村雨さんの目から視線を外した瞬間。村雨さんあたしに。

「あの、大原さん、僕の顔に何か……」

……申し訳ないけど、村雨さんの台詞はスルーさせてもらう。（ああ、だからだよ、結局あたしも村雨さんの台詞、無視しちゃうんだよ。そうせざるを得ない状況に……どうしてこのひとは、自分から話をもってっちゃうんだろうなあ……。）そして、佐川先生達と一緒にやってきた女のひとに目を向けて。

「あの、こちらが……？」

「看護師をやっております、市川と申します」

新たにやってきた女性、一回会釈をして……それから、目を白黒。

「わっはあ、ほんっとに団体さんだわ。あの……みなさん、夢の、関係者？」

ここで。一回、民族大移動が始まる。まあその……中学生組全員が自己紹介始めると、結構えらいことになりそうだったし。それで、四人掛けのテーブルをお店のひとに断って移動させ、二つくっつけ、そこに、あたし、村雨さん、氷川さん、冬美、佐川先生、看護師さん、渚ちゃん、伊賀さんが座る。とりあえず、ここが本部席って感じで。

で、まあ、お互いに自己紹介が済むと。何故か看護師さん（市川さんって名乗った）、いきなりあたし達のことを見まわして。

「まず、そちらが聞きたいであろうことを言います。あたしが救急車搬送まで付き添った問題の患者さんですが、只今都内のとある病院に入院中です。病院の詳細は言いません。患者さんの個人名も、内緒です」

あ、はい。なんでそんなことこうも大々的に宣言するんだろ、この看護師さん。

「ちなみに、まだ昏睡中だそうです。これはあたし……本来、知る筈がないことなんですが、自分が救急車搬送まで付き添った患者さんでしたので、搬送先の病院に電話して教えて貰いました。何故昏睡に至ったのか、病態の詳細は、御説明する必要がないと思います」

思いっきり切り口上だ。というか、最初っから喧嘩腰だ。……何でだ？

「いや、んなこたどーでもいいから。俺達が知りたいのは、たったのひとつだけだ。そのひと……回復する可能性、どのくらいある？」

んで。（考えてみれば、このひとも感情の沸点がかなり低いような気がする）氷川さんが、看護師さんの喧嘩腰に対応するかのように、こちらもまた、かなりぶっきら棒に。

「……それは……現時点では、何とも。……ただ、あまり楽観視していい状態では、ないようです」

こう言うと、看護師さん、ぐるっとあたし達のことを見まわす。いや、というか……対面している、あたしと氷川さんと村雨さんと冬美を。（一緒にはいってきたせいでか、看護師さん、佐川先生、渚ちゃん、伊賀さんは、テーブルの同じ側に座っていた。）そしてそれから。

「いいんですか、聞かなくて」

いきなり、こんなことを言うと、あたし達のことを、今度は睨み付ける。

「問題の患者さんの基本病態とか、何故昏睡に至ったのかとか……その……特に只今入院している病院については、聞かないんですか？」

看護師さん。なんか、変な処にアクセントつけて、妙に挑戦的にこう言う。するとまた、氷川さんが煩そうに。

「俺達は医者じゃねーんだからよ。病態なんて聞いたってできるこた何ひとつねーだろーがよ。つーか、今入院している病院について、俺達に聞いて欲しいのか？　つーことは、何だ、その病院、何か問題があんのか？」

ああ。確かに看護師さんの台詞まわし、何かちょっと変だった。最初っからあたし達に喧嘩売りたそうな感じがあった。んで……氷川さんがまた、それをきっぱり受けてしまって。こっちは完全に、売られた喧嘩、買う気になってる。……って……まったく初対面の看護師さんと、あたし達が、何故、喧嘩？

で。あたしがそんなことを思い、何とか口をはさんでもうちょっと場の空気を和ませたいなんて思っていたら、いきなり。

この氷川さんの、あきらかに「そっちが喧嘩売る気なら俺は絶対に買ってやるぜ」って台詞を聞いた、看護師さんの表情が、何故か、緩んだのだ。

「あっはあ、よかったあ、みなさんまともなひとだあ。昏睡した患者さんの入院している病院を聞いて、それで何かしようってひとじゃ、ないんですね」

ほんとに、にぱって感じで、看護師さんの表情、緩んだ。そして、でてきた台詞が、これ。これ聞いて、今度は氷川さんの方が、訳判らないっていう表情になって。

「何だあ？　何言いたいんだあんた」

「いっやあ、こっちの先生がね」

看護師さん、こう言うと、目で佐川先生を示す。

「どえらく剣呑なひとだったもんで、こっちも、そのお仲間に会うっていうんで、ちょっと警戒してました。基本、喧嘩は先手必勝、お仲間が剣呑なら、こっちにも覚悟ってもんがあるんで」

……？　あたしも、氷川さんも、冬美も、顔が多分、疑問符の塊になる。……何やったんだ佐川先生。

んで。同時に。

「あの？　佐川先生は、全然、剣呑なひとじゃ、ないですよ？　……いや、まあ、確かにちょっと、昏睡してしまった女性に対してよからぬことを思ったこともあるかも知れませんが」

まったく空気を読まない村雨さんが、のほほんとこんなことを言って……それ聞いた、あたしと氷川さん、息を呑む。（途中から加わった冬美には、多分、この呼吸は判らない。）

この場合……村雨さんが言っている、佐川先生が思った〝よからぬこと〟って……。あ、なんか、もの凄く、嫌な想像が……。

「佐川先生、昏睡してしまった女性を、場合によっては〝殺そう〟くらいは思ったかも知れませんけれど」

だから、その、あたしが思った最悪の〝嫌な想像〟を、すらっと言ってしまうなよ村雨さん。それは言葉にしては絶対にまずいことだろ？

しかも、村雨さん、それに続けて。

「でも、それ、全然、剣呑じゃないですから」

いや……どう考えても……どう考えても……それはもの凄く剣呑だろっ！

「本人は固く決意したつもりでいても、覚悟が決まっていても、でも、それ、絶対できませんから、だから、まったく剣呑じゃありません」

あくまでのほほんと村雨さんは言い募り、あたしと氷川さんは、この展開に驚いてしまって即座に反応ができず、伊賀さんだけが、「あちゃー」なんて言いながら、自分で自分の目を覆った。そして、伊賀さん、目を覆ったままで。

「判ってたんかい、じーさん！」

ほぼ、叫ぶ。

え。ということは、やはり佐川先生、そんなことを思っていて……それが、この看護師さんに、ばれたのか。だから看護師さん、こんなにいきなり喧嘩腰なのか。

「判ってたんなら、もっと、なんちゅうか」

「いや、だって、佐川先生には、それ、できませんから。性格的に、無理ですから。最後にいく前に、絶対、昏睡してしまった方の家族に思いを致すひとですもん、だから、それ、思っただけ、なんですよね。……という訳で、佐川先生が何を思ったとしても、それはまったく問題がないんです。……違いますか？」

「いや、違わない。違わないいんだけれど……けどさあ……あのさあ……」

伊賀さん、何か言いかけてはやめるってことを、何回か繰り返し……そのうち、諦めたのか、黙ってしまう。あたしと氷川さんは、いきなり知らされてしまった衝撃の事実に、まだ呆然としていた。

確かに。結界を解かないと自分の生徒が死ぬ。そう思ってしまった佐川先生が、結界を解く方向へ話をもってゆきたいのは判る、そして、その為に一番簡単なのが、〝昏睡してしまったひとを殺す〟ことなのは確かなんだが……三春ちゃんも、意図的にそっちへとあたし達の思考を誘導していた、それは確かなんだが……なんだが……まさか、実際に、佐川先生がそう思っていたとは。しかも、それを察知していたのが〝この〟村雨さんだけであり、しかも、察知した村雨さんは、更にその先まで読み切っていて、佐川先生はそう思っていても、覚悟はしても、決意はしても、でも、絶対にそれを実行はできないって確信していたとは……。

なんかもう、あたしの中で、村雨さんに対する評価は、ぶんぶん、ぶんぶん、上に行ったり下に行ったり、乱高下も大概にしろってものになり……。

「わはっ、あはははは！」

ここでいきなり、看護師さんが笑ったので、あたしは驚いた。

「いっやあ、いいじゃない」

って、何がいいんだ看護師さん。

「乗った」

って、何にだ。

「同じ船に乗ってるって、言われたって納得できなかったんすよね、あたし。けど、同じ夢をみていることは、どうやら確からしいんだし。しかも、あんた達、嘘ついてない。……なら、自分も理解して、納得した上で、同じ船に乗るしかないでしょう。つーか、もう、乗ってる訳なんだし」

「……あの？　あんた、何だ」

氷川さんがこう言ってしまう気持ち……なんだかとっても判るなあ、あたし。

「いや、何って、単なる一介の看護師です。通りすがりの看護師です。巻き込まれてしまった可哀想な看護師です」

全然そう思えないから、だから氷川さん、多分こう聞いたんだろうと思うんだけれど。

「ただね、看護師ですから。患者さんは絶対に守りますよ？　それがナースのお仕事ですから」

「……あんたが何を言ってんだかまったく判らん……」

呆然と氷川さんがこう呟く。それは、ほぼ、あたしも同じ気持ち。

「問題の患者さんの個人情報とか、問題の患者さんが入院している病院とか、そーゆー話、一切なしでいいのなら、同じ船に乗ってんだ、あたしもその話に噛ませていただきましょうって言ってるんです。つーか、同じ船に乗ってることだけは確かなんだな、乗るしかないんだよな。途中下車って……」

「無理です」

きっぱり、言い切ったのが、伊賀さん。

「途中下車なんてもん……できるのなら、私がまずやってる。んで、渚もゆきちゃんもみんな、この列車からひきずり降ろしてる。それができないから、しょうがなし、ここにいます」

「りょーっかい」

……何なんだろう、この看護師さん。何だろう、この異常なノリ。

でも。

この後も、看護師さんは（ああ、いい加減、市川さんってちゃんと名前を呼ばないといけないか、でも、今までの流れでは、彼女の名前をあたしがちゃんと認識できるような余裕なんて、まったくなかったのよ）、てきぱきと質問を続け、伊賀さんが主に、てきぱきと質問に答え続けた。そして、質問がある程度つながり、市川さんが全体像を把握できる時間頃になると。

その頃には、すでに、日が暮れてしまっていたのだ……。

氷川稔

すでに、夕方……と、いうよりは、夜。

俺は、かなり呆然としながら、この流れに付き合っていた。

途中から俺達に加わった市川さよりっていう看護師。これ、絶対に、普通の看護師ではない。(というか、〝普通の看護師〟とか、〝普通ではない看護師〟って区分は、そもそもないんだが。)

もともと俺、最初に会った時から、この看護師のこと、ヤンキーあがりかって思っていたんだけれど……それ、違ったかも知れない。

この女、単なる元ヤンじゃねえ。多分、現役の時は、もっとずっと上の立場にいた奴だ。

それこそ、レディースのトップとか、そこまでいかなくてもナンバースリーくらいの奴。

そういう立場の人間が、何かあって、人生航路の舵を〝看護師〟っていう職種にきった、そして看護師になった、そういう人間。

「それがナースのお仕事ですから」

これ、口癖かなあ。

と、いうことは。

誰か、言った奴が、いたんだろうなあ。

彼女の人生において、大切な局面でこう言って、そして、彼女にとって〝最良のこと〟をしてくれた、ナースさんが。

だから、彼女は、ナースを目指した。

経歴を考えると、かなり不利な局面もあっただろうけれど、一途（いちず）に、ナースを、目指した。そして……ナースに、なった。

実際に。

この後の彼女の対応が、俺のそんな推測を裏付ける。

色々話しこんでいるうちに、すっかりあたりは暗くなってしまって。中学生組は、さすがに家に帰さないとまずい時間帯になってしまった時。

「そりゃ、も、帰すしかないでしょう」

まず、こう言ったのが、この市川って女だったから。

「いえ、けど……このまま、みんなが家に帰って、今晩眠ってしまうと……みんなして、また、あの夢の中に行ってしまう訳で、その前に」

関口（せきぐち）冬美とかって女がこう言った時に、それをきっぱり断ち切ったのが、この市川って女。

「とるべき対策、今んとこ何も思い付いていない訳っしょ？　なら、出たとこ勝負」

いや、この局面で〝出たとこ勝負〟はないだろう？

俺はそう言いたかったし、大原さんも関口って女も、まさにそう言いそうになった。

けど、市川さよりの目力が、そういう反論を封殺。

結果として、佐川先生が、中学生組みんなを引率してコーヒーショップから出て行き(ちなみに、中学生組のお茶代は、結果として俺と大原さんが負担したままになった。何てことだ。女房と子供がいる俺は、月のやりくりを小遣いでやってんだよっ! ……このせいで、今月は、呑みに行くことなんて不可能になった。……まあ……死んでしまえば、小遣いもへったくれもないんだが)、後には、俺と大原さん、村雨のじーさん、関口冬美って女が残される。

んで、この時。

まさに、待っていたかのように、この看護師は言ったもんだ。

「この局面で、〝出たとこ勝負〟は、ないっすよねー」

そして、笑う。にぱって。

「だから、話を詰めましょう。……そっちの……大原さん、でした、っけか? あの、呪術師のひと」

「だから、呪術師って言わないでー」

「あと、そちらの天然のおじーさん」

「……その言われ方には……あの……」

市川って女、この二人の意見を、まったく無視。そして。

「二人共、先刻は言えなかったことが、なんかあるんじゃないですか？　その……中学生の前では、言いたくなかったこと、とか」

「どうしてそれが判ったの！」

って、叫んでしまうあたり、大原さん、あんたも随分素直なひとだ。

「判らいでか。……だてに、修羅場は潜ってません」

……だから……絶対……この女……。

単なる元ヤンじゃねえ。絶対に、幹部になったことがある奴だ。


で、まあ、色々と、話があり。

俺も色々考えることがあり。

でも、結局、どうしていいのか、誰にも判らなかった。

で、結局。

市川さより。この看護師が、すべてをまとめる。

「結局……出たとこ勝負しか、ないっすねー。わははっ、中学生組帰した時の結論と一緒だあ。……ま、今までの話をまとめると、その三春なんちゃらが、次の夢でいきなりあたし達全員を殺しに来るってことだけはない、それは確かでしょうから。だから、それでいっちゃうしか、ないっしょ？」

「……いえ……あの……そういう結論になることに、異論はありません。実際に、眠る順番をずらして、三春さんを孤立させる戦略にでるには、僕達の間で、まだ、まったく連携がとれていませんし。その戦略をとる以上、連携は必要なんてものじゃない訳ですし」

村雨のじーさんが、なんかぼそぼそ言っている。市川さよりは、当然、それを、無視。

で。それに、果敢にも異議を唱えたのが、関口冬美とかっていう女だった。

「あの。最終的に、そういう結論になってしまったことは、判ります。理解できます。ですが、それなら、中学生組に、もうちょっと、いろんなことを教えても……」

「ああん？」

ここで。

市川さより、かなり莫迦にしたような声を出し、関口冬美の言葉を封殺しようとする。

「……今、ちょっと、変な言葉が聞こえてきたような気がしました」

こう言われると、関口冬美、次の言葉を続けることができなくなり。

「中学生組に、いろんなことを教える。……あははん？」

ここで、少し、溜め。

溜めた、ちょっと、後で。

「そんなこと、ある訳、ないっしょ！」

市川さよりは、ほぼ、怒鳴る。

怒鳴られた関口冬美は、心理的にちょっと、あとじさる。

ここで、市川さよりが、より、大声で、言い募る。

「あのね、違うでしょう？」

……って、何が、だ。

「子供に教えないことがある。あたり前だ、これは」

……え……？

「いいっすか？　今回の場合、〝巻き込まれてしまった子供がとても沢山いる〟っていうのが大変なんっすが、本来的に、何かあった時、普通の大人は、その〝事態〟に、子供を巻き込むことは、避けます」

「…………」

「あたり前でしょう？」

…………。

「それが大人のお仕事ですから」

この女。かっこいいかも知れない。

第十章

しん……と、していた。

世界は、どこまでも白く、白く、白く……永遠に続く白。

そこにあるのは、どこまでも続く何もない平面。

これを見る度、三春は石を投げ込んでみたくなる。

さざ波ひとつ立たない、まっ平らな水面。そこに、ぽちゃって石を投げ込んで、ミルククラウンができるのを見、そこから、同心円状にひろがってゆく波を見たいな。

でも、ここには石なんてない。

というか、何もない。

どこまでも続く、まっ白な平面以外、何もない。

そもそも、これは、水面ではない。

触ることなんてできないんだけれど、触ったらきっと、硬い、拒絶しか感じられない、冷たい平面なんじゃないかと思う。水面……いや、むしろ、鏡面なのかな。

だが、鏡面とは違って、覗(のぞ)き込んでいる三春の姿は、映らない。

風も吹かない。

空気はそよぎもしない。

ここには時間がない。

だから、三春は、先刻、夢の中から登場人物を全員吹き飛ばした直後であり……同時に、あれから、永遠の時間がたったような気もする。

ここには色もない。

白く見えるこの平面は、実は、白という色がついている訳ではないのだ。

ここにあるのは、ただ、〝拒絶〟だけで、世界がすべてを拒絶しているから、色すらないから、白いのだ。

須臾(しゅゆ)の、そして、永遠の、拒絶。

最初にこの状態を経験する前には、三春、虚無の世界は、真っ暗か、あるいは眩(まぶ)しくて何も見えない世界かと思っていた。とんでもなかった。ただ、白いだけ。

だってそうだよね、真っ暗っていうのは、〝光がない状態〟だ。眩しくて何も見えなければ、それは〝光がありすぎる状態〟だ。つまり、どちらも、〝光〟というものが存在しているのが前提条件。

だが、ここには、光の存在すら、ないのだ。

故に、まっ白。ただただ、平面が続いているだけ。

い。

「…………」

何か、呟いたかも知れない、三春。でも、この世界には、空気すらないので、音は出ない。

けど。三春の顔には、口と同時に耳だってついているのだから。

たとえ、空気がなくっても、自分が出した声くらい、声帯の振動として、骨を伝わって聞こえてもいいんじゃないか。せめてそのくらいのこと、あったっていいじゃないか。あまりにも物理法則ってものを無視しているじゃないか。

そんなことを考えた時期もあった。

だが、考えてみれば、三春も呼吸をする生き物だ。空気のない世界で、何もない世界で、すべてを拒絶している世界で、存在できていること、それ自体が物理法則に反しているといえば反している。

そもそも、その前に。

何もない世界に、平面が見えること自体が、変なのだ。

だから、ここにあるのは……あるように三春が感じているのは、そもそも、物理的なものじゃなくて、三春の……。

考えても意味はない。

考えたくもない。

だから、とうにそんなこと、考えるのをやめた。

そして。

一瞬も時間がたっておらず、同時に無限の時間がたった頃。

何もない、白い平面が、ぷくっと膨らむ。

ああ。

誰かの、意識だ。

この現象は、同時多発的にまとめて起きる。

この世界を構成している、夢をみている人々、彼ら彼女らが全員眠ると、それでやっと、共世界としての場が整う。場が整った瞬間、人々の意識は、泡となって平面から立ち上がり……。

ぷくぷくぷく。ぷつぷつぷつぷつ。

あちらでもこちらでも、泡が平面を突き破ってでてきて、同時に、世界に、色がつく。形ができる。

揺れている床。

瞬時にそれは、地下鉄の車両の床になる。

泡が、人の姿をとるのとほぼ同時に、場は、細長くなり、両サイドに地下鉄の座席ができる。同時に吊り革や、窓や、ドアができる。

「なん……で……」

それと同時に、それまでは〝単なる視座〟であって、〝もの〟ではなかった三春にも、形ができる。形ができれば、声も出せるようになる。

「なんでこんなこと考えちゃったんだろう」

そうだ。いつもだったら、この状況になったら、三春、時間を飛ばすのが常なのに。どうせ、須臾にして無限なのだ、この状態になった瞬間、それまでの三春は、自分のことを〝何もないもの〟だと規定することにしていた。何もないんだから当然意識もない、そんな状態で、時間を飛ばし、人が揃うのを待つ。そうしないと、須臾にして無限を、毎回毎回認識していると、さしもの三春も、いささか辛い。いささか……いや、かなり。かなり……いや、うんと。うんと……いや、とんでもなく。

でも。

今回は、何故かこの、須臾にして無限を、少し体感してしまった。久しぶりのことだったので、とんでもなく気分が悪い。別に身体に具体的なダメージがあった訳ではないのだが(それに、三春は、実際にそういう状況を体験したことはないのだが、話に聞く限りでは)、これ、人間が言う〝乗り物酔い〟という状態に、ちょっと、近いのかも知れない。変なものを食べてしまった時に、自衛の生体反応として起きる、〝食べた中身を体が吸収する前に外に出したい〟というものとは違う、それでも、あきらかな嘔吐感が、胸の奥に蟠っている。

こうなることが判っていたのに、何故、時間を飛ばさなかったんだろう……？

少し、考えて、判った。

あのじーさん。

三春が、夢の世界を吹っ飛ばした時に、何か自分としゃべっていたじーさん。

あれが、とんでもないことを言ったからだ。

三春が、寂しいだの、何だの。

言われた台詞（せりふ）の、あまりと言えばあまりのとんでもなさに、三春はついつい、寂しさについてちょっと考えてしまって、それで、自分を〝何もないもの〟だと規定するのが遅れた。まあ、遅れたといっても、それはほんの数秒のことだったのだが、それでも、嘔吐感を覚えるだけの反応は、でてきてしまった。

あのじーさん。

どうしてくれよう。

気分が悪いので、気持ちもささくれ立っている。

だから、瞬時、そんなことを考え……同時に、まったく違う考えが、自分の心の奥底で立ち上がってくるのを感じる。

この嘔吐感。

何故、あるんだろう。

いや、須臾にして無限を体感してしまったからだ。それは、判っている。けれど、これは……。

この、胸の奥に蟠るもの、これは……これが……。

須臾にして無限は、多分、あるものを象徴している。

須臾にして無限は、あるいはとある感情なのかも知れない。

その感情というのが……。

三春がそんなことを考えている間にも。

ふつふつふつ、湧いてきた泡は、次々、順次、人間の姿として確定する。

とある、湧いてきた泡は、いきなり小柄な女性の姿になり、瞬時にして、湧いてきた場所から、三春から見て左側の方へと位置をずらす。移動した訳ではなくて、あたかも最初っからそれは、三春からみて左側に存在していたかのように。（平面から泡が湧いてでる時には、まだ、位置というものがないのだ。だから、存在の確定の仕方は、三春から見ればそんな風になる。）そこで、その小柄な女性は、更に情報を特定される。小柄な女性というよりは、少女。この地下鉄の、新桜台よりの座席に座っている、大野渚という存在として、それは、確定する。

とある、湧いてきた泡は、中肉中背の男性となり、こちらは三春からみて右側に位置を変える。そして、確定する。氷川稔として。

とある、湧いてきた泡は、こぢんまりとした女性になり、氷川稔の向かい側の座席に位置をずらす。その存在は、関口冬美として、確定する。

とある、湧いてきた泡は、先程の女性よりは、心持ち体格が大きい状態になり、位置は、関口冬美の隣になる。そうだ、泡達が、存在を確定された瞬間、人間になった瞬間、人々の位置は、必ず、〝結界が発生した時、その時そのひとがいた処〟になる。その後、地下鉄内で、誰がどのように移動しようとも、初期設定位置は、同じ。これはもう、確定された初期バージョンなのだ。（泡が湧いてきつつある状態で、初期設定位置を変えることができるのは、三春だけだ。）

と、いう訳で、関口冬美の隣で人間として確定されつつある存在。

泡が、完全に人間形になるのと同時に、彼女の意識も、構成される。

ぷくんとした泡、ふつふつ湧いてきた泡が……大原夢路として。

そして、この世界で、大原夢路が、目覚める。

大原夢路

あ、また来ちゃった。

眠った瞬間（という訳じゃ、ないんだろうな、この夢の構成要素である〝ひと〟が全部揃った瞬間、この夢は発動するんだろうから、あたしが実際に眠りについた時と、今この瞬間では、多分、現実世界では時差がある筈。ということは……あたしが眠って、そして、他のみんなの中に、まだ起きているひとがいて……具体的には、「あたしは眠っているんだけれど、まだ起きているひとがいる時間帯」は、あたし、どんなことになっているんだろう？　この世界に来る訳じゃなく、かといって、物理的なあたしの体は、多分睡眠状態になっている訳で……あたし、どうなってんのかな)。まず、あたし、そう思う。

それから、ちょっと、苦笑。

今あたしは、この夢の中で目覚めた訳だから、これを、『眠った瞬間』っていうのは、なんか変だよね。あきらかに体感としては、『起きた瞬間』なんだけど、『夢にはいった瞬間』を『起きた瞬間』っていうのは……日本語として、どうなの？

って、こんなことはやめよう。

今、あたしがやっているのは、時間稼ぎだ。

『夢の中にはいった瞬間』(あ、こう言うのが一番確実かな？)、あたしが思ってしまったことと直面したくはない、だから、あたしの無意識がやってしまった逃避行動。

うん、だって。これからのあたしの行動指針って……『出たとこ勝負』っていうおそろしいもんなんだよねー。

市川さんがこう言って、反論できるひとが誰もいなかったので、何となく決まってしまった行動指針なんだけれど、『出たとこ勝負』はないよねー、『出たとこ勝負』は。

こんな感じで（いや、布団にはいる前から、眠っちゃったらこうなるだろうってある程度は想定していたんだけれど）、まったく突然、夢の中にでてきてしまって……さて、この場で、出たとこ勝負って、どうすりゃいいんだ。

で。

あたしはまず、自分の目の前に視線を送り、そこに三春ちゃんがいないんで、ちょっと、ふうう。

そうだよ、前の夢では、あたしの前に三春ちゃんが来ちゃって、冬美があたしのこと守ろうとしてくれて、そんでもってあたしは、ついつい三春ちゃんに視線を。

と、ここまで思った瞬間、思い出す。

村雨さん！

そうだ、あのあと、村雨さんがやたらと三春ちゃんのことを挑発して、だから、三春ちゃん、村雨さんの前へ行ってしまって……。

前を見る。あたしが座っていた座席の向かい側には、昏睡（こんすい）してしまった女の人が座っていた座席があって、その隣には氷川さん、ドアの側に、村雨さんが立っていたって布陣の筈で……。

幸いなことに、あたしの向かい側の座席には、座っている氷川さん、そして、脇に立っている村雨さんの姿があった。ああ、これ、最初の頃の位置関係だよね。

と、思った瞬間。

「目を瞑れ！　つーか、開けてる莫迦は、いないよねっ！」

左側の方から、響いてきたのは、伊賀さんの声。

「解散前に言ったよね、何があっても、私や渚やいっちゃんからの指示があるまでは、最初っから最後まで、目を瞑ったままでいることっ！」

そうだ。最初、三春ちゃんは中学生達のそばにいたんだ。で……二人、犠牲者が、出てしまったのだ。（いや、犠牲者は、まだ、一人だ。千草ちゃんって子だけ。瑞枝ちゃんって子は……まだ、犠牲者だって決まったわけじゃない、少なくとも、あたしがそんなこと思っちゃいけない。）伊賀さん……それが判っていて、解散前にみんなにそれを言い含めておいてくれたのか。

と、なると。

気がつくと、あたしは、立ち上がっていた。立ち上がると、すぐに、村雨さんの処へと駆けつける。（いや、〝駆けつける〟って言える程の距離は、ない。だって、地下鉄の車両の向かい側にいるひとの処までだもん。しかも、間に立っているひとがまったくいないんだもん。ほんの五歩とか、そのくらい。）あくまでもあたしのつもりでは、三春ちゃんにあんな挑戦的なこと言った、村雨さんのことをガードするつもりで。

と。

「ＯＫ。今のとこ、三春某は、あの夢が発生した時……つーのはつまり、誰かが昏睡してしまった時ってことだろうと思うんだけど……その時の、最初の位置に、いるみたい」

こんな、伊賀さんの声が、聞こえてきた。

その瞬間、伊賀さんが思っていることが、なんか判ったので、あたし、慌てて村雨さんの肘を引っ張る。引っ張って……。

「え……あの？　……あの……」

とか言ってる村雨さんを、ずるずると、優先席の前を引っ張りとおし、そのまま、連結部の前までひっぱってきてしまう。

「あの、大原さん、何を……？　あの、僕に移動して欲しいなら、言ってくれれば、僕は素直にそれに」

んなことを聞いている場合でも、説明している場合でも、ないっ！

ずるずる、村雨さんを連結部の前までひっぱってくると、村雨さんの背広の端を摑んで、半回転させる。そして、それから村雨さんを、連結部のドアに押しつける。そして、その前に、あたしが、立つ。村雨さんを庇うように。そしてそれから。

「すみません、村雨さん、しゃがんでください」

「……え？」

と、ここで。

「あれ？」

笑いを含んだ、三春ちゃんの声が、聞こえてきた。

「今、これ言ったの、中学生の集団の、ひとり、だよね？」

ああ、笑ってる。

「今、三春ちゃんが最初の位置にいるって、何だって、中学生には、判ったのか、な、あ？」

くすくすくす。

「そんなこと、確定的に言えるだなんて、その中学生、一人だけ、目を開けてるね？　うふふ、ふふん、リーダーだからがんばっちゃったかな？　でも、ふふん、目を開けていたなら……」

ああ、いたぶっている。いたぶっている。思うさま、伊賀さんのことをいたぶっている、そんな三春ちゃんの台詞運び。

んで、この瞬間。

「な、訳、あるかいっ！」

……これ……大変不本意なんだけど。

あたしの叫びと、伊賀さんの叫びが、見事に同調してしまった。うん、判りやすく言うと、あたしも伊賀さんも、まったく同時に、こんなこと、叫んでしまったのね。

ただ。あたしはこう言っただけだったんだけれど、伊賀さんは。それに続けて、こんなこと言う。

「言った瞬間、目、瞑ってる。残念でした」

そして、あたしは、あくまで背後の村雨さんを庇いつつ、思う。

うん。

このやり取り、伊賀さんの〝出たとこ勝負〟なんだ。あたしが、村雨さんをなんとかできるよう、精一杯、伊賀さんがやってくれた、時間稼ぎなんだ。それが判っていたから、あたしもできるだけその伊賀さんの意向に沿うようにしたつもり。だから、とにかく、村雨さんを初期の位置から離して、この結界の端（と思われる、だって、前の方の連結部が開かなかったんだもの、うしろの方の連結部であるここも、多分、結界の〝端〟だよね？）に押しつけ、その上、後ろ向きにさせ、更にしゃがませて、あたしがその前に陣取って……。


で、伊賀さんと三春ちゃんがこんな会話をしている間に。

あたし達の会話の裏の意味を読み取ってくれたのか、氷川さんも、あたしの隣に、やってきてくれた。で、あたし、隣に立つ氷川さんも、後ろ向きにさせる。

と。

三春ちゃんが。

「ふむふむ」

嬉(うれ)しそうにこう言う。

「成程、この会話自体が陽動作戦かあ。目を瞑ってると移動ができない、だから、移動しない自分が声はりあげて、その間に、移動したいひとを移動させた訳ね。……うん、がんばったよね、よくやったと思うわ」

でも、なんか、すっごく嬉しそうなのよ。つーか、見事にあたし達の作戦、全部、読み切ったって風情の言葉なのよ、これ。

そしてそれから。

ほんとにゆったりとした風情で、三春ちゃん、中学生組の間を抜けて、あたし達の方へ向かって、歩いてきた。

これ……見ていたのは、多分、あたしだけだと思う。いや、他のみんな、三春ちゃんと目があった瞬間、死んでしまう可能性がある訳だし。目を開けていられたら、こっちの方が困る。

ゆるゆると。

ほんっとに、ゆるゆると、三春ちゃんは、あたしの前まで、歩いてきて……。

そして、言った。

「みい、つけ、た、じーさん。っていうか、何やってんの呪術師」

「呪術師って言うなー」

「でも、ほんと、何やってんの？　……あのね。じーさんを連結部の前でしゃがませて、その前に呪術師が立ってたって……隣に男のひとが立ってたって……あんた達のうしろにじーさんがいるって、ばればれだよ？　まさか、しゃがんでいれば三春ちゃんに見えないとか、そんな莫迦なこと考えていた訳じゃ、ないよね？」

「いや……さすがに、そこまで、莫迦じゃない。地下鉄の車両の中で、それも、乗ってるひとがこんなに少ない車両の中で、かくれんぼできるって思う程、莫迦じゃない」

「いや、そうですよ大原さん。何だって僕を……うぐっ」

ここで、しゃべりだしたのが、後ろ向きにしゃがんだままの村雨さん。同時に、氷川さんが、目を瞑ったまま、村雨さんの肩を押さえつけ、村雨さん、うぐっなんて呻(うめ)いたりする。

「ほい、任された」

これは、目を瞑って後ろ向きになったまま、自分の前にいる村雨さんの肩をひたすら押さえつけている氷川さんの台詞。

「何たって、このじーさん、何やりだすかこっちにも予測のつかない奴だからな、とりあえず、結界の端っこで、しゃがませて上から肩押さえてんだ、じーさんの動きは封じたぞ」

ありがとう氷川さん。昨日の会合の流れでは、間違いなく村雨さん、これから、三春ちゃんを宥(なだ)めて、寂しいって自覚させ、そして……って行動をとりそうだったので……その行為の是非はさておき、村雨さんの自由な動きだけは、封じたかったんだ。

いや、勿論(もちろん)、村雨さんの言うとおり、そういう行動に出るべきなんだと、あたしも氷川さんも思うんだけれど、それ、村雨さんにまったくのフリーハンドでやらせるのは、何か怖すぎるから。うしろ向いた状態で、しゃがませて、その上、氷川さんが上から肩を押さえつけていれば、少なくとも村雨さん、行動の自由だけは、ない筈。うしろ向いてしゃがんで、その上前方にあたしと氷川さんが陣取って、動きまで封じていたら、いくら村雨さんだろうと、三春ちゃんと目と目を見交わすのは、かなり無理だろうなって思いがあったから。

……う－ん。そう思ってみると、凄いな、あたし達のチームワーク。

伊賀さんとも氷川さんとも、まったく相談なんかしていなかったんだけれど、期せずして見事に村雨さんの動きを拘束できるようになってしまった。(いや、仲間である村雨さん拘束してどーすんのって思わないでもないんだが、この〝仲間〟は、〝拘束しておかないと危なくてしょうがない仲間〟だから。)

これが、あたし達の、〝出たとこ勝負〟。

「ああ、成程。……三春ちゃん、今度じーさんに会ったら、どうしてくれようかって思っていたもんね、じーさん連結部に押しつけたのは、三春ちゃんから隠す為じゃなくて、じーさんが絶対に三春ちゃんと目と目を見交わさないようにする為、かあ。……確かに、この体勢じゃ、たとえそのじーさんが一流のダンサーで、どんなに体が柔らかくったって、三春ちゃんの方、見るの、無理だもんね」

そうなんだ。どんどん思い出してきた。前回の夢で、三春ちゃんと村雨さんが、目と目を見交わさなくて済んだのは、それ、あくまで、三春ちゃんの方が、目があうことを避けていてくれたからなんだ。けど、前回の夢では、村雨さん、三春ちゃんのことをほんとに怒らせちゃったじゃない？　それこそ、怒った三春ちゃんが、みんなをまとめて夢からふっとばしてしまう程に。だとすると、今回、三春ちゃんの方から、村雨さんの視線を避けてくれるかどうか、まったく判らない。いや、むしろ、三春ちゃんの方から、村雨さんの視線を捉(とら)えに来る可能性だって、ある。

だから、この、布陣。

うん。実の処、ほんとにあたし達がやったことって、「出たとこ勝負」で、やってる自分達にもある意味訳が判らなかったりしたんだけれど……この「出たとこ勝負」、なんか、凄いや。後付けだけど、理に適(かな)ってる。

けれど。

三春ちゃんは、なんか、全然、困ったって風情に、なっていなかった。むしろ、くすくす、笑って。

「そーゆー、ね、〝抵抗〟だの〝対抗〟だのを、やってくれるのは、大歓迎。だってさあ、何もしないまま、ただ、怯(おび)えて逃げているんじゃ、三春ちゃん、つまんないもん」

「て……てめえっ」

後ろ向いたまま、氷川さんが、口の中でぼそっと呟(つぶや)く。と、三春ちゃんは、すぐにそれに反応して。

「あ。この声。さっき、ちょっと声聞いた時も、思ったんだ。ここに立ってるこの男って、ひょっとしてこの前の夢で、妙に鋭かった奴、かな？」

「……」

あたし。なるたけ反応しないようにした（つもりだった）。でも。

「ああ、呪術師の反応で判るな、そうだったんだ」

え。あたし。あたし、できるだけ反応しないようにしたつもりだったんだけれど……でも、やっぱ、それ、無理だったの？　どっか、変な反応が、出ちゃった？　そんでもって、氷川さんのこと、ばれちゃった？

「あの男、めんどくさいから始末しようって思ったんだよね、そーいえば、あの時、三春ちゃん。うん、始末しよう」

「って、やめなさい、三春さん！　たとえ氷川さんがあなたにとって、どんなに不都合なことを言ったとしても」

って、この三春ちゃんの台詞と同時に叫びだしたのが、村雨さん。すると三春ちゃん、にっこりして。

「ありがとうじーさん。おかげで、確信、持てました。しかも、名前まで判っちゃったよねえ」

ああああああ。完全に、弄ばれているな、あたし達。

と、ここで、開き直ったのか、氷川さんが。

「悪いな。俺は絶対に目を開かないよ。たとえ何をされようとも、俺は、あんたを見るつもりはない。……それに、呪術師もじーさんも落ち着け。こいつ、カマをかけてるだけだ。一々声に出してなんだかんだ言ったりすんな」

……あ。凄い。氷川さん、冷静。この局面になっても（あたしの名前はもうすっかり三春ちゃんにばれているっていうのに、それでも)、あくまで固有名詞だけは口にしない。

するとと。この氷川さんの台詞を聞いて、ちょっと三春ちゃん、口を尖らせる。

「そんなこと、言ってる場合なのかなあ、〝妙に鋭い男〟」

「……って……なんだよ」

「あのさあ、そんなに落ち着いていて、大丈夫？　〝三春ちゃんと目と目を見交わさない限り、生気を吸われない〟って、誰が、決めた、の？」

え。

え、え、ええ！

え、それ、あたし達がよって立つ、大前提じゃ、なかったのか？

「ねえ。三春ちゃんが、手を触れたら……ま、呪術師は、違うかも知れないよ、けど、普通のひとは、それでもう駄目って可能性、考えなくていいの？」

ごくん。あたし、凄い勢いで唾を呑む。

「〝妙に鋭い男〟。あんた、目を瞑ってるから、判らないでしょう。三春ちゃんは、呪術師の前に、いるんだよ？　ということは、あんたの、真ん前でもある。手を伸ばせば、三春ちゃん、あんたに触れるよ？」

ごくん。あたし、もう一回、唾を呑む。と、同時に。何故か、氷川さんが、あたしの足を、おもいっきり、踏みつけてきたのだ。あ、痛っ！

「三春ちゃんがこのまま手を伸ばす。あんたに、手を触れる。すると、あんたは、一体どうなっちゃうと思う？　三春ちゃんと目と目を見交わした人間は、悲鳴をあげ続けて、そして衰弱してゆく。けど、三春ちゃんが手を触れたあんたは」

「どうにもならんだろう、な」

ぎゅむぎゅむ。あたしの足を踏んでいる氷川さんの足に、更に力がかかり、あたしは言おうとした自分の台詞を呑み込んで……すると、氷川さん、こんなこと言ったのだ。

「呪術師。あんた、大概素直なひとだからな、一々こいつの台詞を気にするな。これ、あくまでブラフだから」

え……そう、なの……？

「三春なんとかもなあ、この呪術師やじーさんみたいな素直な奴相手にすんならともかく、俺相手にそんなブラフ、やるなよ」

「ほう。ブラフだって思う訳？　一体全体、何で？」

「あんたが、そういう手段で生気を吸えるんなら、そんなこと、わざわざ言わないだろうから。黙って俺から生気吸えばいいだけだろ？　なのに、そんなことをわざわざ言う。言ってるだけで、ブラフだってまる判り」

……そ……そう、なん、だろうか。でも……。

「〝妙に鋭い男〟。今までは、三春ちゃん、ただ生気を吸う手段を緩めていただけ、実際はもっと他の手段がある、そういう可能性は、ほんとにまったく、考えなくていいの？」

「だから、その場合は、黙って俺から生気を吸ってんだろーがよ。それしないだけで、それブラフだって……」

　ここで。

　三春ちゃん、笑ったのだ。にっこりと。そして。

「それがブラフではなくて、ほんとに三春ちゃんにはそんな手段がある。その可能性を、〝妙に鋭い男〟、あんた、見逃しているって、判る？」

「……え……」

「今、みたいにね」

　ここでまた、三春ちゃん、にっこり。

「エサに余計な希望を持たせる。……んふっ……。んふふふふっ。これ、本当に、楽しいと、三春ちゃんは思うの」

　ここで、三春ちゃん、ちょっと、ため。

　そしてそれから。

「希望を持たせた後で、それを、打ち砕く。……最後まで残った、捕食される生物の抵抗を、踏みにじる。捕食する生物にとって、これ、すっごい楽しいって……思わない？」

え……。酷い。酷い、まさか、そんな酷いことが。

　って、あたしが思った瞬間、同時に、二人の声が、重なった。

「んなこたねーよ」

「そんなこと、ありませんっ！」

前の声が氷川さんで、後の声が村雨さんだった。

同時に響いた、まったく同じ意味の、二つの声。

この後、まるで副音声みたいな感じで、二つの会話が同時進行したんだけれど、それ、どうにも書きようがないので。

しょうがない、ひとつずつ、書かせてもらう。


まず、最初の、氷川さんの台詞から。


「んなこたねーよ」

ちぎって捨てるような感じで、氷川さんこう言うと、それから。

「三春なんたらって、あんた、相当嫌な奴だな」

って、そんなこと今更言われたって。あたし達を捕食する生物だっていうだけで、三春ちゃんがあたし達にとって〝嫌な奴〟だってことはすでに確定している訳で……氷川さん、今更何が言いたいの。

「それ、基本的に俺達をいたぶっているだけの台詞だろ？」

「……それ、どういう意味だって、聞いてもいい？」

「ああ。あんたは、俺達に触って、それで生気を吸うことなんてできない、なのに、あたかもできるようなふりをして、俺達をいたぶっている、そんな嫌な奴だっていう話なんだが、どっか、違うか？」

「……どうして三春ちゃんが、接触して生気を奪えないって思えるの」

「そういう生き物は、地下鉄なんかで〝狩り〟をしないから」

って……え？　この氷川さんの台詞、あたしにはまったく意味不明で……。

「三春なんちゃらは、普段、地下鉄の中で〝狩り〟をしている訳だろ？　そんな時、接触で生気吸っちまうことがあったら、そんな可能性があるのなら、それはえらいことになる。だって、舞台は、地下鉄だぜ？　変な風に揺れたり、急停止でどどって前の方にひとが詰まることだってある、そんな、地下鉄だよ？　……もし、接触で生気が奪われるのなら、あんたが〝結界〟を作る度に、大騒ぎになってる可能性が高い。その気もないのに、地下鉄が揺れたり何かで、ついうっかり、あんたのまわりでまとめて五、六人、いっぺんに倒れちまったら、あんたの方が困るだろうがよ」

……ああ……確かに。そりゃそうか。

「今はかなり空いているからうっかりしてるが、普通の地下鉄だったら、座ってるだけで、もうそれで両隣のひととは接触しちまってんだろーがよ。ある程度混んでる車両だったら、立ってるだけでも接触しまくりっつーか、あんたにその気がなくたって、揺れ方によっては接触しちまうだろがよ」

だよね。

「だからっ！　普段は三春ちゃん、目と目を見交わして生気を吸ってるんだよっ！　けど、非常手段として」

「言うなよ。言えば言う程、あんたが話を糊塗しようとしてんの、ばればれ。大体、優位に立ってる捕食生物が、そんな非常手段、持ってる必然性、ねーだろーがよ」

……凄い。氷川さんって、単に喧嘩っぱやいだけのひとじゃ、ないんだ。凄いよこの切り返し。この冷静さ。

「……ぐっ」

だからか。こんな氷川さんに精神的に押されて、三春ちゃん、喉の奥で呻き声みたいなものをだしただけで、黙る。

ううん。

いや。

話は……ちょっと、違うか。

この時、同時進行で話しだしていた村雨さんが、かなり凄いことを言い出していたので……三春ちゃん、氷川さんに対処する、精神的な余裕をなくしてしまったのかも知れない。

☆

「そんなこと、ありませんっ！」

こう叫んだ後、しゃがんだ状態でいきなり大声を出した為か、村雨さん、噎せてしまって。村雨さんの次の台詞は、ちょっと時間があく。で、村雨さん、自分の台詞を強調したかったのか、もう一回、同じことを言う。

「そんなこと、ありません！　だって、三春さんは、サディストじゃない！」

い……いや……村雨さん……その台詞は、何？　というか、自分を捕食する生き物に対して、こういう評価をするって……この場合、村雨さんの現在の精神状況の方が、何か、謎だわ。

「僕はね、定年になった後、庭の一部で、トマトと春菊を作っているんですっ！」

……い……いや……それはそうなのかも知れないけれど。定年になった男性が、家庭菜園をやるって、まあ、そうおかしな話ではないとは思うんだけれど……だから、それが、何なの。今、それ、どういう脈絡で繋がっている話なの。

「大変だったんですよ。まず、庭の、菜園にするって決めた場所の土を、全部掘り返して。これは僕の家が特殊なのかなあ、建て売りの家の庭って、掘り返すと石がごろごろあるんです。菜園にする以上、石があっちゃまずいですから、三十センチくらい掘り返して、石を全部取りのけて。完璧に腰に来ます。石っていうか、岩って言いたいようなものまであって、本当に大変でした。こんなことになるって判っていたら、せめて、四十代のうちに、庭の手入れだけはしておけばよかったって後悔しました」

……ああ……はい。確かに、六十すぎてから、いきなりの庭仕事は、本当に大変だったでしょう。ぎっくり腰にならなくって、よかったですね……って。って、そのお話、どう続くの？

「しかも、練馬でしょう？　ある程度掘ると、赤土になるんですよね。関東ローム層。やはりこれは、野菜を作るのにあんまり好ましくないですから、石を除いて、土を軟らかくした後、腐葉土とか買ってきて、混ぜこんで……」

……どうしてあたしは、今、村雨さんの家庭菜園講座を聞かなきゃいけないんだろうか？　あたしも疑問に思ったんだけれど、三春ちゃんはもっと疑問に思ったようで、なんか、相槌すら打てず、ひたすら村雨さんの話を傾聴することになる。

「そうやって、やっと、土を作って。そこに、トマトの苗を植えて、春菊の種を蒔いたんですよ。……トマトは、苗でしたから、最初っから葉っぱがありましたから、そうでもなかったんですけれど、春菊はね、種蒔いた後、そこに緑色のものがでてきてくれた瞬間、ほんとに、ほんっとおに感動しました。嬉しかったです。もう、僕、春菊の芽には、感動と愛しか抱けませんでした」

はあ。これ……どうなんだろう、家庭菜園やってるひとは、みんなこんな思いを抱くものなんだろうか。それとも……村雨さんが、特殊なんだろうか。

「トマトがすくすくと育ってゆくのを見るのも、嬉しかったです。御存知ですか？　トマトって、一年たつと枯れるんですよ。時期が来ると、花が咲いて、順番にそれが結実、そして……すべての実が結実してしまえば、あとは、枯れるだけなんです。でも、そのトマトを、僕は収穫するんですよねえ。春菊に至っては、そもそも花が咲くまで待っている訳にはいかない、そこまでゆけば育ちすぎですから、その前、葉が柔らかいうちに、その葉をちぎって、料理してしまう訳なんですよ」

……ああ……はい。そうでしょう。

「でも、葉をちぎった後も、春菊は育ってくれてねえ……。本当に、僕、庭の作物に、自分が食べてしまうものなんですけれど、食べる為に作っている訳なんですけれど……愛しか、抱けませんでした」

って……え……この話のすすみ方って？

あたしが疑問を覚えたのと同時に、同じ疑問を三春ちゃんも覚えたらしくて、三春ちゃん、怒鳴る。

「ちょっと待てっ！　じーさん、あんた、なんかとんでもないこと言おうとし」

「でね。僕はやったことがないんですけれど」

でも。村雨さん、こんな三春ちゃんの台詞を、全然聞いていなかった。三春ちゃんの台詞をぶった切って、ただ、自分の台詞だけを続ける。

「酪農とか、養鶏をやっているひとの話をね、どこかで読んだことがあるんです。そういうひと達は、勿論、自分が育てている動物を、自分が殺して食べてしまうことを、知っている訳なんですよね。食べる為に、商品として出荷する為に、育てているんですよね。けど……それでも……当たり前ですけれど、そういうひと達も、愛をもって、家畜を育てているんです。それは、ペットに対する愛情なんかとはまったく違うものなんでしょうけれど、愛がなきゃ、酪農や養鶏なんて、できる訳ないんです。……最終的に、自分の為に殺すことが判っていても、ですよ?」

「待てっ! じーさん、それで三春ちゃんが、あんた達人間に対して愛を持ってるだなんて莫迦なこと言いやがったら」

三春ちゃんが何か言いかけるのを、また、村雨さん、無視。

「まあ、農家や酪農家のひと達は、栽培や育成をしている方々で、三春さんの場合は、狩りですから、むしろ〝狩猟〟の方に近いのかも知れませんが。でも、そういうひと達は、そういうひと達で、獲物に対して、まったく違う、それでも〝愛〟を抱いているんだと思うんです。普通に言う〝愛〟とは違うのかも知れませんけど。草むらから飛び出してきた兎をとるひとも、船で海に出てお魚を釣るひとも。兎や魚を、苦しめて喜ぶひとなんて、いる筈がないんです」

「だーかーらーっ! そーゆーひと達と、三春ちゃんを、一緒にすんなっ!」

三春ちゃんが叫ぶ。

んでもって……あたしも……なんか……気分としては、三春ちゃんに近い。(立場はまったく逆だけれど。)

うん、そういう、農家さんや酪農家さんや漁師さんと、三春ちゃんを、一緒にするなっ!

でも。村雨さんは続ける。

「御飯を食べる時、僕は、両手を合わせて、『いただきます』って言います。これは、僕に食べられるものへの感謝の言葉です」

いや、それは確かにそう。「いただきます」ってそういう言葉。それはあたしもそう思う。けど、それは、〝食べられる〟立場であるあたし達が、今、言うことじゃ、ないだろう？

「だからっ！」

けれど。そんなあたしの思いをよそに、村雨さんは、ひたすら、言葉を、続けるのだ。

「だからっ！　さっき、三春さんが言った言葉。エサに余計な希望を持たせて、それを打ち砕いて楽しむ。それは、絶対に、あり得ないんです！　捕食する生物として、そんなことは……」

ここで、一拍の、間。

そしてそれから。

「そんなこと、ありませんっ！」

……ああ。

ああ、成程。

めぐりめぐって、話はここに戻ってくる訳ね。

成程、あたしは……この話の結末は、判った。

でも、納得できた訳じゃない。

これはそもそも、捕食される立場の人間が言う言葉じゃないと思ったし……捕食する立場の三春ちゃんには、もっと納得できない言葉だっただろう。

しかもその上。

ここで村雨さん、更にすさまじい爆弾発言をしやがったのだ。

「だって、三春さんは、〝寂しい〟ってことを知っていますからっ！　〝寂しい〟を知っているひとは、決して、そんなことを、しません！　というか、できません！」

この瞬間。

また、あたりの圧力が高まった。産毛が、ちりちりと、した。

村雨大河

……いや……前から、〝そう〟、なんだ、よ、ねえ。

随分前から……定年になる前、仕事をしていた時から、〝そう〟なんだけれど。

僕はまあ、大体において、気弱な人間だ。普通の生活をしていて、何か特に、何か強く、主張したいことなんか、ない。だから、普段は、とりたてて、大声で、主張は、しない。そんなことできないような人間なんだ。

けれど。

こんな僕でも。

稀にはまれ、「断固として言いたい」ことが発生してしまうことはある。

いや、自分の主張を通したいっていうよりは……どっちかっていうと、〝異議〟、かな。

時々……ほんとに時々、「それは違う」「それはおかしい」って、主張したい時だって……あるには、あるんだ。（数年に一回くらいも……ないかも知れないけれど。）

で、今。

まさに、僕は、そんな主張を、したくなったのだ。

そうしたら。

これまた、随分前から〝そう〟なように……僕が主張を始めると、なんか、みんな、僕の言葉が判らないって雰囲気になってしまったのだ。

何故だ？

僕は、いつだってとっても判りやすく説明をしているのに。日本語使ってしゃべっているのに。実に丁寧に説明しているのに。

そして、こんな雰囲気が漂うのはまずい。

この雰囲気になると……なんか、僕の言葉が無視されてしまう、そんな可能性、結構高い。

いや、勿論、みなさま、僕の言葉を無視しようと思って無視している訳ではないんだろうとは思う。

けれど、判らない言葉は、無視してしまうのが普通。

だから、このままでゆくと、僕の発言、無視されてしまいそう。


それにまた。

是非とも主張をしたいと思っている、そんな僕の……今の体勢が、これまた、〝ない〟としか言いようがないものだったのだ。

何が何だか判らないうちに、僕は大原さんに引っ張られて、電車の端っこ、隣の車両に移る為のドアの前にまで来てしまった。そしてその上、ぐるんと回れ右をさせられてしまって。今、僕は、車両と車両の間のドアを睨(にら)んでいる。

そしてその上、大原さんは、僕にしゃがめって言うのだ。

いや、ここでしゃがんでしまったら、僕の視界にあるのは、ドアの下方だけだって話になるんじゃないのか？　でも、まあ、どうしても僕がしゃがまないといけない感じがしたので、僕はしゃがんで……。

そうしたら。その上。何故だか判らないけれど、氷川さんが僕の処へやってきて……僕の肩を、上から押さえつけてきたのだ。

こ……こ……こんなこと、されてしまうと。

僕は、もう、動けない。

後ろの方から、三春さんの声が聞こえる。

三春さんと大原さん、三春さん、氷川さんがしゃべっているのが聞こえる。

そして、その会話には、僕にとって、どうしたって等閑視できない内容があって……だから、僕は、口をはさもうとした。

……けれど。

いざ、口をはさもうとした場合、この姿勢は、ないよね。いくら何でもないと思う。後ろ向いてしゃがまされている上、肩を押さえつけられているんじゃ……〝異議〟を唱えようとした場合、こんな姿勢は、あり得ないと思う。〝迫力〟も〝権威〟も、まったくないでしょう、この姿勢。

まあ、でも。

大体が、僕の言葉には、〝迫力〟も〝権威〟もないのが普通なのだ。

だから、言ってみる。

言ってみたら……あああああ。

これまた、普段の僕にはありがちなことなんだが……僕が、意を決して、必死の思いで、自分の心のありったけをぶつけた場合……何故か。本当に何故か、かなりのケースで、〝誰もそれを判ってくれない〟ってことに、なってしまうことがあるのだ。

みんな、なんか、きょとんとして。

僕は、必死になって、例なんか出して、判りやすいようにしゃべっているのに。

何故か、誰も、それを判ってくれない。

そして、最悪なことに、そういう状態になった場合、みんな、僕の台詞を、聞かなかったことにしてしまうのだ。無視、してしまうのだ。


大原さんは。

今まで僕が会った、そして、そんな会話をしたひとの中では、結構僕の言葉を聞いてくれたひとなんだが、僕の話を〝聞かなかったこと〟にはせずに、できるだけ僕の話を理解してくれようとしたひとなんだが、それでも。

「脈絡は？」

「その話はどっから続いてるどんな話なんですか？」

みたいなことを、結構言ってくる。

いや、何も言わずに僕の言葉を無視されるのより、それは絶対にいいんだが……いいんだが、こんなに判りやすく、例まであげてしゃべっている僕の言葉の、どこに脈絡がないって言うんだ！　一体、何が判らないって言うんだ！　そっちの方が、僕にはまったく判らないぞっ！

で。今回も、また。

僕が、家庭菜園の例まであげて、本当に判りやすく説明をしているっていうのに、また、あたりには「……判らない……」って雰囲気が満ちてきて……いや、まずいっ。このままでは、また、僕の言葉、〝判らない〟っていうんで、無視されてしまう可能性がある。

何で判らないんだ。

何で判ってくれないんだ。

こんなに簡単なことなのに。

一回、三春さんの気持ちに、なってみろっ！

いや。

相手は、僕達人間を〝捕食〟する生物だ。

無理を言っていることは、自分でも判っている。

〝捕食される生物〟が、〝捕食する生物〟の気持ちになるのは、無理だ。

けれど。

判ってはいるけれど、判ってはいても、それでも、言いたいことは、ある。

〝感情移入〟っていう言葉がある。

それは、多分、相手の感情に、自分の感情を沿わせること。

普通の人間関係では、相手に〝同情〟する時、主に、ひとは、そういうことをする。

意図的にこういうことをするのは、お芝居なんかだよね。

いい役者さんは、多分、そのひとが演じている人物に、本当に、〝なりきる〟。

そのひとの気持ちになって、本当にそのひとの気持ちが理解できたら、台詞には自然に感情がこもるだろう。動作だって、自然にでてくる。役柄の心が理解できたら、動作が自然に出てくるだけじゃない、台詞の声音だって調子だって、全部自然に決まってくるんだろうと思う。


それを。一回、三春さん相手に、やってみればいいんだ。


この世界で。夢じゃない、現実の世界で。

多分、三春さんは、一人だ。

この場合の〝一人〟っていうのは、僕、村雨大河が、この世に一人だけの人間オンリーワンだっていうのとは、意味合いがまったく違う、〝一人〟だ。

おそらくは三春さんの同類は、この世界にいない……か、いたとしても、それはおそろしいまでの少数派だ。

この世界にいる普通のひとは、三春さんにとって、〝輩(ともがら)〟ではなく……言い方、悪いけれど、人間にとっての、牛や豚や鶏みたいなもの。

勿論、この世界で、孤独を託っているひとは、沢山いると思う。自分の真意を誰も理解してくれない、自分のことを本当に判ってくれるひとがいない、それに苦しんでいるひとは、それはそれは沢山いるんだろうと思う。（というか、自分が他人に完全に理解されているって思っているひとの方が、珍しいだろうと思う。）

けれど。

そういうひと達の孤独と、三春さんの孤独は、桁が違うのだ。いや、〝桁が違う〟っていうと、別な意味になりそうだから……〝もの〟が違う？

だって。三春さんにとって、あたりには、ひとはいないのだ。いるのは、自分とは違う種類の……自分が捕食する生き物だけ。

無人島で。ロビンソン・クルーソーは、孤独だっただろうと思う。

けれど、彼は、孤独を託ってなんかいなかっただろうとも、思う。

何故ならば、無人島には、ひとは彼一人しかいなかった訳で……これはもう、孤独を託ってる場合じゃない。（託つという言葉には、〝嘆く〟っていう意味の他に、〝口実とする〟ってニュアンスがあると思う。というか、むしろ、そっちの方が、意味としては強いのでは？　ただ、嘆く、愚痴を言うなら、素直にそう言えばいいんだから。〝孤独を託つ〟って言ってしまった瞬間、絶対〝口実系〟のニュアンス、漂うと思う。）

ひとが沢山いる世界で、それでも、孤独なら、それを口実として、ひとは様々な愚痴が言えるだろう。

〝誰も僕のことを判ってくれない〟。〝僕はこんなにも、みんなに理解して貰えるように努力しているのに、でも、誰も僕のことを判ってくれない〟。〝だから僕は不幸だ〟。これこそが、〝孤独を託って〟いる状態だ。

けれど、ロビンソン・クルーソーは、そんなこと言ってる場合でも状況でもない。だって、その島には、ひとは、彼しかいないんだから。

無人島で、ひとが一人しかいないことを嘆く、これは、ロビンソン・クルーソーも、やったかも知れない。けれど、〝孤独を託っている〟暇は、彼には、ない。〝誰も僕のことを判ってくれない〟訳じゃない、この島には、ロビンソン以外のひとが、ひとりもいないのだ。〝自分のことを判ってくれるひと〟がひとりもいないんじゃない、そもそも、自分以外のひとが、ひとりも、いないのだ。

……三春さんがいるのは、おそらくはそういう状況なのだ。

孤独を託つことすらできない、そんな……孤独。

ちょっとでもいい、一瞬でもいい、そんな三春さんの〝孤独〟に思いを馳せてみたら……。

三春さんが、〝エサである〟僕達人間に、一回、希望を与えて、のち、それを打ち砕く。

それが楽しい。

そんなこと、ある訳ないって、誰にだって判るだろう？

こんな孤独な状況で、そんなことやってる暇、三春さんにある訳がない。


と、すると。


何故、三春さんがそんなことを言うのか。

これにだって、すぐに答が出てくる筈。


ああ。

三春さんはね、おそらくは、しゃべりたいのだ。

こうして、会話しているのが楽しくてしょうがない……だから、ううんと、会話を、したいのだ。この、会話をしている時間を、少しでも長く、したい、のだ。

本人はそんなこと、まったく意識していなくても。

三春さん本人にしてみれば、僕が言っている、こんな台詞……全部、噴飯物に思えるのかも知れないけれど。


そして。

そんな会話の〝裏〟にあるのは……おそらくは、三春さんが、絶対に自覚したくないと思っている感情……〝寂しさ〟、だ。

多分。

彼女は、本当に、寂しい。

この世界で生きている時、三春さんの心の大半を占めるのは、おそらくはそれではないのか。

うん。

三春さんは……本当に、寂しい、ん、だと、僕は、思う。

だから。

三春さんは、しゃべりたい。

別に相手が僕でなくてもいい。

誰とでもいいからしゃべりたい。

いや、しゃべりたい訳ですらない。

誰とでもいいから接触をしたい。

多分。おそらくは。

三春さんの心の大半を占めているのは、きっとこんな思いであり……そして、だから。

三春さんが、絶対に諾わないのも、きっと、こんな、思いなのだ。

大原さん達が言いたいことは、何となく判るような気がする。

捕食される生物である僕が、三春さんに感情移入するのはおかしい。基本、対人関係で、相手に感情移入できるのは、〝上〟にいる方の人間だ。〝上〟の立場のひとが、〝下〟の立場を慮る、これが普通の対人関係での〝感情移入〟。

彼女達が言いたいのは、おそらくこういうことであり、それは、絶対に、正しい。

三春さんだって、僕に感情移入されたら嫌だろう。

僕だって、うちの家庭菜園の春菊が、まさに自分の若葉を摘まれようとしている際、それを嫌がるんじゃなくて、若葉を摘む僕の方に感情移入してるって思ったら、そんなの、嫌に決まっている。うーん……何が嫌って言える訳ではないのだが……僕が今、摘もうとしている春菊が、〝摘まれて自分は哀しい〟って思う訳じゃなく、摘む僕の方に感情移入しているって思ったら……そりゃ、いたたまれない気持ちになるだろうと思う。

だから。

大原さんや、三春さんが、僕のこの意見を否定するのは、よく判る。

でも。だけど。

僕としては、どうしても……どうしたって、こう、言いたい。

実際に、〝寂しい〟という言葉を僕が口にした瞬間、あたりの圧力が高まって……僕の確信は、深くなった。

三春さんが、嫌がっている。

と、いうことは、僕がやっていることは……うまいこと〝先に続く〟道ではないのかも知れないけれど、こんなことやってると、状況は更に悪くなるだけなのかも知れないけれど……でも。

でも、根本の処では、間違っていない。

きっと、いない。

そう、思う。

だから、僕は、この道を……続けようと、思う。

この道の先に、何かがあるような、そんな気がする。

佐川逸美

昨日。

練馬高野台の駅から、みんなを個別の最寄り駅まで送っていた時……わたし、伊賀ちゃんに言われた。

「あのね、いっちゃん。明日……っていうか今日……っていうか、あの、夢の中にはいった時。絶対いっちゃん、目を瞑ってて」

あの。いや。別に、伊賀ちゃんに文句を言いたい訳ではないんだけれど……自分が顧問をしている部活の中学生に、ここまで断定的に命令口調で話されてしまうわたしって……何なの。でも、伊賀ちゃんは、そんな感情的なことを言っている訳ではないらしくて。

「私……あの時の、みんなの位置関係を、自分なりに整理してみた。んで思ったんだけれど……問題にするべきなのは、千草と瑞枝の位置、でしょ？」

「……って？」

「あの、三春某の、最初の犠牲になったのが千草だ。そんで、次が、瑞枝」

うん。

「……私達はあの時、電車に乗っていて、しかも、空いてる電車だったから、大半の人間が、席に座ってた。勿論、来た電車にそのまま乗った、そういう奴だから、座席表なんてある訳ないんだけれど……けど、大体、あの電車の、どの辺に千草がいて、どの辺に瑞枝がいたかは、判ってる。そんで……それから考えると、三春某の、最初の位置は、大体、推測できると思うんだよね。普通に千草のすぐ側で、視線を動かしたり移動したら、その前に瑞枝がいた。そんな位置関係だとしか思えない」

「あ……うん」

「それを考えると、いっちゃんの位置は、かなり三春某に近い。……あいつだってさあ、何か思惑があって、私達の誰かを犠牲にした訳じゃないと思うのね、ということは、とにかく、あいつの近くにいた人間が、不幸にも犠牲になってしまった。そんな話だと思うんだ」

確かに。

「だとすると、夢の世界にはいった瞬間は、あいつの近所にいた人、絶対に目を開けない方がいい。あいつにそんな気がなかったとしても、偶然、まずいことになっちまう可能性は、あるんだからさ。……だから、うちのバスケ部の連中にはね、さっき、全員、『絶対に目を閉じてろ、私がいいって言うまで目を開けちゃいけない！』って、徹底させたの。私か渚かいっちゃんが何か言うまでは、絶対に目を閉じてろって」

それは正しい判断だろうと、わたしも思う。

「だから、悪いけど、いっちゃんもそれに従って。私が覚えている感じでは、いっちゃんがいたのは、三春某にかなり近い位置だったような気がするから」

え。そうだったのか。

「繰り返すけど、私が〝いい〟って言うまで、絶対に目を開けないで」

「いや、それはいいんだけれど。伊賀ちゃんがそこまで言うのなら、わたし、目を瞑ることにするから。起きた時から……ああ、夢の中で起きた時って、〝起きた時〟じゃ、ないよね？　……眠った時っていうのも、何か違和感あるし。〝眠った瞬間目を開けないようにする〟って……なんか、日本語として、違和感ありまくり」

「だっしょー？　これ、ほんとに、何て言っていいのか判らないよね」

……と、まあ。

こんな会話があったので。

わたしは、とにかく、〝起きた瞬間〟ひたすらぎゅっと、目を瞑って……瞑り続けて……

……そして。

そして、はっと、思ったのだ。

はっと。

伊賀ちゃんが……三春某の遠くにいるって……本当、か？


いや、もう、よく判らない。

……あの時、あの地下鉄の中で、わたしが、千草や瑞枝の、側にいたかどうかなんて……

……確かに一回は渚と検討はしたけれど、その時の話、もう、わたし、まったく、覚えていない。

同時にわたしは、まったく覚えていないのだ。

あの時、伊賀ちゃんがどこにいたのか。

いや、だって。

適当に乗った地下鉄だもん。

座席表も何もなかったもん。

誰がどこに座っているか、誰がどこに立っているか、そもそも、座っているのが誰だか、それ、判っているひとなんて一人もいない状態だったんだもん。

ここで。

何で、伊賀ちゃんは、断言できるのか？

あの時、千草がどこにいたのか。

あの時、瑞枝がどこにいたのか。

そして、千草と瑞枝の側にいたのは、一体全体、誰なのか。

断言……できる、訳が、ない。

伊賀ちゃんは。

おそらくは、適当なことを言っているだけ、なんだ。

そして。

伊賀ちゃんが適当なことを言ったのは、何故なのか。

その答が判った瞬間、わたしは、〝打ちのめされた〟。

そうだ。
伊賀ちゃんは、わたしのことを守りたくて……それで、わたしが納得できる、適当な理由をつけて、そして、適当なことを言っただけなんだ。他のみんなは伊賀ちゃんが命令したら、素直にそれに従うだろう。けど、わたしは、従わない可能性があり、そんなわたしを納得させる為に。

それが判った瞬間。
あんなに止められていたのに。
わたしは、目を開けてしまった。
目を開けて、この夢の中の世界を見……。

そうしたら。
驚いた。
本当に、驚いた。

☆

『だ・る・ま・さ・ん・が・こ・ろ・ん・だ』
何やってんだこれ？

まさに。

何やってんだこれ？　としか、言いようがない形で、じりじり、じわじわ、わたしの前を横切っている女性がいたもんで。

もう、殆ど声にならないような、小さな声で。（聞こえないけど、口の動きで、何となく彼女がそう言っているのがわたしには判った。）

「だるまさんが……」

そう、呟く。

ここで、彼女、前方と両サイドに視線をうろちょろさせて。

次の瞬間。

「転んだ！」

また、口の中だけで、殆ど声にならない声をあげ、そして、だだっと、この女性、前に進む。

何だ？　何やってんだこの女。しかも、このひと、わたしが知っているひと。

「いち……かわ、さん？」

そうだ。このひと、市川さよりさんだ。昨日会った、看護師さんだ。

んで。

目を開けたわたしと、目と目があってしまった市川さん、いきなり自分の唇の前に右手の人指し指をたてて。

「しっ」

……いやあの。〝しっ〟って言われても。

「あの……市川さん、何やってるんですか」

「しっ！」

ほぼ、市川さん、怒鳴りつけるようにしてこう言って、それから。うんと声を潜めたまま。

「あたしは今、〝だるまさんが転んだ〟をやってんだかんね。先生、あんた、声を出すな」

いや、あの、その、あの。

〝だるまさんが転んだ〟って、子供達がやってる（それも、中学生なんかはやらないよな、もっと小さな子供達がやってる）鬼ごっこの一種だろうと、わたしは思うんだが……それを、あの、今、何で、こんな電車の中で市川さんがやってんの。それも、一人で。多分〝鬼〟はいないだろうに。

「あんた達が言う三春某に近づく為に、あたし、できるだけ身を潜めてんの。あっちの方は、どうやら、村雨さん達が、三春某の気を引きつけていてくれるみたい。だから、それに乗じて、あたしはできるだけ、身を潜めて、あいつに近づくつもりなの。これが、多分、できるだけのあたしの、〝出たとこ勝負〟」

……ああ、はい。

あなたが〝やりたいと思っている〟ことは、判った……とは、思うのだけれど。

けど。でも。

それなら、三春某がわたし達の方を向いていない時、素直にすたすた三春某に近づいてしまった方がいいのでは？

いや、まあ。気持ち、判らないでもないか。

こうでもしないと……多分、市川さん、移動するふんぎりがつかないんだ。「だるまさんが……」、で、思いっきりあたりを窺い、様子を観察、安全を確保、んでもって、「転んだ！」、で、ダッシュ。こういうやり方をしないと、前にすすむふんぎりが、多分つかないんだろうなあ、市川さん。……なんか……効率悪いにも程があるような気がするし……そもそも、これ、普通の〝だるまさんが転んだ〟の逆だけど。でも、どうせ鬼はいないんだ。〝転んだっ！〟でダッシュする方が、何か、いきおいつくよね。

市川さんは、あくまでも〝だるまさんが転んだ〟をやり続け、じわじわと、わたしの目の前を横ぎり、じわじわと……。

ここで。

気がついたら、わたしも、声にはださないけれど、声にだしたつもりはないんだけれど、でも、いつの間にか、口を動かしていた。いつの間にか。

「だるまさん、が……」

そして。

「転んだっ！」

で、小走り。（いや、ダッシュできたらよかったんだけれど、さすがにそこまでのふんぎりはつかない。だから、こそこそっと、市川さんの半分くらいの速度で。）

なんか、市川さんの意気込みが移っちゃったのかなあ、こそこそ、こそこそ、わたしも、いつの間にか、移動を始めてしまったのだ……。（完全に、市川さんに、つられてしまったんだろうと思う……。）

そして、また。

ふっと気がつくと。

あら？

あらら。ん？

だるまさん、が、転んだ。

そんな声が、聞こえたような……気が、した。

いや、これ、〝気〟じゃ、ないわな。

だるまさんが、転んだ。

わたしが、目を開けてしまい、そして、市川さんにくっついて、小走りで走りだした時……何と。

中学生組のうち、何人かが……何故か、わたしと、同じ行動をとりだしたのだ。

多分、みんな、目を瞑っているのが、怖くて嫌になっちゃったんだよね。あるいは、わたしや市川さんの「だるまさんが……転んだ」が聞こえてしまったのかも知れない。

そんで……薄目を開けてみたら、市川さんとわたしが、〝だるまさんが転んだ〟を、やっている。

で……それに、くっついてきちゃったのだ。

あのその。

只今(ただいま)の局面で、そんなこと、やっていいのか？

というかわたし、中学生達のこんな暴走、許していいのか？

この世界で暴走するのはまずいって、わたしには判っている筈なのに、なのに、自分の教え子達が、こんなことやってんの、許していいのか？

許していい訳がない。けど……どうやって止めればいいのか判らない。何をしたらいいのか判らない。だからわたしは……。

ただ。

〝だるまさんが転んだ〟を、やり続ける……。

大原夢路

「そんなこと、ありませんっ！」から始まって。「だって、三春さんは、〝寂しい〟ってことを知っていますからっ！」という、村雨さんの台詞のコンビネーションが終わった処で。

じりっと、あたりの空間の圧力が高まった。

三春ちゃんがその圧力をかけているのだ。

で、同時に。

何ということだろう、あたしの……後ろからも、妙な圧力が感じられるようになってしまったのだ。

あたしの後ろ。そこにいるのは、村雨さんに決まってる。

一体全体何が何だかまったく全然これっぽっちも判らないんだが、こんな台詞を言って、三春ちゃんの圧力をあげてしまった村雨さんが、場の圧力があがったのに呼応して、なんでだか自分も圧力をあげてしまった雰囲気。うん、背後から、ひしひしと、村雨さんが何か決意した、村雨さんが何かやろうとしている、そんな気配が伝わってくる。

「おいじーさんっ！」

あたしと並んで、村雨さんの為の壁を構成している氷川さんにも、この村雨さんの決意、伝わったみたいで。氷川さんがあせった声を出す。(だよねえ。村雨さんに〝何か〟をやらせない為に、あたし達二人で、村雨さんのことを連結部前に押しやって、壁作っていた筈なのに。なのに、その壁の向こうで、こんな圧力醸し出されてしまったら、も、あたし達、一体何をやりたかったのって話になってしまうと思う。)

で。

「じーさん。判ってんのかなあ、三春ちゃんに対して、〝寂しい〟っていうのは、禁句だよ?」

こんなことをのほほんと三春ちゃんが言って……三春ちゃんの態度は〝のほほん〟としているのに……なのに、三春ちゃんの目にこもる圧力は、高まっている。うん、どんどん、どんどん、高まっている。

しかも。

「えと……禁句っていうのは、何なんでしょうかねえ」

村雨さんの台詞は、あくまで、もの凄くのほほんとしているのだ。けど、村雨さん側の圧力もまた、高まっているのが、ひしひしと判る。

「禁句なんて言う処をみると……ねえ、三春さん。あなたは、ほんとの処、判っているんでしょう?」

って、何をだ？　あたしがこう言おうとした瞬間、三春ちゃんも、言う。

「何を」

「あなたは、本当に、寂しい。それは事実なんだけれど……あなたは、絶対に、それを、認めない。それだけは認める訳にはいかない。……そして、多分……それがあなたの、弱点」

この、瞬間。

世界は、揺らぐ。

も、それは。

ぐらっとした、とか、世界が揺れた、とか、そういうものではない。

ぐらぐらぐらぐら、ゆらゆらゆらゆら、世界が。

世界そのものが揺れて、世界そのものの成立基盤が怪しくなって、もはや、何が何だか。

でも。

しばらく〝ゆらゆらした後〟で、世界は、その成立基盤を何とか取り返す。

だが。

その〝取り返し方〟は、あくまで場当たり的なものであり、まだ、何だか、世界はゆらゆらしているような気がする。

それでも。

この世界の中で、三春ちゃんは三春ちゃんとして成立しており、同時に、村雨さんも、村雨さんって存在として、屹立(きつりつ)していた。（連結部のドアの前でしゃがんで、氷川さんに肩を押さえつけられていたけど。)

と。

この時。

三春ちゃんの後ろで。

「ぷはあっ」って声がいきなりして、あたしは本当に驚く。

三春ちゃんの向こうに視線を送ると、そこには、市川さんがいた。

「いや、息詰める必要ないって判ってたんだけどね、なんかねー、最終的に、息、詰めちゃいましたあたし。いやあ、この距離、息詰めてっと、辛い辛い」

……て……あの?

「〝だるまさんが転んだ〟を繰り返してね、やっと、ここまで来ましたあたし」

……って……あの……?

ええっと。

ここであたし、慌てて思い返す。

えっと、市川さんって、昨日会った看護師さん、だよね? ということは、彼女の初期位置は、この電車のまったく逆側、中学生組の更に向こうだった筈。そんな処から……このひと、ここまで、やってきたのか?

いや、このひとの場合、「目を瞑ってろ」っていう伊賀さんの話は聞いていない可能性高いから、最初っから目を開けていたのかも知れないけれど……それでも、電車の、逆端から、端の、ここまで。こんな……怖い……って言うか……訳の判らない状況下で。それをおして。

「あんた……誰」

でも。

三春ちゃんにとってみれば、市川さんって、まったく知らない人間な訳で（いや、三春ちゃんがずっと知りたがっていた、昏睡してしまったひとを介抱した看護師さんなんだけれど、そんなこと、三春ちゃんに判る訳がない）、この当然の三春ちゃんの疑問を、市川さん、綺麗（きれい）に無視。そして。

「三春ちゃん……だったっけか、あんた。あのね、あんた」

いきなり登場した市川さんは、いきなりとんでもないことを言ったのだ。

「悪いこた、言わねーから。うん、いきなり、ごめん。でもあんた、あたしに殺されてみるっつーのも、一案じゃない？」

んで、市川さん、にぱって笑う。

市川さん。

だから何で三春ちゃんにとっての初登場で、この台詞だっ！

いきなりやってきて、いきなりのこの台詞は、何なんだ！

☆

「いや、あの」

市川さん、またまた、にぱって笑う。そして、言う。

「いやあの。一案かなあって思ったんすけど、駄目っすか?」

「って、何が」

「いやあ、三春ちゃん、あなた、あたしに殺されてみるのは、いかがなもんでしょ? だって、あなた、寂しいんしょ? なら、ここですぱあっとあたしに殺されちまうと、も、寂しくはないっつーか、寂しいなんて思ってる暇ないっつーか、意識なくなるっつーか、死んでおしまいっつーか……も、オールOKって話になりませんかね」

この時。

この市川さんの台詞を聞いて。

あたしは思わず三春ちゃんに注目をして……そして。

そして、多分、初めて。そして、多分、やっと。

初めて、そして、やっと、〝素〟の三春ちゃんを、見たのだった。意志を込めて、彼女のことを、ちゃんと直視したのだ。

いや、それまでも。三春ちゃんのことは、見ていたよ。(最初の一回なんか、三春ちゃんと目と目を見交わして、くらっときちゃったりもしたよ。)けど、その後は。

あたしが、(自分がそうだって絶対思いたくはないんだが、けど、事実として、どうやら)呪術師ってポジションにいる人間だって判った時から、あたし以外、三春ちゃんを見ることをできるひとはいないって思っていた。だから（彼女を見るのは、もの凄い抵抗があるっていうか、端的に言って、非常に嫌だったのだが）、彼女の方に視線を送ってはいた。彼女を、見ては、いた。うん、ここの処ずっと、あたしの視界には、三春ちゃんが、いた。

けれど。

それはあくまで、〝あたしの視界には三春ちゃんがいた〟っていう状態なのね。ちらちらっと三春ちゃんに視線は送るけれど、間違っても凝視なんかしない。視界の片隅に三春ちゃんがひっかかっていることが判ったら、それでただちに視線の中心を、三春ちゃんから逸らす。だから、ちらちらと、あたしの視界には三春ちゃんはいたんだけれど……それは、普通の意味で、〝見ていた〟訳じゃ、ないと思う。

だから。まじまじと、見ようと思って、意志の力を込めて三春ちゃんのことを見たのは……（最初の一回を除くと）これが、初めて。これが、やっと。

……成程、日本昔話。

あたしが最初に認識していた〝三春ちゃん〟は、「とにかく怖くてたまらないもの」であり……あとから考えると、そもそも男だか女だかもよく判らない存在だった。

けれど。

呪術師だって言われた後は、あたしの視界の中に三春ちゃんはいて……けれど、その姿は、常にぶれていた。

基本は、ローファー履いた女子中学生の足、みたいなのね。そういう時は、上にあるのは、女子中学生の制服着た体。（顔はその頃、できるだけ見ないようにしていた。）なのに、時々、擦り切れた藁草履を履いた足になり（その時は、まさしく蓑笠被ったお地蔵さんみたいな雰囲気になる）、かと思うと、いきなり、ローファーに戻り、この時は中学生。場合によっては、こつこつ、こつこつ音をたてるハイヒールと、それに見合ったスカートになり、そんな時は普通の女。

そして、今。

ちゃんと見ようと思って、三春ちゃんに視線を送ってみたら……。

三春ちゃんの、足が、安定した。

安定……いや、表現、ちょっと違うか。

もう擦り切れそうな、そんな……藁草履を履いた足に、なったのだ。そして、そこから、動かない。

一回、二回、目をしばたたいてみる。けれど、この映像は、これで確定していて、他の映像に切り替わらない。

そしてあたしが、覚悟を決めて……この、〝確定した〟足から、視線を上へと送ってみると……。

小さな体。まるで子供のように見える。けれど、子供ではない。その〝時代〟の成人は、この程度の身長が普通だったのだ、そんなことが判る、大人になった体の、でも、小さい、三春ちゃんがいた。

着ているのは、いわゆる日本の着物なんだけれど、それ、〝和服〟って言えるような奴じゃない。時代劇の、〝貧しい村の子供〟が着ているような、あっちこっち擦り切れた着物。その上に、蓑笠。

これ、現代人の感覚から言えば、全体的に〝つんつるてん〟で、足なんて剝き出し。脛が荒れている。膝もぼろぼろって感じだ。

日常生活を送っているだけで、脛や膝に怪我を負ってしまう。まったく手入れされていない藪とか、雑草だらけの道を、普通に歩いている足だ、これ。お風呂にはいる機会もあんまりない、そんな感じの、足だ、これ。

ああ、確かに。

蓑笠被った、そんな、小さな、女のひとが、いるわ。ここに。

これが、〝三春ちゃん〟か。

成程。

納得した。

氷川さんの洞察は、ある意味凄いって思う。

日本昔話。

それが、〝三春ちゃん〟だ。

でも、あたし、今、こんなことを思っている場合じゃ、ないんだよね？

市川さんが、なんか凄いことを言った。

その市川さんの台詞に対する反応を見る為に、あたしは三春ちゃんの顔を見ようとした訳で……。

この市川さんの台詞を聞いた瞬間の、三春ちゃんの顔色は、なんか、凄かった。赤くなったり青くなったり黒くなったり。

まあその……とても怒っているんだなってことは、判った。

「それに、ですね、あんた何か、今昏睡している患者さんが死んだら、この結界が解けるとかっていう、ふざけたことを言ってるそうなんすけど……ねえ。その〝結界〟ってさあ、あんたが死んでも解けるんじゃないすか？　だとしたら、あたしとしては、そっちが希望なんすけどね」

まあ。こんなことを言いながらも、さすがに市川さん、それだけは判っているのか、三春ちゃんの顔は見ないようにしている。目と目を見交わすのはまずいってことだけは、覚えてくれているみたい。

でも。三春ちゃんの方は、勿論、そんなこと斟酌せずに。まっすぐに市川さんに視線を向けて、怒鳴りつける。

「あ……あんた、誰よ？　一体何だってこんな処に割り込んでくんのよっ！」

「ああ、申し遅れました。あたしはね、市川さよりっていいまして」

って、市川さん！　いきなり名乗っちゃうの？　そんなことして、大丈夫なの？

「どこのどんな市川さよりだっ！」

三春ちゃんは、市川さんの素性を、更に追及してくる。まっすぐ市川さんの顔を見ながら。んでもって、市川さん、ふんわりと視線を上の方へ逃がしつつ。

「あんたが知りたかったであろう、市川さよりですってば。……ああ、あんたが知りたかったっていうのは……説明むずかしいな。えーっと……あたしが把握している、今までみんなに聞いた話によれば、あたしは、あんたが知りたいってずっと言っている、昏睡してしまったひとに付き添って、彼女を救急車に乗せた看護師の、市川さよりです」

……！

って！

市川さん、それ、それ、言っちゃって、いいの？　それ、言っちゃったが最後、三春ちゃんは間違いなく、市川さんを問い詰める筈。

「市川さより。あの時、昏睡してしまった人間に付き添った看護師」

案の定。市川さんがこう言った瞬間、三春ちゃんは、まるで舌なめずりする感じで、こんなことを言い……そして、それから。

「なら、教えろっ！　昏睡したひとは、今、どうなっている？　そして、どこに、その、〝昏睡してしまった〟体は、あるの？」

この言葉は。とてもとても、強かった。もう、これ聞いてしまったが最後、抵抗なんてできる訳がない、そんな気がする程……とても、強い、言葉だった。

けれど。

何故か。

市川さんは、この言葉には、まったく気圧されていない感じで。いや、むしろ。この言葉を待っていたみたいな雰囲気で。

「莫迦かよ」

って、言ってのけたのだ。それも、もっの凄く、ふてぶてしい感じで。

「三春ちゃんって言ったっけか。あんた、莫迦かよ」

今度は。

三春ちゃんの方が、なんか、困っている感じになってしまった。

うん。三春ちゃん。

まさか。

まさか、自分が全身全霊を込めて脅かした人間が、『莫迦かよ』なんて返しをするだなんて……まったく、思っていなかったのだろうと思う。

「どーしてあたしが、あんたにそれを教える理由がある。……そんでもって、ありがとさん。……これであたしには、あんたを殺す理由ができた」

市川さん、こう、言い切る。というか……〝あんたを殺す理由ができた〟って、一体全体何なんだそれ。

そして、それから。

もう一回、市川さん、にぱって笑って。

「あんたはね、先生とか、呪術師とか、他の大人とか、そーゆー奴らを脅かすのに足る、根性、持ってんでしょーね。……けど、それ、それだけっしょ？」

……。

「本気であんたとタイマン張る気がある、あたしに対抗できる根性が、あんたに、あるんかいっ」

…………。

「いーかー。あたしは。あたしは、〝ナイチンゲール誓詞〟を唱えて、看護師になった。医療関係者である以上、〝ヒポクラテスの誓い〟も、あたしの胸の中にある」

……………。

「だからあたしは、患者さんを絶対に守る！　そんなあたしに……このあたしに、患者さんに害をなそうっていう下心ありありで、患者さんの個人情報を聞くって、どんな莫迦なんだあんた」

「……………………。それだけで、あたし、あんたを殺す理由ができたと思うよ」

………………………。

いやあの。

この、三春ちゃんの無言は……何か、あたし、判るような気がする。

というかあの。この局面で〝ナイチンゲール誓詞〟って言葉がでてきちゃう方が、なんか予定外というか想定外というか、どう考えても、この言葉って、この文脈で出てくるものではないと思うの。

しかも更に。この台詞のあとに、「あんたを殺す理由ができた」とまで言われちゃったら、これはもう。(自分が殺されそうだから、殺される前にあんたを殺すって言われたら……なんか、まだしも、納得がいったんじゃないかと思う、三春ちゃん。けど、〝ナイチンゲール誓詞〟のあとに、これじゃあ……。)

でも、ここで。三春ちゃんは何とかふんばって。(って、いや、あたしは勿論、三春ちゃんの応援をしたい訳ではない。絶対的に市川さんの方の味方だ。けど、なんか一瞬、この、あまりにも意外性があるせいで、妙に攻撃力がある、この台詞に耐えきって切り返す三春ちゃんに、「おお」って思っちゃったの。)

「あんた、本気なの？」

「本気じゃなきゃ、誰がそんなこと言うかよ」

……いや……本気だって、この三春ちゃん相手に、そんなこと言えるひとは、まずいないと思うんですけどあたし。

「あんたが？　三春ちゃんを殺す？　三春ちゃんはいつだってすぐにあんたを殺すことができるのに？」

「あんたがあたしの目をみようとしたら、あたし、すぐ、目を瞑るからね」

「だからそれで三春ちゃんの攻撃を防げるって、あんたはほんとに思っているの？」

と、ここで。

「防げる。多分防げる。そのつもりで思い切って何やってもいいぞ、看護師さん」

うしろを向いたまま、あたしの隣にいる氷川さんが声をかける。

「先刻のやりとりからして、それは多分、事実だ。俺の命がけのブラフに、三春某は言葉を継げなかった。だから、接触では、三春某は、ひとの生気を吸うことはできない……と、思う」

おお。氷川さん。あの時のあの台詞……やっぱ、かなりの部分、ブラフだったのか。あんなに自信満々に聞こえたのに。す、凄いな、凄いなー、氷川さん。うん、あなたの〝出たとこ勝負〟、絶対にあなたの勝ちだ。ただ……最後の、「……と、思う」が、ちょっと、腰くだけだけれど。

「うるさいっ、〝妙に鋭い男〟っ！」

三春ちゃんがこう言ったので、（しかも三春ちゃん、実際に名前を聞いたのに、もう、氷川さんの名前すら覚えてはいないらしい。この辺、あたし達の〝出たとこ勝負〟が、押している証明なんじゃないかと思う)、この段階で、あたしの心の中では、「三春ちゃんは接触では生気を吸うことができない」っていうの、事実として、確定。

それから。三春ちゃんは、ぶるんと一回、首を振って。

「確かに三春ちゃんは、目と目を見交わさないと、相手の生気を吸えないかも知れないよ？　でも……だからって、三春ちゃんと相対して、看護師、目を瞑っていて、三春ちゃんに勝てるって思うの」

「思う」

も、ふてぶてしい程に、自信たっぷりに。市川さんはこう言う。んでもって、またまた、にぱあっ。

「だって、あんた、人間のこと、莫迦にしてんじゃない。人間と、本当の意味で、命のやりとり、やったこと、ないっしょ？」

と、ここで。

ごお、ごおおおおっ。

この市川さんの台詞を聞いた瞬間。

また、あたりの空気が、揺らいだ。

空気が揺らぎ、風が起こり……けれど、それは、ものの数秒で収束する。

そして。

「命のやりとり。看護師、あんた、本気でそれ、言ってるの？　三春ちゃんくらい、人間と命のやりとりを繰り返している生き物は、多分、この世に、他にいないよ？」

そ……それは確かに……三春ちゃんが言っているこの言葉は、きっと、正しいよねえ。だって、三春ちゃんって、人間の生気を吸って生きている生物（というか〝妖怪〟）な訳で……過去、三春ちゃんが殺してきた人間は、一桁や二桁じゃないのかも知れず……なら、どう考えたって、今生きている誰よりも、ずっと、ひとと〝命のやりとり〟をやっているよね、三春ちゃん。

けど。市川さんは、この三春ちゃんの台詞に動じなかった。んでもって。

「ばあか。あんたが過去やったのは、〝命のやりとり〟じゃ、ねえ。〝命の刈り取り〟だろーがよっ！」

なんて、言い切ってしまって……そして。

そして。ここで。

しゅっ！

あ、なんか、今、凄いことが起きた。

こう言った瞬間、市川さんはすっと頭を下げる。足元しか見ていない。この状態のまま……つまりは、三春ちゃんとは絶対に目と目をあわせない状態を保ったまま……すっと市川さん、前に出て、その、市川さんの、右手が、伸びる。

市川さんの右手、伸びて、伸びて、次の瞬間、三春ちゃんがあたしにぶつかってきた。

いや、三春ちゃんがあたしにぶつかってきたんじゃ、ないんだな。

市川さんの右手が、三春ちゃんの顎を見事に殴りつけていて、三春ちゃん、ふっとばされて、そんでもって、後ろにいたあたしに、ぶつかってきたのだ。

その……市川さんの、拳、あたしにはまったく見えなかった……。

☆

くいくいっ。

いきなり三春ちゃんにぶつかられて、も、何が何だか判らなくなったあたしは、ひたすら市川さんのことを見る。すると市川さん、あくまで視線を下に向けたままで、右手の人指し指だけを、くいくいって曲げてみせる。うん、これは……「かかっておいで」っていう、ポーズだ。カンフー映画か何かで、見たことがあるような気がする。

また。

いきなり殴られて、そのまま後ろにふっとび、あたしにぶつかった三春ちゃんも、次の瞬間、(その気もないのに三春ちゃんが倒れるのを防ぐ防波堤になったあたしのことをまったく無視して)、立ち上がり。

「あんた……何、した」

市川さんのことを、睨み付ける。けど、市川さんは、あくまで視線を下に向けていて、間違っても三春ちゃんと視線をあわせないようにしていて……そして。

「殴ったよ」

あっけらかんと、こんなことを言う。

いや、ほんとに、それは、そのとおり。

でも、同時に。

「殴った……」

「三春って……殴れるの……」

「な……ぐっ……た」

って声が、聞こえてきた。これは、誰の声なんだろう、多分中学生組なんだろうけれど。

「殴ったって……殴ったって……」

三春ちゃんの方は、一回こう言うと、それで活をいれられたって雰囲気になり、ふんって鼻から息を吹き出す。そして。

「あんた、これで楽に死ねなくなったって思って欲しいな」

こう言いながら、立ち上がった自分の体を確認している感じ。

「おーおー、弱い犬程よく吠えるってね」

市川さんは、こう言うと、また……。

また、見えなかった。市川さんが、何をしたのか。

でも、もう一回三春ちゃんはふっとばされて、今度は冬美がいる座席の方へと転ばされていた。

そこで立ち上がった三春ちゃん、今度は、今までの経験から学習したのか、市川さんから離れるようにして。

「あんた……」

言いかけた三春ちゃんの台詞を、市川さんが、ぶった切る。

「これであんたにも判っただろ？　あんたは、〝命のやりとり〟をやったことがない。確かにあんたは、今までに何人もの人間を殺してきたんだろうけれど、それは、〝命のやりとり〟じゃ、ねー。あんたがやっていたのは、〝命の刈り取り〟だ」

……確かに。

「で、今、あたしは、あんたと〝命のやりとり〟をやろうとしている。……んな、覚悟を持った人間と、やりあったことなんざ、ないんだろう、あんた。今まで、あんたと会った人間は、逃げるだけで、あんたに抵抗しようだなんて、まったく思っていなかったんだろ？　まして、あんたを殴るような奴は、いなかった」

「……」

「けど、あたしは違うからね。……あんたと、タイマン張って、あんたを殺す。少なくとも、あたしには、そういう覚悟が、ある」

……って……あのお……。

あたしと同じことを思ったのか、三春ちゃん。

「あんた、一体、何なんだっ！」

「いや、単なる、通りすがりの看護師です」

って、嘘だあっ！　これ程嘘っぽい台詞を、あたし、今まで聞いたことがないぞっ！

「まあ、冗談はおいといて」

って、冗談だったのかこれ。

「少なくとも、あたしには覚悟がある。普通のひとは、化け物に襲われたら、普通逃げるし、逃げ場がなくなったら必死の抵抗をするだろうけれど、それは、あくまで、〝自分が殺されたくないからする抵抗〟だ。あんたを殺そうって思ってあんたにかかっていった奴は、今まで、いなかったんじゃねーの？　けど、あたしは、違うからね。あたしは、あんたを殺そうと思って……」

ここでまた。あたしの目には見えない速度で、市川さんの手が動いた。でも、今度は。今度は残念ながら、市川さんの拳、三春ちゃんを捉えることができなかった。見事なまでに空振りをし、逆に、拳をふるった市川さんの方が、たたらを踏む。

「ほお。あんたに、何だかよく判らない覚悟ってものがあるらしいってことは、判った。それに、少なくとも三春ちゃんを殴り倒せる能力があるってことは。……けど、目を瞑った状態で、それをやるのは、かなり無理があるんじゃないの？」

そ……そ……それは、確かに。多分、二発目の拳を繰り出したあと、市川さん、目を瞑っているのだ。（いや、それは、絶対に三春ちゃんと目と目を見交わす訳にはいかないって前提条件を考えれば、当然だ。けれど、目を瞑ったひとが、本気で逃げている相手に、拳をあてることは、ほぼ、不可能だと思う……。)

けれど。

市川さんの方も、この状況で顔をあげる。まっすぐ前を向いた市川さんは、確かに目を瞑っていて……それでも、にぱって、笑ったのだ。

「けど、状況が変わったことは、三春某、あんたにも判ってるっしょ？　……今まであんたは、ただ、怯えて逃げる人間を狩るだけだった。〝命のやりとり〟じゃねー、〝命の刈り取り〟だけをやってたんだよ。けど、あたしは違うからね。たとえあたしが目を瞑っていたとしても、あんたがあたしとやらなきゃいけないのは、〝命のやりとり〟だ。その上あたしは、過去、まじで命のやりとりやった経験がある。んで、それやる根性、あんたにあるんかいっ！」

こう言われてしまうと……今度はまた、三春ちゃんの方が、いささか、わたわた。

「……いやごめん……看護師さんって……いや、医療関係者だから、命に係わっている職種だとは思うんだけれど……こういう言い方の、〝命のやりとり〟って、やる職種……なの？」

はにゃ？　どうも、こう言った時、三春ちゃんはあたしの方を向いていて……この質問、あたしに対する質問なの？

んで、そんなこと聞かれたって、あたしには答えようがない。というか、普通の看護師さんは、そういう意味での〝命のやりとり〟をしない職種だとしか言えない。けど、あたしがそういうこと、三春ちゃんに教えてあげる義理があるとは思えないし、大体、この局面で、わざわざエサである筈のあたしにそれを聞くって、それは一体、どういうことなの。この三春ちゃんの反応って……どうしたって、〝何か変だ〟としか思えない。

で、あたしがそんなことを思いつつ、何も言えないでいると。

ついさっき、ずさあって感じで、三春ちゃんがふっとばされた先にいた冬美。おそらく、足元に三春ちゃんがふっとばされてきたので、それを感じたせいでか、一瞬、目を開けてしまったらしく。未だに目を瞑っている市川さんの方を見て。

「確かに……普通の看護師さんは……っていうか、普通のひとは、〝過去、まじで命のやりとり〟なんか、してないと思うんですけれど……と言うか、そんなことやったことがある看護師さん、まずいないか、いた場合も刑務所の中にいるような気が……」

こう言って、それから、慌てて目を伏せる。同時に目を瞑ってくれたんだと、あたしとしては思いたい。

「あ、ああ、はい。ありゃ、昔の……若気の至りっつーもんで」

って、これまた、そんなことやってる場合じゃないような気がするんだが、それでも素直に冬美の台詞を受けて市川さん、こんなこと言う。

「昔、やらかしちまったんですよねー、あたし。本っ気の、マジの、命のやりとり。……あ、昔、っすからね？　十代の頃っすからね？　若気の至りっすからね？　……それに、あん時はそれなりの事情ってもんがありましたから。あと、人の手なんか借りてないっすからね？　ちゃんと一対一で正々堂々とやった訳で」

……って、市川さん、それ、問題が何かずれてる。

「まあ、あの〝やらかし〟じゃ、結局、あたし、殺さなかったし、殺されなかったし。も、あの時は、最終的になんだかんだ割ってはいってくるひとがやたらいて、気がつくとあたし達とりおさえられちまったんで、ひっでえ打撲と骨折くらいで話済んだし。全治三ヵ月くらいだったし。最終的に色々あって立件されてねーから前科もついてねーし」

いや、ここで、〝殺されなかった〟なんて言うなー。市川さんが殺されなかったことは、今、あなたが生きているんで判ってる。

「今では、あれ、もうちょっとやりようがあったってちゃんと反省してますって。もうやらないっす。……人間相手には」

ここで市川さん、ちょっと、頭をかいたりする。

「うん、どんな事情があろうとも、ひとがひとを殺してはいけないって、今のあたしは、ちゃんと判ってます。命のやりとりをする前に、話しあえるのが人間ってもんです。……まあでも、話がまったく通じないから、命のやりとりになったんすけど、ねえ……。ま、でも、判ってます、今では、判ってます、もうやりません」

……ええっとお……。

これは……市川さんのこの台詞、素直に了解していいんだろうか？　なんか、了解して、納得する前に、もの凄くいろんなことがありそうな気がするんだが……けど、確かに今は、そんなこと問題にしている場合じゃ、ないような気もする。

んで。

ここで。

市川さん、一回、目を開ける。と、その目には……なんか、もの凄い光……というか、〝意志〟というものが滾(たぎ)っていて。

「けど、〝化け物〟相手には、話、違うっしょ？」

……なの、か？

「人間相手には、も、絶対、やらないっす。けど……相手が化け物なら」

もの凄い市川さんの目。意志というものが、ひたすら滾っていることが判る、そんな市川さんの目。

「これはもう、やってもいい。と言うか……普通のひとがやらないのなら、普通のひとがやれないのなら、一回でも本気でひとを殺す気になった、それをやらかした、あたしがやるしかない」

市川さん。

ここで、一回、目を瞑る。

そして。

次に目を開けると。

そのまま、開けた目を、三春ちゃんの方へと向けたのだ。

そのまま。

こう言うと、そして。

「この化け物……退治させていただきます」

再び、堂々と、名乗ったのだ。

「市川さより」

☆

その、瞬間。

危ないって、あたしは、思ったのだ。

でも、思うより前に。

あたしの体は、動いていた。

あたし、そのまま、問答無用で、三春ちゃんに体当たり。

彼女の視線が、一定しないようにする。

あたしに後ろから体当たりをされた三春ちゃんは、体勢を崩し、転びかけ、でも、何とか踏みとどまる。けれど、市川さんの方へ向けられた三春ちゃんの視線は、この瞬間、地面の方へと向く。

「おおお、呪術師さん、ナイスアシスト」

市川さんはこう言うと、再び目を瞑る。

これにより、三春ちゃんの攻撃手段は、多分、なくなる。（と……思いたい。）

「な……何やってんだ呪術師、あんたのせいで、絶好の機会が」

って、三春ちゃんが文句言うんだけれど、はい、それが何？　っていうか、あたしは、あくまで市川さんの味方なんであって……うん、これ、どう考えても、三春ちゃんから文句を言われる筋合いではないと思う。（というか、どう考えても、この局面で、あたしが三春ちゃんから文句を言われるのは変だ。さっきもちょっと思ったんだけれど……三春ちゃん、どうしたんだろう？　どうも、さっきから、彼女の言動は、〝変〟な気がする……。）

それから、市川さん。

「今のであんたの位置は判った。とすると……」

この言葉を聞いた瞬間、三春ちゃんは、凄い勢いで、市川さんから逃げた。それを見越していたのか、市川さんは、拳をふるわず、そのかわり。

結構大声で、他のみんなに聞こえるように。

「みんな。判ったっしょ？　人間は、三春某を、殴ることができる。そして、殴ると、どうやら、三春某も、痛いらしい。相手のＨＰ、削れるらしい」

うん。

……でも、まあ、ゲームじゃないんだから、相手のＨＰ削ってもしょうがないかな……って、あたしは、思いかけ。

　でも、市川さんの台詞は、これで終わりじゃなかったのだ。

「だから、このままHP削りつづけて……このまま、蛸(たこ)殴りすりゃ、こいつ、そのうち、死ぬかも、なんで」

　うん、うん、うん。あっちこっちで、頷(うなず)いている気配。

「と、いうことは。あたし達、三春某に脅されているだけの存在じゃないって、今、みんな、判ったっしょ？」

　うん。

「やれるんだよ」

　ここで、三春ちゃんの気配が近所になくなったことを察知したのか、市川さん、目を開く。そして言う。

「あたし達は、確かに、三春某にとって、捕食される生き物なのかも知れない。けど、人間って、知恵がある生き物っしょ？　だから、あたし達は、反撃ができる。それが、今、判ったよね？」

　んで。

　にぱっ。

　またまた、市川さん、笑ってみせてくれたのだった——。

　そうだ。

　このまま、市川さんが三春ちゃんのことを蛸殴りすれば。

　そのうち、いつか、三春ちゃん、死ぬかも知れない。

　……いや……殴って、殴って、殴り続けて、そして、殴られた相手が死ぬって……それは一体、どのくらい、〝殴らなきゃいけない〟のか、その辺、微妙に、不明なんだけれど。

　大体、そんなことやった場合、相手の死因は、一体何だ。

　〝撲殺〟っていう殺害手段があるのは、あくまで〝蛸殴り〟が前提ではなく、凶器でもって相手を殴り、そのせいで、相手が頭蓋骨陥没だの内臓破裂だの何だのって状態になってしまうことが前提である筈なんだが。

　あるいは、殴った拳が相手の急所にはいって、それで倒れた相手が後頭部を地面にぶつけたり何だりして、それで死んでしまうっていうケースもあるかも知れないけれど。

　でも……それでも……相手にそういう意味での〝致命傷〟を与えることができなくても、うんと、うんと、殴り続ければ、とにかく、ずんずん、いつまでもいつまでも、ひたすら相手を殴り続ければ……現在の場合で言えば、〝蛸殴り〟を繰り返し続ければ……そりゃ、いつかは、殴られている相手は、死ぬ……ような気が、しないでもない。

　けど……普通の場合、ひとはそこまで相手を殴り続けることはできないような気がするし……単純に殴り続けて、内出血や打撲でひとが死ぬって……なんか、目標が、あまりにもあまりにも遠すぎるような気も、しないでもない。

うん。相手が小さな子供や、すでに体に悪い処があるような老人なら、素手で殴っただけで、あるいは簡単に死んでしまうこともあるかも知れないけれど、相手が成人女性で、しかも、殴っている方もまた成人女性で、男性よりは体力と腕力がないことを考えると……これでひとを殺すのは、本当に大変だとしか言いようがないと思う。（素手で殴っただけで相手が簡単に死んでしまうのなら、格闘技の試合なんて死屍累々って感じになって、あり得ないってことになっちゃうじゃない？）

まあ、確かに。

さっき、市川さんが三春ちゃんを最初に殴った、その拳は、あたしには、見えなかった。そういう意味では、市川さんって、おそろしい程喧嘩慣れしているひとなんだろうと思う。

まず、あんだけしゅっと手を出せた処が凄いし、その手が、まんま、三春ちゃんの顎を捉えた処なんて、あたしの感覚で言えば、凄すぎる。そして、三春ちゃんがそのままふっとばされたってことは……何の躊躇いもなく、拳を振り抜いたって話になる訳で、あたしには、そんなこと、間違ってもできない。そういう意味で、本当に市川さん、喧嘩慣れしているんだと思う。本人も言っているように、過去、まじで命のやりとりをした経験、あるんだろうなって思う。

だからと言って……蛸殴りでひとを殺すっていうのは……さすがに、何か、無理がありそうっていうか、無理、ありすぎっていうか……。

でも。

「みんな、目を開けることはできないだろうと思う。目を開けてしまうと、三春某に好きなようにやられちまうから。けど……目を瞑ったままでも、できることは、あるっしょ？ある筈なの」

続いて、市川さんは、こんなことを言う。

「目を瞑ったままでも、三春某の体を押さえて、彼女のことを動けなくすることは、できるっしょ？」

……確かに……それは、できるかも知れない。

みんなが……目を瞑ったまま、三春ちゃんの体を押さえつける。

これは、多分、できることのような気がする。

そして、みんなが、三春ちゃんの体を押さえつけていれば……。

「それさえやってくれれば、あとは、あたしがやるから。あたしがとにかく、この、三春某をひたすら殴り続ければ……」

ここで。

またまた、三春ちゃんは、逃げる。

ずさあって感じで、三春ちゃん、こんなことを言っている市川さんから距離をとる。

「おおは……じゃない、呪術師のひと！」

ここで、市川さん、あたしに呼びかける。

「三春がどこに行ったのか、あなたには判るよね？」

「あ、はい。判ります」

今。この局面で、目を開けているのは、多分、あたしだけ。

「なら、教えてっ！　今、三春はどこにいる？　あたし達は、どこにいる三春の体を押さえたらいいの？」

えっと。えっと、それはその……。

「市川さんから見て、斜め右の方向に、三春ちゃん、逃げました。……あ、もう、違うか。あたしがこう言った瞬間、三春ちゃんは動いて……横に、移動？　あ、また動いた。今度は市川さんから見れば時計でいって九時の方向」

「え、あっち？」

「向こう？」

「こっちか」

わらわらわらって、ひとが動く。三春ちゃんを捕まえようとして。

でも、残念なことに、このすべての動きは後手に回っていて……わらわらひとは動くんだけれど、三春ちゃんを捕まえることは、まったくできそうになかった。（基本的に、追いかけている側は全員目を瞑っている。ということは、勿論、三春ちゃんが今どこにいるのか把握できないっていう意味である。そしてその上、殆どのひとが、この騒動の起点である市川さんが、今、どこにいるかを理解していないのだ。市川さん本人も動いているし。

ということは、あたしが、市川さんから見てどっち側に三春ちゃんがいるのかを教えても、基準ポジションがどこだか判らないんだもの、現時点での三春ちゃんの位置が判る訳がない。)

いや。それより前に。

動いている人間が、問題だ。

多分、現時点で、三春ちゃんのこととか、この地下鉄のことをちゃんと理解している人間は、只今この地下鉄に乗っているひとの三分の二くらいしかいない。

あたし、冬美、氷川さん、村雨さん、市川さん、佐川先生、そして中学生達。(まあ、それでも、三分の二くらいにはなっているんだが。)

そして、あたしと氷川さんが村雨さんの壁になっていて、市川さんが攻撃を担当しているとすると……三春ちゃんを封じる為に動けるひとは、もの凄く、限られてしまうっていう話になるのよ。

早い話、冬美と佐川先生と……あとは、中学生組だけ。

そして。だから。

「駄目えっ！」

「みんな！　目を開けていいって、私は言ってないぞっ！」

あたしが、〝動いている人間が、問題だ〟って思った瞬間……まさに、その問題を象徴する、二人の人物が大声で叫んだ。

最初の声は、佐川先生、次の声は、伊賀さんだった。

佐川逸美

わたしは。市川さんにくっついて、『だるまさんが転んだ』をやりながら……随分、この車両の後ろの方にまで、来てしまった。

で、ここまで来たら。

なんかいきなり、市川さんが、三春ちゃん相手に喧嘩を売り出して……もう、手に汗握りながら、そんな市川さんの台詞を聞いていた。

いや、だって、凄いのよ、市川さん。

あの〝三春ちゃん〟相手に、まっこう、言いたいことを言っている感じで――しかも。

市川さんが言った〝とある〟台詞に、わたしは、度肝を抜かれたのだ。

そうだ。そうなんだよ。

今の硬直している世界。〝結界に取り込まれている世界〟。この結界を解く為には、〝昏睡しているひとが死なきゃいけないって、それしか解決法はないんだって、いつの間にか、わたしは、思い込んでいた。いや、考えてみたら、わたし達がそう思うように、三春ちゃんに誘導されていたんじゃないのかな。

でも、それ、違うのね。

市川さんが言った、〝三春ちゃんが死ぬ〟って選択肢も、あるんだ。

昏睡したひとが死ななくても、三春ちゃんさえ死ねば、この結界、解ける筈なんで……。

何で思いつかなかったんだろう。

勿論、わたし、市川さんに会った時から、昏睡したひとを殺そうだなんてことは、思わなくなっていた。いくら、うちの子達を守る為とはいえ、まったく無関係の病人を殺すだなんて、あり得ないことだって、やっと判ったのだ。

けれど。

うちの子達を守る為に、瑞枝を助ける為に、三春ちゃんを殺すっていう選択肢は……これは、はっきり、きっぱり、〝昏睡してしまったひと〟を殺すより、〝あり〟な選択肢なのでは？　少なくとも、わたしは、そう思う。

うん。

今の八方塞がりの状態を打開する為に、誰かを殺さなきゃいけないとしたら……一番いいのは、三春ちゃんを殺すこと。それは、素直に、納得できる。だって三春ちゃんは……少なくとも、千草の、仇、だ。

ただ。今までのわたしには、「三春ちゃんを殺す」っていう選択肢がなかった。

というか、相手は、何が何だか判らない妖怪なんだし、つまりは化け物なんだし、そもそも、〝殺そう〟とか、〝殺せる〟とか、まったく思っていなかったのよ。

なのに。

市川さんは、（この辺、ちゃんと目を開けて見ていないので、あくまで推測になっちゃうんだけれど）、どうやら、一回は、三春ちゃんを殴り倒したみたいだった。

この瞬間の、感動……っていうか、驚きを、どう表現したらいいんだろう。

息を呑むようにして、思った。

あ。

あ。殴れるんだ、三春ちゃん。殴ることが可能なんだ、三春ちゃん。

なんか、妖怪で、化け物だと思うと、彼女相手に何もできないって思い込んでいたんだけれど……物理的に殴ることができるのか、三春ちゃん。それに、殴られたら、どうやら、痛いらしいんだ、三春ちゃん。

そんなことをわたしが理解した頃、市川さんは、更に、わたしを鼓舞するような言葉を口にする。

「やれるんだよ」

「人間って、知恵がある生き物っしょ？　だから、あたし達は、反撃ができる」

「目を瞑ったままでも、三春某の体を押さえて、彼女のことを動けなくすることは、できるっしょ？」

そのとおりだ。

市川さんのこの言葉を聞いた瞬間、わたしは、一回目を開けて、今の自分の位置と、三春ちゃんの位置を確認して、三春ちゃんを取り押さえる為に動こうとして……でも、同時に。

まったく同時に、同じように、〝動こうとしている〟、他のひと達に、気がつく。

〝動こうとしているひと達〟

うん。

この硬直している地下鉄の中で、こんな市川さんのアジテーション聞いちゃったら、そりゃ、絶対に、〝動こうとする〟ひと達は、いるよね。

いや、普通のひとは、動こうとする筈だ。

けれど、それが〝誰〟かっていうことに思いを致すと……。

次の瞬間。

動かないまま。

わたしは、叫んでいた。

「駄目えっ！」

自分勝手だって、言わば言え。

そんなことは自分で嫌って程判っている。

でも、わたしは、こう叫ぶしか、ない。


「駄目えっ！」


いや、だって。

この市川さんの檄（げき）を聞いて、動き出した人間の大多数が……わたしの教え子だったから。

わたしの教え子、初めてのわたしの生徒、だからそれは、わたしの子供、わたしの、わたしの……。

だから、「駄目えっ！」

☆

どれ程自分勝手なことを自分が思っているのか、それは、わたしにもよく判る。というか、このわたしの自分勝手さを、わたし程意識しているひとは他にいないだろうとまで、思える。

でも、駄目えっ！

他の誰が動いてもいい、勿論自分だって動くつもりだ、大原さんとか氷川さんとか、他のみなさんが動いてくれるのは大歓迎だ、けれど……けど！

うちの子達、だけ、は。

この子達だけは、絶対、動いては、駄目！

だって、この子達、まだ、子供だよ？

中学生だよ？

大人が、絶対に守らなければいけない存在だよ？

んでもって、この状況で、三春ちゃんを〝取り押さえる〟為に動くっていうことは、一回は、あるいはそれ以上、場合によっては目を開けてしまうことがあるって話になると思うし……そんなこととして、万一。偶然。十万に一回。百万に一回の確率であろうとも、三春ちゃんと、目と目があってしまったらどうするの。それ、考えると、子供達は絶対に目を開けてはいけないし、ということは、三春ちゃんを取り押さえる為に動いてはいけないっていう話になる筈だ。

それにまた。

大原さんや氷川さんがやるのは大歓迎だって言っといて何なんだけれど（それにわたしだってやるつもりなんだけれど）、三春ちゃんに……触って、本当に、大丈夫なんだろうか？

氷川さんは大丈夫だって言っていた。実際、市川さんにいたっては、三春ちゃんを殴りつけたらしい。なら、三春ちゃんに触っても、原則的に、大丈夫だろうとは思うものの……

…その、何か、訳判らない、一種病原体みたいな気持ちがする、三春ちゃんに、うちの子達は、触らないで欲しい。これはもう、絶対に、そうして欲しい。(すみません、もの凄く勝手です。)それに、殴るっていうのは、あくまで時間的にピンポイントな作業じゃない。自分の拳と、相手の体が接触した、ほんの、一秒にも満たない時間の作業。でも、〝取り押さえる〟っていうのは、そうじゃない。ある程度の時間、相手と接触を続けなければ、〝取り押さえる〟ことはできない筈。とすると……ピンポイントだけ、殴る間だけ、三春ちゃんと接触した市川さんが無事だったからって、〝三春ちゃんを取り押さえたひと〟がどうなるのかは……これはもう、まったく未知数って話にならない？　そんなこと、そんなこと、うちの子達にやって欲しくはない。

だから。

どれ程自分勝手であろうが、わたしは叫ぶ。

「駄目えっ！」

同時に、伊賀ちゃんが怒鳴っているのが聞こえる。

伊賀ちゃんは、昨日の段階で、この夢にはいったら絶対に目を開けるなってことを、みんなに徹底していた筈で、この会話と状況の流れから、みんなが目を開けてしまった可能性に気がつき、これを諫めているんだろうと思う。

……まあ……。

この状況で。

〝自分達を守ることしか考えていない〟わたし達は、非常に卑怯なのかも知れない。けど、その〝卑怯〟っていう罵倒は、全面的に、〝わたし〟が、受ける。〝わたし達〟が、受けるべきものじゃ、ないと思う。

うん、そうだよ。

わたしは、卑怯なんだよ。

自分勝手で、自分達のことしか考えていないんだよ。

けど。

わたしのことは、どんなに卑怯だと思われても、自分勝手だって思われても、いい。

けど、うちの子達は、話が違うでしょう？

うちの子達は、中学生なんだ。

何か危機的な状況になった時、中学生がそこから逃げる、それのどこが卑怯だ。

何か危機的な状況になった時、中学生をそこから逃がす、その為に大人がいるんじゃないのか？

そうだよ。

中学生だもん。子供だもん。

危ないことがあったら、逃げろ！　逃げる権利が子供にはあるし、だから、子供が逃げるのは、卑怯でも何でもないんだ。当然のことなんだ。

故に。

わたしは、言うんだ。

「駄目えっ！」

氷川稔

実際、俺は確信していた。三春某は、接触してひとの〝生気〟を吸えないって。だから、市川さんって看護師さんにそういうことを言ったのだが……あわわわわ。まさか、あの看護師さんが、三春某を殴り倒してしまうとは。

これは本当に想定外。（というか、妖怪を素手で殴り倒す看護師なんて、そもそも、想定することが可能なのか？　無理だろ。どう考えても、これは、ないだろ。）で、だから……。

かなり俺、悩んでいた。

市川さんを焚きつけてしまったのは、俺だ。

そして、市川さんが三春某と対峙するっていうのなら……俺だって、その行為に参加しない訳にはいかないだろーがよー。

いや、もともと。

体力勝負になった場合、でてゆくのは俺しかいないって、いつの間にか、どうやら俺は、思っていたらしいのだ。いや、そんなの、俺の柄じゃ絶対ないし、俺がやりたいことじゃないし、もっと積極的に〝絶対やりたくない〟ことなんだが……。

けど……この布陣は、なあ。

呪術師である大原さんは初老の女性であり（六十前の女のひとをこう呼んだら怒られることは判ってる、だから、普通の局面で俺はこんなこと言わないよ、怖すぎるから。けど……〝体力勝負〟を問題にした場合、絶対に彼女は〝初老〟になる筈なんだ）、村雨のじーさんはもっとじーさん、佐川さんっていう先生は、若いけど二十代前半の女性だ（俺にしてみれば、子供に近い感覚だ）。中学生組はあからさまに中学生であって、ということは、子供以外のなにものでもない。あとひとり、呪術師の大原さんの友達の、関口何とかさんってひとがいたと思ったが、このひとは、大原さんとおない年らしい。つーことは、こちらも、初老だ。

こちらの布陣が、初老の女性ふたり、あからさまな老人ひとり、子供が一杯、そして俺……ってことになったのなら。（というか、そうなのだが。）

体力勝負って局面に立ち至ってしまったら……でてゆくのは、〝俺〟しか、いない、よな？　というか、俺しかないよね？

そう思っていたら。

いきなり、二十代であろう看護師さんが参戦、実際に三春某を殴り倒しちまいやがって、しかも、彼女、檄をとばしたのだ。

『やれるんだよ』

『目を瞑ったままでも、三春某の体を押さえて、彼女のことを動けなくすることは』

この瞬間。

世界が泡立ったのが、判った。

ここにいるみんなが興奮してしまった。

この、市川さんの檄を聞いて、この世界の、今まで三春に脅かされていたみんなが、一斉に奮い立ってしまったことが、判った。

実際。

俺だって、奮い立ってしまったのだ。

すぐに目を開けて。

三春が、今、どこにいるのか確定したい。

んでもって、三春のことを拘束して、市川さんに殴らせたい。

そんな気持ちが、自分の心の中の大半を占めるようになる。

実際……そんなことをしそうになったのだが、そんな俺の行動を掣肘(せいちゅう)してくれたのは、只今、俺に課せられている〝枷〟だった。

そうなんだよな。

俺は只今、連結部のドアの方を向いて、しゃがんでいる村雨さんの肩をひたすら押さえつけているんだった。

俺は、村雨さんの行動を、掣肘する。

こう、大原さんに、約束したのだった。

だから、俺は、しゃがんであっち向いている村雨さんの肩を、押さえつけていなければいけない。


この時。

俺の心の中に湧き上がったのは、アンビバレンツな衝動だった。

まず、衝動、その一。

こうなってみれば、村雨さんのことなんかに構ってる事態じゃ、ねーだろ？　今すぐ俺は、村雨さんから手を離して、三春某の拘束に動くべきなんだ。

衝動、その二。

俺は、大原さんに「村雨さんを何とかする」って、目と目で見交わして約束した。目と目で見交わした約束っていうのは、言葉にされたものとは違う。だから、拘束力はまったくなくって……それ故に、凄(すさ)まじい拘束力がある。言葉にされたものとは違うから、守らなくっても俺が責められることはまったくないから、だから、余計、俺はこの〝約束〟に縛られる。

そして……同時に……俺の心の中に湧き上がったのは……。

〝衝動〟……ではない、〝諦観(ていかん)〟でもない、〝納得〟でもない、微妙な、思い。

一番近いのは……〝安堵(あんど)〟では、ないのか？

ああ。

今、俺は、三春某を拘束したいんだよね、でも、大原さんとの約束があるし、村雨さんを放置する訳にはいかないから、だから、今、俺は、三春某を拘束することができないんだ。その前に、まず、村雨さんを、確保し続けなければいけないんだよね。

そんな、事実が、もたらしてくれる、〝安堵〟。

そうだ。

俺は、まず、現状では、村雨さんを確保しなきゃいけない訳なんであって、そんでもって、確保し続けている訳であって、こんなことやっている以上、他のことはできない訳であって……。

ああ。見事なまでに、言い訳、完備。

俺。

ひとに責められた場合、ほぼ、完全な言い訳を、只今確保している。

俺。

心の片隅で、思っている。

三春某を取り押さえる手に回りたいって思うのと同時に、それ以上に強く……三春某には、絶対に接触したくねーって。

で。

今、俺には完璧な〝言い訳〟がある。

俺、とにかく村雨さんを〝確保〟していなきゃいけないんだ。

そう思ったら、俺が〝ここから動けない〟のは、当然の事態だ。只今、地下鉄の中で動ける連中、そんな中で、唯一の〝成年男子〟である俺が、動かない。

これは、しょうがないことなんだ。何故って、俺には、村雨さんを確保しなきゃいけないっていう事情がある。だから、しょうがないんだ。

こう思ってしまうと。

〝しょうがない〟事情がある、自分が嬉しくもあり……同時に。

〝しょうがない〟事情にしがみついている自分が、情けなくもある。

と。

俺が。

そんなことを思っていたら。

ふいに、俺が肩を押さえていた筈の、村雨さんが、なんか変な動きをした。

そもそもしゃがんでいたんだけれど、その状態で村雨さん、更にしゃがみこんで……ほぼ、這いつくばるような感じになる。力を込めて肩を押さえていた相手が、いきなりこんな体勢をとってしまうと、俺、前につんのめる感じになり……そして。

ありゃ……？

何故か、俺は、転んでしまっていた。

つんのめった状態の、俺の足を、這いつくばった村雨さんが足でもって軽く払って……俺、そのまま前へと、転んでしまった。

そして、俺の手の中から、村雨さんの体が、脱出してしまっていたのだ。

ふうう。

ここで、俺、ちょっとため息。

いや、俺、別に、村雨さんのこと、わざと逃がした訳じゃ、ないよ？

それはもう、絶対に、ないのだ。

けど……村雨さんが、俺の手の下から、逃げてくれて嬉しい……ような気が、しないでもない。というか、村雨さんが、変なことをしようとした瞬間、俺、なんか、「〃ついうっかり〟、〝わざと〟、それを見過ごした」ような気が……しないでも、ない。なんか、自分から転ばされにいったような気も、しないでもない。

いや、なあ。

まあ、なあ。

村雨さんが、俺の手の中から逃げてしまったのなら。

逃げてしまったものは、もう、どうしようもないから。

やれやれ、ここから先の俺は、今度こそきっちり、三春某と対峙することができる。

そんなことを思いながら。

俺、両手をついて立ち上がる。目を瞑ったまま、手についたごみを払う。そして。

そして、自由になった俺は、市川さんの檄に応じて、三春某を何とかしようって思ったのだった。

だから俺は、立ち上がると振り返って、三春某がいる(だろうと思われる)方へ向き、目を開けたのだ。

ただ、あくまで視線は下向き。万一三春某がこっちを向いていた時に、絶対に目と目があってしまわないように、主に床を中心に三春某がいるであろう方向に視線を向けて……

そうしたら。

……何だ、これ。

さかさかさか。村雨さんの年を考えると、かなり機敏な動きで、村雨さん、四つんばいで地下鉄の中を移動していた。その……たとえは悪いんだが、まるでゴキブリのような動きだ。

何やってんだじーさん。

いや、確かに、妖怪を殴り倒しちまう看護師さんっていうのも想定外だったんだが……このじーさんも、想定外ではひけをとらない奴だったっけ、そういえば。だから俺が押さえていたんだったっけか、そういえば。

とはいうものの、まさか、じーさんがゴキブリのように三春某に近づいてしまうとは……

……おい、一体、何やりたいんだじーさん！

村雨大河

地下鉄の中で。

僕の目にうつるのは、連結部分の扉だけ。

そんな状態がずっと続いていて……僕は、地下鉄の中を見ることができない、ただただ目の前には連結部分の扉がある、そんな状況下で、しゃがまされており、その上肩を氷川さんに押さえられており……。

ということは。

僕には、只今のこの地下鉄の中の状況を、目で見て把握する術がない。

だって、今、僕が情報を入手できるのは……耳から、のみ、なんだもの。

そして。

なんだか、聞こえてくる情報は……どんどん、どんどん、剣呑になっていったのだ。

まず。

市川さよりさんっていう看護師さんが（昨日会ったひとだ）、耳で聞いているだけの僕にはよく判らない処から現れ、堂々と、自説を述べる。

そんな中で、市川さん、「この結界を解消する為には、何も昏睡しているひとが死ななくてもいい、三春さんが死んだって同じ結果になるんじゃないか」ってことを、言ったのだ。（まあ、これは、僕にしてみれば、「今更言うことなのか？」って話なんだが。というか、最初に、三春さんがこの結界のことを言った時から、判っていたことじゃないのか？）

そしてその上。

どうやら、この市川さんっていうひと、三春さんを攻撃してみせたらしい。しゃがんだまま、連結部のドアしか見られない僕には、よく判らない話なんだが。

そして、更に。

市川さん、檄を飛ばす。

いや、市川さんに、そんな気持ちがあったのかどうかは判らないんだけれど、聞いているひとにとっては、あきらかな〝檄〟を。自分は、三春さんを殺すことができるから、だから、みんな、それを手伝って欲しいっていう旨の、檄を。

……こういう状態になって欲しくないって……いつから僕は、思っていたんだろう。

三春さんが、僕達を（人間を）捕食する生き物だっていうことは、前から判っていた。

だから、僕達、捕食される人間が、三春さんと敵対するのは当然だ。

けれど。僕は、思ってしまう。

三春さんは……間違いなく人間を捕食する生き物なんだけれど……でも、同時に、人間と、共通の言語をもっている、そんな生き物でもあるんだ。三春さんと僕達は、意思疎通が、できるんだ。

そしてその上。

三春さんは、とても寂しい生き物だ。

それが、僕には、とっても、実に、何とも……判ってしまったので。

だから。

捕食される生き物としては、非常に変な話だろうと自分でも思うんだが……僕は、ある程度、三春さんの方にも、感情移入をしてしまった。

だから。僕は。

勿論、三春さんが、僕達人間をこれ以上殺すことを許す訳にはいかない。

このメンバーには中学生が一杯いる訳で、もし、三春さんが、中学生達を殺す気になったのなら、そんなこと、絶対に許してはいけない。

けれど……これ以上、三春さんが、ひとを殺さないのならば、〝引き分け〟って形で、双方共に〝引く〟っていう状態に、話をもってゆくのは……いかがなものなんだろうか。もし、そういう形で、現在の状況が終局できるのなら、それはそれで、ひとつの〝解〟ではないのか。碁を打っている時は、そりゃ、勿論勝ちたいんだけれど、勝つ為に打っているんだけれど、双方共に全力を尽くしたのなら、持碁にもちこむんだって、立派な戦い方だと思うし。（あ、持碁っていうのは、置き碁の場合だけ発生する、引き分け状態のことである。）

ま、ただ。

そういう〝解〟にもってゆく為には、只今発生している、この地下鉄の結界が解けることが必要最低条件な訳で……。

でも。

今までは、この結界を解く為には、〝昏睡しているひと〟が死んでしまう（ないしは、意識を取り戻す）ことが必要だとみんな思っていて、だから、佐川先生なんかが変なこと考えて、市川さんに怒られたりした訳だった。

今回、三春さんが死んでも、同じことになるって、市川さんの指摘でみんなが理解し、今、全体の状況は、「みんなして三春さんを殺そう」っていう方向に傾いている訳なんだが……そして、その理解は、多分、間違っていないんだろうって思うのだが。（というか、僕にとっては、それは最初から判っていたことなんだが。)

だが。

その、どちらとも違う、第三の道が、あるのではないかと、僕はずっと思っていたのだ。

第三の道。

三春さんは、これは僕の私見に過ぎないんだけれど……三春さんは、多分、自分で思っているのより、この世界への影響力が、ある。ずっと、ある。

三春さんは、「昏睡しているひとがいる以上、自分ではこの結界を解けない」って思っているらしいけれど、多分、おそらく、そんなことは、ないと思うんだ。

本人が気がついていないだけで、本人さえその気になれば、三春さん、この結界を、自力で解けるのではないか?

それを。

そんな事実を、僕は、三春さんに教えたい。

けれど、今のままでは、それは、無理だ。

間違いなく、みんなの気持ちは、「全員で協力して三春さんを殺そう」って方に、傾いている。

だから、それを何とかしたくて、何としてでも、今、おそらくは対峙しているであろう、三春さんと市川さんの間に割り込みたくて……でも、氷川さんに肩を押さえつけられている以上、それができなくて……。

なんか、あまりにも、自分の無力が悔しくて。

僕の膝から、自然に力が抜けた。

もともと押さえつけられていた僕、しゃがんだ状態から、両膝を床につく形になってしまった。ほとんど、四つんばい状態である。

そうしたら、その瞬間。

僕の肩を押さえていた、氷川さんが、軽く前につんのめったのだ。

あ、今だ！

今しかない。

僕、思い切って自ら四つんばいになる。両手両足が地下鉄の床についているので、僕の体はとっても安定している。だから、この状態で、軽く左足をうしろに蹴ってみる。するとまあ、まるで狙っていたかのように、僕の左足は、氷川さんに足払いをかけたような感じになってしまって……。

氷川さんが僕の思いに応えてくれたんだ。

瞬間、僕はそう思った。

いや、何だか、氷川さんがわざと僕の体を放してくれたような気が、したものだから。

それにそもそも、僕が蹴りだした左足が、こんなにうまいこと氷川さんに足払いをかけた形になるっていうのが、変だから。

氷川さんは、わざと、僕を、逃がしてくれたんだ。ということは、氷川さんは、僕がこれからやろうとしていることを、表立ってではないけれど、応援してくれている？

そう思ったので。それに力を得て。

もう、立ち上がっている場合じゃない。（僕の年で、僕の肉体能力だと、四つんばいから立ち上がる為には、両手に力をいれて、えいやって感じで反動をつけて、腕と足、両方の力を使わないといけないんだ。下半身の力だけですっと立つことは、多分無理なんだ。）

そのまま、しゃかしゃか、僕は、四つんばいで移動する。

そもそも僕は、最初っから目を瞑っていない。

自分の年を考えると、今更三春さんと目と目があってしまっても、まあ、そりゃ、どうでもいいかなって気分だったので。だから、四つんばいのまま、方向転換をして、そのまま、三春さんを目指す。

四つんばいになっていると、とても判りやすい。

この地下鉄の中で、藁草履履いてるひとなんて、三春さん以外、いる訳がない。

だから、藁草履目指して、しゃかしゃかしゃかしゃかしゃか。

やってみたら判った。意外とこれは、動きやすい。

僕は、勿論自力で歩けるし、今の処、歩く時に杖も必要ないんだが、それでも、若い頃に比べると、体のバランスがとりにくくなっている。

でも、それ、四つんばいになってしまうと、関係ないんだよね。

この状態では、バランスは、非常に安定している。

成程。

赤ちゃんは、まず、はいはいする訳だ。立って歩くことを考えると、これは、ある意味、簡単かも知れない。

「何やってんだじーさん！」

「ちょっ……ちょっと、あの、村雨さん？」

多分、氷川さんだろう声と、僕が間に割り込んでしまったので驚いたらしい市川さんの声が聞こえる。そしてしゃかしゃか近づいた、藁草履の上の方から、「うっ」って、息を呑んだ気配。これは、多分、三春さん。

「あの、村雨さん、何、そんな処に割り込んでるんです！　あなたがそんな処にいると、市川さんだってやりにくいだろうし……」

この声は、大原さんだろうと思う。

でも。僕は、それらの声を全部無視して。

とりあえず、藁草履の直前に来たので。

今度こそ、両手に力をいれて、えいやって反動をつけて、足にも力をいれて、立ち上がることにする。

同時に、頭をあげる。

勿論、目は開けたままだ。

これで、三春さんと目と目があってしまったとしても、まあ、それはそれでいいかなって気持ちのまま。

そして、僕が立ち上がろうとすると。

この動作は、結構もたもたしていたらしく、三春さんの顔に、もろに僕の視線が向いてしまった。

そうしたら、その瞬間。

「おいっ！」

一言、叫ぶと。

この瞬間、三春さんは、目を瞑ったのだ。

そしてそれから。

「やめろじーさん、何考えてんだあんた！」

三春さんが、僕から、顔を背ける。

その間に、何とか僕は、立ち上がることができて……。

「何、あんた、自殺希望な訳？」

僕から、顔を背けた三春さんが、顔を背けたまま、目を開けて、そして、こんなことを言う。

僕は。

自分の思い込みがあたっていたことに、心からの喜びを覚える。

大原さん。氷川さん。市川さん。佐川先生。渚ちゃん。

みんな、みんな、今の、見てくれていたかな？

いや。

大原さん以外は、全員、基本的に〝目を瞑っている〟筈だから、これ、見てくれたのは、大原さんだけかも知れない。けれど、それなら、大原さんが、みんなに言って欲しい。みんな、これ、判って欲しい。

三春さんは、僕と目があいそうになった瞬間……三春さんの方で、目を、閉じたのだ。彼女が目を瞑ったのだ。

三春さんは、少なくとも、積極的に、僕を殺そうとは思っていない。消極的に、僕が死んでもいいとも思っていない。

いや、むしろ、積極的に、僕が死なないようにしている、としか、思えない。だって、この反応は、そうとしか思えないでしょう。

と、いうことは。

三春さんは、話が通じるひとなのだ。

いや、ひとじゃ、ないかも知れないけれど。いや、ひとじゃ、ないんだけれど。
でも、話が通じる存在なのだ。
話が通じる存在が相手なら、殺しあう以外のことができる。
きっと、できる。
僕は、そう、信じる。

第十一章

状況は、かなり、混沌(こんとん)としている。

三春は、そんなことを思う。

うん。もし、只今(ただいま)の状況を上から見ることができたのならば……それは、かなり、混沌としているに違いない。いや、〝かなり〟なんてもんじゃないよな、〝おっそろしく〟混沌としている。混沌とし……まくっている。

この地下鉄には。

まず、三春っていう存在があって、そして、三春のエサである、人間が多数、いる。

〝地下鉄〟という条件を考えると、エサである人間は、普通、無関係のばらばらのひと達である筈(はず)。たまに数人の知り合い同士がいることもあるが、普通、地下鉄に乗っている人達には、相互関係性がない、そういう〝ひと〟の集団である筈。

けれど、この地下鉄には、最初っから関係性のある集団がいた。女子中学生達。

三春が解けない結界ができるって判る前に、生気を吸ってしまった女子中学生がひとり、そしてその後で目があってしまった奴がひとりでて……そのせいで、三春から逃げようとしている、女子中学生の団体。(三春は、個人の名を覚える趣味はない——というか、三春にしてみれば、〝人間〟はあくまで〝人間〟でしかないので、だから、中学生は、まとめて〝女子中学生〟だし、それに一人だけくっついている大人は、属性で、〝先生〟として認識している。)

先生は、女子中学生の団体に属するんだが、ちょっと〝押して〟みたら、あっという間に三春に靡いた。この結界を、只今維持している、〝昏睡してしまったひと〟を殺そうっていう意見に、あきらかに加担するようになった……筈、だったのだ。

それから、今もって、何が何だか判っていないっていう集団。全体像をまったく把握できていない、普通のひと達。こいつらはまあ、ただ、いるだけで、何もしないだろうから、無視してもいい。

そして……本能的に三春から逃げようとしている女子中学生の団体とは違う、三春に反発する、団体。〝呪術師〟、〝変に鋭い男〟、〝訳の判らない看護師〟……そして、〝じーさん〟。(そうだ。女子中学生の団体は、三春から〝逃げよう〟としている団体なのだ。けれど、こっちは、〝逃げる〟んではなくて、〝三春に反発している団体〟なのだ。) これがまた、どういう訳だか、現実世界で勝手に接触してしまい……両者が融合して、より大きな団体になってしまった。

うん。この二つの団体がくっついて、更に大きな団体を構成してしまったことも驚きなのだが……その前に。

その前に、そもそも、〝三春に反発する団体〟、そんなものが構成されてしまったことが、三春には信じられない。

今までの、何年、何十年、何百年って経験からいって……こんな団体、できる訳がないのだ。できたらおかしいのだ。なのに、できてしまった。

この団体ができてしまった理由のひとつは……この地下鉄の中の結界が解けなくなってしまったタイミングで、そこに呪術師がいたからだ。呪術師が、三春の結界である地下鉄の中で勝手に動き、本来知り合いになり団体を作る訳がない連中を統合し……また、普通だったら覚えていない筈の三春の結界の中の出来事を、呪術師だけが覚えており、その記憶を基にして、現実世界でも人間達を統合してしまった。そうとしか、思えない。

呪術師。

本人がどう思っているのか知らないけれど、三春にしてみれば、あいつらは、〝錨〟だ。現実というものは、人生というものは、人間というものは、いつだって、揺らいでいる。いつだって、確定できるものではなく、いつだってあやふやで、いつだって怪しげだ。けれど、そんな、人間の中に。呪術師って奴が、時々、存在する。

そいつらは、別に、何か優れた能力があるって訳でもない、何ができるって訳でもない、ただ……ただ、〝確固としている〟のだ。

錨。

うん。あいつらは、あやふやであり、いつだって揺らいでいて、大体の場合何が何だか判らない、そんな人間ってものを、がこっと固定する〝錨〟なのだ。

大地に。この地球に、断固として固定された、錨なのだ。人間という種としては、かなり珍しい範疇に属する、〝社会〟無視して、〝状況〟無視して、〝世界〟無視して、ただ、〝地球〟そのものにのみ、直結している、〝錨〟なのだ。

だから。

呪術師は、三春のような〝妖怪〟に対して、抵抗力がある。そりゃそうだ。

何故って、三春は、確かに、人間からみたら〝妖怪〟である。特殊な能力を持っている。人外の存在である。そして、普通の人間は、いつだって揺らいでいるから、特殊な能力って奴に、とても弱い。誤魔化される。影響される。引きずられてしまう。

が。けれど。〝錨〟は。

そもそも、直結しているのが〝地球〟だ。多分本人は意識していないだろうけれど、〝社会〟がどうなろうと、〝情勢〟がどうなろうと、〝世界〟がどうなろうと、〝錨〟が繋がっているのは、基本的に、〝地球〟オンリーなのだ。

こういう奴らは。誤魔化されない。影響されない。引きずられることがない。

もっとも。

こういう奴らを表現する、もっといい言葉は、あるよね。

〝先祖がえり〟。

そう。

人間以外の、殆ど の動物は、普通、地球と直結している。地球で発生した生き物なのだ、普通の植物や普通の動物は、大体、地球と直結している。

ただ、進化の過程のどこかで。

人間は、この、地球との直接接続を、切ったのだ。

これを切ったからこそ、人間は、ここまで〝進化〟することができた。(それを〝進化〟って言っていいのかどうかは謎なんだけれど。)どこまでも勝手に自分のテリトリーを増やし、人口というものを際限もなく増大させ、他の生き物を絶滅に追い込みながらもひたすら自分達が増えるっていう選択肢をとることができた。これ、ひとえに、〝人類〟が、基本的に〝地球〟との繫がりを切ってしまったから。だから、そんなことができるんだし、そんなことができるから、人類は、ここまで地球上で繁殖し続けることができた。

そして。その。

過去、切ってしまった筈の、〝地球〟との接触を、未だ保っているのが……というか、未だにその〝繫がり〟を切れずにいるのが、〝錨〟。〝呪術師〟。

だから、彼らを表す、一番いい表現は、〝先祖がえり〟なんじゃないかと、三春は思う。

だが。

これだけでは、只今の状況を三春自身が納得できない。

そうだ。

錨があるからって、呪術師がいるからって、こんな〝状況〟になる訳がない。

いくら〝呪術師〟が〝錨〟だからって、それは、ただ、それだけのことだ。

呪術師が、錨が、個人で三春に敵対するのなら判る、過去、そんなケースもあった。

けれど。

三春に敵対する、団体ができる。

これは。これだけは、おかしいのだ。

〝呪術師〟は、確かに地球に直結している。

そういう意味では、三春に対しては、ほぼ、最強だ。

だが。

人類という存在は、地球との接触を切った処から、その進化を始めた。故に、〝地球に直結しているだけ〟の呪術師と、〝人類〟は、ある意味で相いれない存在なのだ。呪術師が煽ったからって、三春に敵対する団体ができる訳がない。三春に対して最強である〝呪術師〟は、逆に、人間世界にうまく順応できていない可能性が高い。だから、呪術師が何をやっても、それに賛同する人間が、一人や二人ならともかく、〝団体〟でできてしまうことがおかしい。

なのに、それが、できた。できてしまった。

いや。できてしまった、だけではない。

ついさっき、三春のことを殴った看護師。

こんなものこそ、こんな存在こそ、あり得ない筈なのだ。どう考えたって、普通の人間は、三春を怖がる筈。なのに……そんな三春を、殴る？　いや、殴るだけではなく、三春のことを、倒せる相手だって認識して、他の人間を煽る？

……まあ……人間というのは、非常に個性の幅が広い生物種だから。あきらかに自分の生存や生殖に対して不利であっても、〝何故かそういうことをしてしまう個体がある〟、そんな生物種だから。個人として、そういう性格をもった人間が存在すること、それは、確かに、否定できない。

でも。

この局面で、よりにもよって、そんな特殊な個体がでてきてしまうだなんて。

そんなことが、あるだなんて。

そう思うと。

「じーさん……」

三春は、こっそり、呟いてみる。

そうだ、じーさん。

村雨大河という名前を、三春はちゃんと認識していない。けれど、その存在は、認識している。

じーさん。

そうだ。他に、ない。

この状態になってしまったのは……ほぼ、確実に、この男のせいだ。

じーさん。

そうだ。今だって。

あの〝じーさん〟は、はっきり、きっぱり、目を開けたまま、三春の方に顔を向けたのだ。

瞬間。

三春の方が、目を瞑(つむ)ってしまった。

理由は判らない……いや、判る、か？

三春は……あの、〝じーさん〟を、死なせたくはなかったのだ。じーさんから生気を吸う気持ちには、どうしたってなれなかったのだ。

いやあの。

必死になって、三春は自分の心を言い繕う。

別に三春ちゃん、あのじーさんを殺したくないなんて、思ってないよ？

ただ、ここで、じーさんが死んだらめんどくさいことになるかなって思って。

いや、その前に、ちょっと目が痒かったから。だから、目を、ぱちぱちしただけ。別に、目を瞑った訳じゃないんだよ。じーさんから顔を背けたのは、なんか、首筋がちょっと凝ってしまっていただけ。首筋、凝ってるから、ちょっと別な方へ顔を向けた。それだけの話なんだ。別に、三春ちゃん、じーさんから目を逸らした訳じゃない。

そんなことを思ってしまう程、三春は、村雨大河を、今となっては特別視している。せずにはいられない。

だって……だって……。

「三春さんは寂しい」

こう言ってくれたひとが……今まで、いた、だろうか？

いなかった。

当たり前だ。

そもそも、その前に。

「三春さんは寂しい」

勿論、今まで、こんなことを言った奴はいなかったけれど、もし、いたのなら。

その瞬間、三春は、他の何はさておき、そんなこと言った奴のことを睨んだだろう。

そうだ、だってそんなこと……エサである人間に、そんなこと言われるだなんて、三春にしてみれば、許せる話ではない。許せないから、だから、そのまま、そんなこと言った奴にしっかと視点を定め、何が何でもそいつの視線を搦め捕ろうとして、うまいこと、視線が搦まったら、そのまま、そいつの生気を吸っていた。普段の食事とは違い、絶対的な殺意をもって、その相手の視線をとらえていた。うん、そのくらい、これは、許しがたい台詞だ。

けれど。何故か。今回の場合は、そういうことに、ならなかった。

まあ。今回の場合。

あまりにも、あまりにも、イレギュラーな事態が続いたものだから。

そもそも、三春が軽く食事をしただけの瞬間（これで地下鉄が停車しなければ、三春に生気を吸われた女子中学生は、徐々に体調を崩し、その日か翌日寝込み、でも、その人間に体力があれば、いずれ回復しただろう。体力がなければ、寝込んだあと、そのまま死ぬことになっただろうけれど、それはまあ、普通の病死で、中学生にしてみれば珍しいケースではあるけれど、「ある日、健康な中学生がいきなり体調を崩し、そのまま寝込み、そのまま心不全で亡くなる」のは、不可思議なことではない話だ。そんな、〝普通の話〟になった筈)、地下鉄が地震で緊急停止してしまったのが、想定外。

緊急停止してしまった地下鉄の中に、三春とはまったく関係のない理由で、昏睡状態になってしまったひとがいたのが、〝想定外〟その二。これにより……三春が作った結界は、三春が作ったものであるにもかかわらず、三春には解除ができないものになってしまった。これはもう、イレギュラーにしたって酷過ぎるという程の、イレギュラーだ。

(三春は、〝三春が作った結界〟の中で、ひとの生気を吸う妖怪である。そして、三春が、ひとの意識を操作する妖怪である以上、三春の操作を受けない〝ひと〟がそこにいたら、その瞬間、三春の結界は、破綻する。何故って三春は、昏睡してしまったひとに対しては、何もできないのだから。〝昏睡してしまったひと〟というのは、そもそも、意識が、なくなってしまったひとだ。ということは、三春が〝意識を操作することができない〟ひとだ。いわば、昏睡してしまったひとは、三春の〝結界〟の中で、さらに自分だけの〝結界〟を作ってしまったようなものになる。故に、この昏睡したひとの結界が解けない限り、三春は、自分の結界を、解くことすらできない、脱出することもできない、ひたすら現状維持を続けるしかないっていう話になる。)

ここだけで。すでに〝イレギュラー〟が二つもあるのだ、いい加減三春は嫌になっていたのだが……ここで、三つめの、イレギュラーが来る。

なんとまあ。この結界の中には、〝呪術師〟がいたのだ。

人口に対する〝呪術師〟の比率って、どのくらいのものなんだろう?

そんなこと、三春は、考えてみたのだが。

多分、どう考えても、かなり低い筈。

その、呪術師が。

よりにもよって、ここまで、イレギュラーな事態が続いた処に、いる。あの地下鉄の中に、いた。


それについても、三春は、いささか、考えない訳にはいかない。

何だってこんな処に、呪術師がいるんだろう？

偶然？　いや、偶然に決まっているのだが。

だが、イレギュラーが二つも続いたあとに、こんな偶然、あっていいんだろうか。

とはいえ。

〝こんな偶然、あっていい訳がない〟っていくら三春が思ったとしても、あったことは、あったことなのだ。実際に、〝呪術師〟は、いたのだ。

だからまあ、これは……「とにかくイレギュラーが三つあったんだな」って納得するしかないとして……その上。

その上更に。その上おそろしいことに……この結界の中には、〝じーさん〟がいた。


じーさん。

あり得ない存在だ。

そもそも、普通のひとは、三春を怖がる筈なのだ。

それは、別に、三春が人間を威圧したり威嚇しているからだって訳じゃない。

いくら地球との直接接触を切って、かなり変な進化をとげてしまったとはいえ、人間は、基本的に〝動物〟だ。動物だったら、自分を捕食するものは、普通、怖がる筈。本能的に、自分を捕食するものには、訳の判らない恐怖を抱く筈。

なのに、このじーさんには、それがなかった。

三春が、昏睡してしまった人間を識別しようとして、地下鉄の中を移動した最初の時。あの時、三春は、まるでモーゼのように、車両の中を歩いて行ったのだ。（いや、この地下鉄、ひとは疎(まば)らにいるだけで、まったく混んではいなかったから、三春を避けて人の群れが割れるってことはなかったんだが、三春が移動している間中、すべてのひとは、ふと脇を向いたり、何故か視線が下へ行ってしまったり……少なくとも、車両の中のひと、すべての視線が、〝割れた〟のだった。呪術師だって、三春を見ないように、本能的に三春から視線を逸らしていたのだ。いや、むしろ、呪術師こそが、一番積極的に三春から視線を逸らしていたのかな？　何たって〝呪術師〟は、地球直結の人間だ、おそらくこの地下鉄の車両の中で、一番三春に違和感を抱き、一番三春と接触したくなかったのが、〝呪術師〟だろう。）

なのに。

じーさんだけは、まったくそんなことがなかったのだ。

だからあの時、三春はじーさんから視線を逸らしてしまった。

その時は、このじーさんが、こんなに特殊な人間だなんて思ってもいなかったのだが、すでに一人、この結界の中で生気を能動的に吸ってしまったのだ(そして、その直後、運悪くもう一人の女子中学生と目があい、こちらの女子中学生は、積極的に生気を吸った訳ではないが、目があっていた時間からいって、いささか危ないかなって雰囲気になり、更にその後、移動しようとしたら、もう一人、女子中学生と目があってしまい……)、これ以上、生気を吸われた人間の数を増やすのは、いくら何でもまずいと思ったから、慌てて三春の方が、じーさんから目を逸らした。

その時は、「人間って、年とると鈍感になるからなあ。じーさんは、じーさんだから、本能的に怖い筈の三春ちゃん、怖がらないのかな」って思っていたのだが……だが。

この後、いろいろあって……三春が、人間を捕食する生物だって判った後も……おそろしいことに、このじーさんは、三春から目を逸らそうとはしなかった。

そしてその上。

問題の、「三春さんは寂しい」発言だ。

三春が、人間を捕食する生き物だって判ったあとでの、この発言だ。

これはもう。

年とってるから鈍感だ、だなんて理屈では、多分、説明できない。

ありえない。

これは一体、どんな人間なんだ？

じーさん。

村雨大河が、ごく普通の人間であることを、三春は知っている。いや、知っているという訳ではないのだが、自分が捕食する生き物のことは、当然、三春には、判る。

このじーさんは、勿論呪術師ではないし、人間として、特におかしな処はない。

ごく稀に、呪術師とはまた違った意味での特別な人間はいるらしいのだが（三春が生まれる前にいた、ブッダとか、イエス・キリストとか、宗教の開祖になってしまったような人間は、どうやら〝変な人間〟らしいという話が、三春達妖怪の間には伝わっている。伝聞だから、それがどのくらい正しいのかは判らないのだが。そういう人間は、呪術師ではなく、地球と直結した錨ではなく……にもかかわらず、自分を捕食する生き物をまったく恐れない、そういう〝もの〟に感情移入ができる、人間として、かなり〝変〟な精神を持っていたらしい）、このじーさんは、そういう人間でもないと思われる。そういう人間なら ある筈の、特殊なオーラみたいなものは、一切、ない。

なのに。

このじーさんは、三春がどんな存在なのかが判った後にも、ごく普通の人間に接するように三春に接していて……あまつさえ、三春に感情移入なんかしちまって……。

こ、これは。

これは、一体、何なんだろう。

何でこんな人間が存在している？

そして。また。

何だって、こんな人間が、よりにもよって、このイレギュラー続きの、この地下鉄の中に、いるのだ？

もう、これは。

四つめのイレギュラーだとしか思えない。

ふうう。

三春、軽く、息を吐く。

そして、思う。

イレギュラーが、ひとつなら、それは、イレギュラーだ。まあ、よくあることだ。

イレギュラーが、二つ重なったのなら、それは、偶然。よくある訳じゃないけれど、たまには、稀には、あることだ。

でも、イレギュラーが三つ重なったら……。日常生活で、そんなこと、まったくないっていう訳じゃ、ない。それはもう、「大変運が悪かった」、ないしは、「すっごく運よくこんな運びになっちゃったの」って話である。（この場合、運がいいとか悪いとかっていうのは、このイレギュラーに接したひとの主観的な判断。とにかく、三つ重なるイレギュラーっていうのは、それに接したひとが、主観的な判断で〝運〟という特別なものを話の要素に付け加えずにはいられない程、特殊な事象だっていうことだよね。……言い換えれば、〝運〟なんていうものを導入しないと説明できない程、特殊な話だっていうことになる。）

そして。

イレギュラーが、四つ。

四つ、重なってしまったのなら。

これは一体、何なんだろう。

どう考えても、これは、おかしい。

しかも。

只今のこの車両内の状態を……この先、どうすれば、いいんだろう？

確かに、三春は、この状態でしゃかしゃかやってきた村雨大河から、あからさまに視線を逸らした。最初は、目まで瞑ってしまった。その状況を、見せてしまった。更にその上、村雨大河本人が、このことを、声高らかに、車両内すべてのひとに、喧伝してしまった。

それも、あたかも、三春が、「できるだけひとを殺さないようにしている」って宣言するような形で。「三春と人間には、交渉の余地がある、三春は言葉が通じる存在だ」って、村雨大河は宣言してしまったのだ。

いや。

今でも。

村雨大河が何を言ったとしても、この車両内の人間の生殺与奪は、三春の手のうちにある。

そうだ。話を判り易くする為に単純化するのなら、三春、このまま、目を開け続けて、ここにいるすべてのひとをひたすら睨んでゆけばいいのだ。通常ならば、これをやっていると、いつかはこの地下鉄の中にいるすべてのひとが、三春と視線を合わせてしまう。ということは、時間はかかるけれど、いつか、この地下鉄に乗っているひとは、〝昏睡〟してしまったひとを除いて、全員が死ぬっていうことになる。

そして、〝昏睡〟してしまったひとも、永久に昏睡し続けることは物理的にできないから、いつか、死んでしまう。これで、この地下鉄の中のひと、全員が死ぬという話になる。三春の結界の中にいるひと、それがすべて死に絶えたら、その瞬間、三春の結界は自動解除される。三春は、それまでの生活に戻ってゆける。

まあ。ただ。

昨今の社会では、これは三春にとって、非常にとりにくい戦略だ。

何たって、この戦略をとると、地下鉄の中にいた二、三十人の人間が、全員原因不明で死ぬことになるからだ。

これが問題にならない訳がない。

昔とは、違うのだ。

山の中で、何か異様な霧が発生した時、まさに〝結界〟としか思えないような霧が発生した時、その山に登ったひとが全員不審な死をとげてしまったっていうのと、これは、話が違う。

いや、事実関係からいえば、そんな状況になったのは、おそらく今と同じ理由なんだろうけれど(霧で結界ができた処で、そこにいたひとがみんな不審な死をとげたんなら、そりゃ、その背後にいるのは、三春と同種の存在だろう)、でも、社会の対応が、その頃とは全然違う。

人間というのは変な生き物で、普段、自分の得にならないことは絶対にしない筈なのに、そこに〝謎〟があったり、〝好奇心〟をそそられてしまうような事実があったら……何故か、それに、異様にこだわるのだ。それを解明しようとしてしまうのだ。

だから。

三春にしてみれば、「ここにいる人間、全員殺戮(さつりく)」という手段で、今の状況を収束させる訳にはいかない。人間が――人類が、みんなしてまとめて、「こんなことが起こったのは何故なんだ?」って方向に思考を進めること、それだけは、絶対に、まずい。(それにまた。只今、この結界の中には、呪術師がいる訳で……三春にしても、いつものやり方で、呪術師を殺せるのかどうかが、よく判らない。呪術師がいる限り、〝全員殲滅〟っていう手段は、とりたくないし、とれるかどうかがよく判らない。）

その上。

そういう大局的な問題はおいておいても、今、三春は、そういう手段がとても取りにくくなっている。

何たって、女子中学生達の団体と、呪術師を含む団体が、結託している。こいつらは、〝できるだけ目を開けない〟という、三春にしてみれば、とても対処をしにくい戦略をとっている。

更にその上。〝訳の判らない看護師〟なんてものまで、いる。

こいつは、三春を、殴った。

二回、殴られて、三春には判った。

確かにこの看護師、三春を殴ることはできる。けれど、非力だ。見事に急所に拳をあてることはできるけれど、喧嘩慣れはしているけれど、根本的に体力が不足。（ピンポイントで急所を殴られたにもかかわらず、三春には殆どダメージがない。）

相手が。目を瞑り続けているのなら。

確かに、通常の手段で、三春がこの看護師を倒すことはむずかしいだろう。（それは、呪術師にも言える。）

けれど。通常ではない手段をとることを考えれば、三春、呪術師も、この看護師も、結構簡単に殺せるのだ。

相手が、物理的にこっちを殴ってくるのなら、こっちも、物理的に相手を殴ればいい。三春が、〝妖怪〟と言われる生き物だから、生気を吸うって攻撃手段を持っているから、だから、呪術師も看護師も、そこのところ、うっかりしているようだけれど。

その気になった場合、三春の体力は、普通の人間を凌駕する。だからこそ、〝妖怪〟と言われている。

ただ、この手段も、取りにくい。

というのは……看護師が、あからさまに、この地下鉄の中にいる、他のひとを、煽ったから。

確かに、三春の体力は、普通の人間である呪術師や看護師を上回る。まして、二人共、女性だ。体力は、男性よりは劣る筈。

とはいうものの。三春の体力にも、上限はある。

ここで、このまま、〝看護師〟に煽られた人間が、三春のことを取り押さえようとしてきたら……。

それでも、それを撥ね除けるだけの力が自分にあるのかどうか、三春には、判らなかった。


そしてその上。

三春の現状は、未だ、硬直しているのである。

昏睡してしまったひと。

そのひとの結界は、まだ絶対的にあるので、三春にしてみれば、只今張ってしまった結界も、今更、どうしようもない。

結界の中に、呪術師がいて、本来、捕食対象であることを慮(おもんぱか)ればあり得ない筈の、三春を攻撃しようとしている看護師がいて、訳の判らないじーさんがいて……。

ここで。

三春は、ちょっと、首を動かしてみた。

いや、今度は、ほんとに、首が凝っていたから。

なんか、緊張が続いているし、首が凝って、このままだと肩まで凝りそうだったから、ぐるんって首を、大きくまわして。

そうしたら。

「ひっ」

視界の端に、女の子がかすった。

　その瞬間。

三春の視線が、女の子をかすった瞬間、その時目を開けていたその子、息を呑んだのだ。

ああ、これ、女子中学生の集団のひとり……なんだけれど、他の子達とは、違う、かな？　なんだか、あからさまに、呑んだ息の音が凄かった。普通のひとは、いくら三春が妖怪であっても、ここまで凄い息の呑み方をしない。

　それで、三春、了解。

ああ、これ、三人目の女子中学生だわ。

三春が、意図的に生気を吸ってしまった中学生ではなく、その次に、そんな気もなかったのにかなりの時間目と目があってしまった中学生でもなく、更にその次。移動する三春が、偶然、目と目を見交わしてしまった中学生。

　この夢の中に、こんな状態で、この子がいるっていうことは、この子、三春が生気を吸ってしまった状態から、無事に生還できたんだ。

　今、生きているんだから。（ちゃんと意識を持って生きている人間ではない限り、この夢の中では能動的に動けないと三春は知っている。）折角助かったんだ、もう、この夢に関わらなきゃいいのに。いや、まあ、生きている限り、そして眠る限り、絶対にこの夢に来てしまうんだから、それはまあ、この子にもどうしようもないことなのかも知れないけれど。

す。

そんなことを、ふっと思って、それから三春、その女子中学生のことを意識からおい出

とはいうものの、でも。

女子中学生のことを、意識からおい出したあとも……三春は、どうしていいのか判らなかった。

というか……今、ほんと、こんなに混沌としてしまって……もう、上から見ても、この人間の集団、どうにもこうにも、色分けなんかまったくできない状態になっているよな。

……本当に……どうすれば、いいんだろう……。

大原夢路

あたしは……混乱、していた。

だって、村雨さん。

まるで宣言するように、言ったんだもの。

「三春さんは、僕と目があいそうになった瞬間……三春さんの方で、目を閉じた」

「三春さんは、少なくとも積極的には、僕を殺そうとは思っていない」

「三春さんは、話が通じるひとなのだ」

「話が通じる存在なら、殺しあう以外のことができる」

……まあ……台詞は、微妙に違うかも、なんだけれど。（というか、わめき散らしている村雨さんの言葉を、あたしがちゃんと整理したのが、こういう台詞ね。）とにかく、村雨さんは、ひたすらこんなことを言い散らしやがって……。（いや、〝やがって〟っていうのは……あきらかに、言葉が、悪いよね。けど、あたしにしてみれば、村雨さんのこの台詞って……〝言いやがって〟としか、言いようがない気分なのよ……。）

しかも。

この台詞は、すべて、正しい。

多分、今、この世界の中で、ちゃんと目を開けているのは、あたしだけだ。

だから、あたしは、あたし一人が、断言できる。

村雨さんが言ったことは……全部、本当に、その通りなのだ。ほんとに三春ちゃんは、村雨さんと目と目があいそうになった瞬間、彼女の方から、目を瞑ったのだし、彼女の方から、顔を逸らしたのだ。

……どうしよう……。

確かに、三春ちゃんは、村雨さんを殺さないようにしているよね。

かといって。三春ちゃんが、〝会話のできるひと〟、〝話が通じるひと〟だとは……あたしには、まったく、思えない。

というか。その前に。

嫌なんだよあたし。

三春ちゃんのこと、〝話が通じるひと〟だって思うこと、それ自体が。

あたしは、思いたくないんだよ。三春ちゃんのことを、〝話が通じるひと〟だなんて。

（あ、だから。だからあたし、村雨さんの台詞を、「言いやがって」って、言っちゃった訳なのね。「三春さんは話が通じるひとだ」っていう村雨さんの台詞が嫌で嫌で、そんでもって、こんな表現になっちゃったの。）

だって。

もし三春ちゃんが話の通じるひとだったら（いや、ひとじゃないけど）、みんなして三春ちゃんを取り押さえて、市川さんが三春ちゃんを殴り殺すのを助けるって……それは、市川さんに、殺人をさせるってことで、それに加担したみんなは、殺人を幇助してるってことになるよね？（いや、殺〝人〟、ではない、殺〝妖怪〟なんだけど。）

化け物に襲われているんなら。相手が、意味もなく理非もなく襲ってくる奴なら。相手がゾンビやホッケーマスク被った殺人鬼なら。

なら、正当防衛で相手を殺す、これは正しいことだと思う。相手を殺す、心理的なハードルはとても低くなる。（というか、そうしないとこっちが殺されちゃうんだから。）

けど。相手のことを、〝話が通じる存在である〟って認め、そしてその上、〝相手も問答無用にこっちを殺そうとしている訳じゃない、話し合いの余地がありそう〟なんて思ってしまったら……今度は、殺〝妖怪〟に対するハードルが、無茶苦茶高くなっちゃうじゃない。あたしはそんなことしたくない気持ちにちょっとなってしまうし、市川さんにそんなことさせるのが、ひたすら申し訳なくなってしまう。

現に、目を瞑ったままの市川さんが、いつの間にかファイティングポーズを解除して、両手をだらっとおろしてしまっている。

中学生組の動きも止まった。（いや、これは、佐川先生と伊賀さんの台詞のせいかも知れないけれど。）

氷川さんや冬美が何しているのかは判らないけれど。（あたしはとにかく三春ちゃんから視線を動かせない。彼女が何か動いた場合、常時目を開けていることができるあたしが、それ、他のひとに伝えなきゃいけないんだから。）

「……えーと……」

すると。目を瞑ったまま、両手から力を抜いた市川さんが、こんなことを言ってくる。

「えーと……あの、呪術師の方。おじいさんが言ってることって、ほんとっすか？　三春って奴、ほんとに自分から目を瞑ったんすか？　その上、顔逸らしたって……」

あああ、だからあっ。こんなこと言われたら、たった一人、目を開けていられるあたし、答えない訳にはいかないでしょう。ほんとに言いたくないことを言わざるを得ないでしょう。

「……ほんと……です。ほんとに三春ちゃん、自分がまず目を瞑って、そして、自分の方から顔、背けました……」

「そうなんですよっ！」

あたしの台詞に、全力で元気に乗っかったのが、村雨さん。

「大原さんも保証してくださいますよね、三春さん、ほんとに、自分の方から目を瞑って、自分の方から顔を逸らしてくれたんです！」

だっからあっ！　村雨さん、そんなこと、そんなに嬉しそうに断言するなよっ！　この村雨さんの言葉のせいで、なんか、さっきまであった、「みんなして三春を何とかしよう」っていう、あたし達の纏まりが……どんどん緩んでゆく雰囲気。

「あの……じゃ……あたし、どうすりゃいいんで……」

「市川さんっ！　判ってくださって嬉しいですっ！　僕達には、まだ、会話の余地があるんですよっ！」

ああ、もう……あたし達人間の士気、この村雨さんの台詞で、だだ下がり。

「村雨さん！　そんなこと、仰らないでください！」

と、ここで。低く抑えた子供の声がかかる。あ……渚ちゃん。

「今更どんな会話をする余地があるっていうんですか。千草は、もう、死んじゃったんですよ？　どんな会話をしたって、死んだ人間が生き返る訳じゃない」

「その通り。瑞枝だって、危ない」

これは、多分、伊賀さん。もの凄く冷静で、地の底から響いているような声。

「私はね、みんなに〝目を開けるな〟って言ってる。自分だって目を開けない。だから、三春を何とかしてくれって言うのは卑怯だと思う。けど……今、三春が死んでくれたら、ひょっとしたら、瑞枝だけは助かるかも知れない。その可能性があるのに、三春と会話なんかしている場合じゃないってことだけは、言える。だから……卑怯だけど……自分達は絶対に目を開けないけれど……」

「ああ、了解」

この伊賀さんの台詞と同時に、市川さん、だらっと下げていた両手を、また、自分の胸の前にもってくる。

「お嬢さん、それ、卑怯じゃないっすからね？　いいっすかあ？　子供は、大人に守られるもんなんです。子供を守るのが、大人のお仕事。……だから、それは全然、卑怯じゃない。子供の当然の権利です」

市川さんが、また、ファイティングポーズをとる。

そして。

氷川稔

しゃかしゃかしゃかしゃかしゃか。

じーさんが、まるでゴキブリのようにあっちへ行ってしまったので、ようやく俺、大きく息を吸う。

同時に、覚悟を、決めた。

いや、だって。俺、だよ、な。只今、この地下鉄の中で。三春に対抗できる成人男子って言ったら……そりゃ、俺だけなのだ。（いや、村雨さんは、成人男子ではあるよ？　けど、ありゃ、どう考えても〝三春に対抗できる成人男子〟じゃない。〝成人〟でも〝男子〟でもないくくりの、もっと違う〝生き物〟だよ、ありゃ。それに、そもそも、体力的にまったく期待できないお年寄りでもある訳で。）

で。

大原さんに、聞いてみる。

「呪術師。今、三春は、どんな状態になっている？」

すると。

「今更？　今の状態で？　それ、聞きます？」

って、何だ。なんか、俺が知らない処で、事態に進展があったのか？　俺、じーさんが逃げ出した後、ちょっと呆然としてしまって現状把握ができていないんだが。

「えっとお……　〝じーさん〟が変なことを言ったせいで、みんなが硬直しております」

あうっ、とっ。

「三春ちゃんは、〝じーさん〟を殺そうとはしていないんです。それが、みんなに判ってしまいました。……っつーか、それ、ほんとなんで……あの……あたしとしても、どうしていいのやら……　〝それは本当なんだよ〟って意味のことを言うしかなくて……」

「三春は〝じーさん〟を殺そうとしていない、それが、みんなに判っちまった。だから、みんな、三春を攻撃していいのかどうか判らなくなっている。あんたが言いたいのは、そーゆーことか？」

「だけじゃ、なくて。中学生組は、それでも絶対に三春ちゃんを許せないって言ってます。死んでしまった友達の仇(かたき)だからって」

「ああ……だろう……なあ……」

「で、〝看護師〟さんがそれに乗りそうになったんですけど……」

「〝じーさん〟が、それに反対してる」

「いや、そういうことには、只今なってません。けど……〝看護師〟さんも、何をどうしたらいいのか判らないらしくて……いざ、攻撃しようにも、何をどうしてどうやったらいいのか、目を瞑っている限り、かなり可能性が限定されていて……。だから、情勢的には……そんな感じ、かな？」

　うーむ。何となく判る。

「とにかく、みんなして、硬直している訳なんだな？　〝看護師〟さんは三春を攻撃する意欲満々なんだけれど、どこからどう手をつけていいのか判らない。その〝看護師〟さんに指示をする筈の呪術師、あんたも、何をどう指示していいのか判らない」

「はい、です」

「他の連中は、もっと、みんなして、何が何だか判らない」

しかも。基本的にみんな、目を瞑っている訳だから、状況把握が非常にやりにくい。

なんか、情勢、判ったって言えば、判った。

でも。今は。そんなことを言っている場合ではない。

だから、俺、もの凄く事務的に。


「俺が聞きたいのは、三春の、今の、姿勢だ。三春は、今、普通に立っているのか？　それとも……考えたくないんだけれど、床に寝っころがっているなんてこと……あるか？」

「……普通に立ってますけど……あっ！　あああっ！」

どうやら、大原さんにも、判ったらしい。

ここで、大原さん、俺がまさに言って欲しかったことを、大々的に、言う。

「あの、いいですか、みなさん！　三春ちゃんは、今、立っていますっ！　ということは、みなさんが、目を開けても、自分の足元、そして、足元から四、五十センチくらいの先を見るだけなら、三春ちゃんと目と目があってしまう可能性は、絶対にありません！」

そうなんだよ。

「三春ちゃんが地下鉄の中に寝っころがっているんならともかく、現時点では、彼女、立っているんですから。三春ちゃんが立っている以上、自分の足元、そして、足元から四、五十センチくらい先までには、間違いなく三春ちゃんの顔はありません。その辺見て、三春ちゃんと目と目があってしまう、その可能性はないです」

だよ。それを言って欲しかったんだ、俺は。

　そしてその上。更に続けて。大原さんは、俺が欲しかった情報を言ってくれる。

「三春ちゃんは、今、〝妙に鋭い男〟さんから見て、左斜め前の方にいます。〝看護師〟さんは、そのまま前進すると、三春ちゃんにぶつかります。そういう位置関係です。他の方は、結構三春ちゃんと離れてますから、一メートルくらいは前進して大丈夫。……〝じーさん〟については……すでに殆ど三春ちゃんと接触しているようなもんですから……何も言いません」

　いや、じーさんは、無視していい。というか、むしろ積極的に、無視するべき。

「つー、訳で」

　俺は言う。

「中学生組は、目を瞑ってろよ。動くなよ。で、それ以外の連中」

「はあい、待ってました」

　って、明るく返事があったのが、看護師である市川さんだけだったのが、ちょっと嫌だったんだが。

「とにかく、視線を下にして、目の前、四、五十センチくらいまでの処で、動け。んで、呪術師は、みんなの動きを、とにかく監督。三春って奴に、みんなが近づいた処で……」

　ある程度、みんなが、三春に近づいた処で。

　そこで、一斉に、みんなが、三春に、襲いかかる。

俺がやりたかったのは、こういうことだ。
これをやれば……多分、三春の動きを掣肘(せいちゅう)することができる筈。
俺は、ただ、これだけを願っていた。
そして、三春の動きが止まったのなら。三春を拘束できたのなら。
その瞬間、殴るのだ俺は。三春を。
この結界の中で〝動ける人間〟、その中で、唯一の成人男子。
これはもう……俺がやるしか、ないよな？

でも。
話は……こういう風には、進まなかった……。

☆

俺は、進む。
じりじりと、進む。摺(す)り足で、ずりずりと。
けれど、その間、大原さんから、何の指示もなくて……。
三春がいるであろう方向へ。
それが、何か、微妙に不安で。
ついに、俺は、たまりかねて大原さんに声をかけてしまう。

「おい、呪術師！　今、どうなっている？」

　すると。大原さんから返ってきた台詞が……なんか、俺の予想していたものとは違ったのだ。

「んー……えっと……」

　大原さん。何故か、言い澱んでいる。

「〝妙に鋭い男〟さんは……順調に、三春ちゃんの方へ、進んでいますね。あと一メートルくらいで、三春ちゃんに辿り着きます。〝看護師〟さんは、もっとずっと三春ちゃんに近い。でも……お二人が迫っているのに、三春ちゃんは、まったく、動いていません。……その上……あの……他に動いているひとがいるもんで……それを言葉にしていいのかどうか、あたしは判らなくて……だから、ちょっと何と言っていいのか……」

　……何だ？

　この状況で、三春が止まっていてくれるのは、僥倖だ。

　俺と市川さんが、三春の方へ進んでいるっていうのも、予定どおりっていうか、いい話だ。けれど、大原さんが言い澱むような、〝他に動いているひと〟がいるっていうのは……それは一体、何なんだ。じーさんなのか？

「んー……んー……あの……」

　とっても何か、言い澱んでいる大原さん、それでも一回、息を呑むと。意を決したかのように。

「あの、あなた。それ以上進むのはやめて……やめて！」

後半。大原さんの台詞は、怒鳴っているようなものになる。つーことは、今、大原さんが言っている〝動いているひと〟って、じーさんじゃないわな。じーさんなら、今更大原さん、こんな言い方をしないと思う。でも……とすると、誰だ？

「ねえ、お願い、あなた、動かないで。動かない方がいいと思うの。だって、このままじゃ、あなたそのうち、三春ちゃんにぶつかってしまう……」

「いや、あの……」

この大原さんの台詞と同時に。聞こえてきた声に、俺は、思わず、息を呑んでしまう。

「だって、あの……うち……判っちゃったんで……その……」

まだ、若い、というよりは、稚い声。これは、中学生組の、誰かだ。

ああ、だからか。

中学生組の誰かが、何故か、三春に近づいてきたのなら……そりゃ、大原さん、黙ってしまうよな。中学生組は動くなって言われているのに、そんなこと能動的にやっている奴がいたら、そりゃ、大原さん、どうしていいのか判らなくなるよな。

けど。だが。

いや、だって。

何だって中学生が、わざわざ三春に近づいてくるんだよ？

それに。この声は。

聞いただけで判った、渚とか、伊賀とかいう、中学生組のリーダー達の声ではない。普通の中学生の声だったのだ。

「あの……判っちゃったんで……その……」

んで……そんな子供が、何だって今、三春に近づく？

何をだ。

「このひとは……〝みはる〟ちゃん、なん、です」

大原夢路

もう、何が何だか、判らない。

そもそも、こんな状態になっているっていうのに、中学生組の一人が、何故か、あたしの方に（というか、三春ちゃんの方に）突出して、近づいてきてしまったのが、変。うん、その中学生、あきらかに三春ちゃんに向かって、接近している。あたし以外のひとは、現在では目を開けていない（か、自分の下方数十センチくらいの処に限って見ている）筈だから、だから、この中学生、何やってんだか自分でも判っていないっていう可能性はあるんだが……けど、でも。

あきらかに、目的を持って、この中学生、三春ちゃんの方に、近づいてきている。目を、瞑っているのに。（ないしは、下の方しか見ていない筈なのに。）

ちゃんと目を瞑っていて、三春ちゃんのことが見えていない筈なのに……なのに、きっちりと、三春ちゃんの方へ向かって。中学生組は動くなって、散々言われている筈なのに。

ああ……こほん。

あたし、咳払いをしてみる。

この〝咳払い〟の意味は、たったのひとつだ。

この中学生に、注意喚起しているだけ。

ねえ、あの、何故かあたし達に近づいてきている、中学生の、あなた。

あなた、気がついて。

あなた、どんどん、三春ちゃんに近づいているわよ？

これはきっと、あなたがやろうと思ってやっていることじゃ、ないんだよね？　なんか、

そういう巡り合わせになっているだけ、だよね？

なら、できるだけすぐに、あなた、気がついて。

あなたは今、とても危ないことをしている。

それに注意を促す為の、〝こほん〟。

でも。

軽い〝こほん〟くらいでは、この中学生、あたしの意図にまったく気がついてくれなかった。いや、むしろ、どんどんどんどん、三春ちゃんに近づいている、この中学生。

んー、いや、どうしよう。

思いっきり咳払いしてみようかな、でも、それでもこの中学生があたしの合図に気がついてくれない可能性は高いし……いっそ、足でも踏みならしてみるか。いや、それは、なんか違う反応が起きそうだし……。

　てんで。

　あたしが、もの凄く迷っていると、いきなり氷川さんが言ってきた。

「おい、呪術師！　今、どうなっている？」

　ああ、氷川さんが焦(じ)れているのは判るんだよなあ。だからあたし、できるだけ現状を、氷川さんに伝えて……でも。

　なんか、〝隔靴掻痒(かっかそうよう)〟。そんな気持ち。

　あたしが今、本当に問題にしたいのは、そして、本当に問題にしなきゃいけないのは、この中学生のことなんだけれど。それを言葉にしていいのかどうかが、よく、判らない。勿論、三春ちゃんはこの世界であたしと二人っきり、完全に体を起こして目を開いているんだ、この中学生のこと、判っているでしょう。けど、他のひとは、判っていない。こんな状況下で、中学生が一人、無謀にも三春ちゃんに近づいているってこと……言って、いいの？　そんなこと、只今目を瞑っている佐川先生とか伊賀さんとか渚ちゃんとかに、教えちゃっていいの？　でも。

　あたしがこんなことを悩んでいるうちに。

　その中学生は、ほんとに三春ちゃんとあと一メートルも離れていないって処まで、近づいてきてしまったのだ。

こ、これは、何としてでも、止めるしか、ない。

だからあたしは。

「あの、あなた」

呼びかけてみる。

「それ以上進むのはやめて」

でも。中学生は、止まらない。じりじりと、じりじりと、三春ちゃんに近づいてゆく。

だからあたしは、ついに絶叫してしまう。

「やめて！」

この間、みんなに対する状況説明とか、実況中継とか、まったくできなかった、あたし。

とにかく、この中学生が、三春ちゃんに近づくこと、それだけを阻止しようと思って……

でも、あくまで、能動的に三春ちゃんに近づいてゆくんだよね、この中学生。

「いや、あの……」

中学生が、何か、言う。

「判っちゃったんで……」

何を？　何が？

「このひとは……〝みはる〟ちゃん、なん、です」

いや、そんなこと、最初っから、判っているでしょ？　今更、それが、何？

「目と目があってしまった。この間、そんなことが、あってしまった。だから……うち……判るんですけど」

何を？

「このひとは、自分のことを、『みはる』だって名乗ったでしょ？　……んでもって……みんな、このひとのこと、三春ちゃんだって、思っているでしょ？　……あの……漢字で、三つの、春。そんな字を書く。そんでもって、三春ちゃん」

……あ、ああ。

そう言えば、三春ちゃんが名乗った瞬間、何故かあたしは、彼女のことを〝三春〟だって思ってしまったんだよね。別に漢字の説明をされた訳でもないのに（いや、普通、名乗る時に自分の名前の漢字表記まで説明するひとは滅多にいない）、あたし達は、みんな、彼女のことを、〝三春ちゃん〟だと思ってしまった。そして、その後も、彼女のことを、〝三春〟だって認識している。（確認とった訳じゃないんだけれど、みんなが、彼女のことを、〝美春（みはる）〟でも〝美晴（みはる）〟でもない、〝三春〟ちゃんだって思っていることを、何故か、あたしは、確信していた。）

「それ、嘘、なん。いや、三春ちゃん本人は、本当に自分で自分のこと、そう思っているのかも知れないんだけど……それは、嘘。というか、多分、本人が気がついてないだけじゃないのかなって気がして……」

「……？」

「このひとは、みはるちゃんです。本当の漢字は、〝見張る〟ちゃんなんです。三つの春じゃなくて、見るっていう言葉の〝見〟に、〝張りつめる〟の〝張る〟、そんな二つの漢字が組み合わさった、〝みはるちゃん〟。人間のことを、ずっと見張っている、そんなひとが、見張るちゃんなんです」

……あの？

何を言っているんだ、この中学生。

「うち、みはるちゃんと、目と目があった。そんでもって、またさっき、みはるちゃん、見ちゃった。だから……判る。判っちゃった……」

だから、何が判るっていうんだ。

「このひとは、〝見張るちゃん〟なのっ！」

こんなことを言いながらも。この女子中学生は、どんどん、三春ちゃんに近づいてゆく。ああ、もう、触ることができるくらいの近さだ。

「みはるちゃんは忘れているだけ。だから、自分のこと、〝三春〟だって思ってる。けど、違うん。……違うんですっ！　このひとは、〝見張る〟ちゃんだ！」

中学生。

なんか、それが、本当に大切なことみたいに、この台詞を言う。……いや……本当に、これは大切なことなのかも知れない。けれど、〝これ〟の、〝どこがどう大切〟なことなのか、ごめん、あたしにはさっぱり判らない。

けれど。

こんなことがあったっていうのに。

三春ちゃんの方は、動かない。

うん、さっきから、ずっと、そう。

氷川さんが三春ちゃんに近づいているのに。地下鉄の中に三春ちゃんが寝っころがっていない、だから、近づいても大丈夫だ、なんてことを言ったあと、氷川さんが三春ちゃんに近づいているのに。

市川さんが三春ちゃんに近づいているのに。三春ちゃんを殴り倒したことがある市川さんが、氷川さんの指示に従って、じりじり、じりじり、三春ちゃんに近づいているのに。

なのに。

三春ちゃんは、動かない。

(村雨さんのせいで、精神的に〝それ〟がとてもやりにくくなってしまったとはいえ)、三春ちゃんを多数で取り囲み取り押さえ、そして、ひたすら蛸殴りにするっていうのが、あたし達人間側の意図というか目標だ。だから、みんなが、じりじり、じりじり、三春ちゃんに近づいているのに……なのに、肝心の三春ちゃんが動かないっていうのは、とてもありがたい話だ。

けれど。これは、なんか、とっても、不自然。ありがたすぎるから、逆に、とても不自然。

三春ちゃんは、目を開けているんだから、こんな人間側の動き、全部判っている筈なのに、なのに、包囲網がこんなに狭まっても、彼女が動かないっていうのは、非常に不自然。

それに、そもそも、中学生が、ひとり、あたしの制止を無視して、伊賀さんとか、渚ちゃんなんかの制止を無視して、それでも三春ちゃんに近づいてゆくのが、とっても、変。

三春ちゃんも、変だ。

この中学生も、変だ。

あたしは、そんなことを思っていて……でも、どうしていいのか判らなくて……。

三春

近づいてくる中学生。近づいてくる〝妙に鋭い男〟。近づいてくる〝謎の看護師〟。

この状態で……この状態を見ているっていうのに、何だって、三春ちゃんは、動けないんだろう？

三春にとっては、それが、不思議だった。

でも。

中学生がどんどん近づいてくるのに。

ま、こっちの方はいくらでも対処できるとはいえ、〝妙に鋭い男〟や〝謎の看護師〟がこっちに近づいてきているのに。

でも、三春ちゃんは、動けなかった。

ううん、いや。

三春ちゃんは、動けない訳じゃ、ないよね。

動きたくないんだ。

何でなんだろう……？

それが……判ったような気が、した。

「このひとは、〝見張るちゃん〟です」

言われた瞬間、三春ちゃん、思い出したのだ。

そうだ。

三春ちゃんは、見張るちゃんなんだ。

遠い昔。

誰かに言われた。

あなたは、人間を、見張ってね。
だから、三春ちゃんは、〝見張る〟ちゃん。
人間を〝見張る〟のが、三春ちゃんのお仕事。
勿論、人間は、三春ちゃんにとっての〝エサ〟だ。
だから、人間は、人間を捕食する。
でも、それとは違って。
三春ちゃんは、人間を〝見張らなきゃいけない〟。
それをするように言われていて……。

って。
それは、〝誰に〟だ？

なんでそんなこと、三春ちゃんはやらなきゃいけない？

「あのね」
人間の、女の子が、女子中学生が、三春ちゃんが一回、目と目を見交わしてしまったエサの女の子が、ついさっきも、また、目と目がかすってしまった女の子が、なんか、必死になって言葉を紡いでいる。

「みはるちゃんって、すんごい、目が……ぎらぎら、なの」

とっても……なんだか、言い募っている雰囲気。

「みはるちゃんと目と目があってしまった瞬間、目しか、見えなかった。目しか、なかった。そんな感じで……本当に、みはるちゃんって、目、だけ」

三春ちゃんと人間が、目と目を見交わしてしまった時、その時、人間がどんなことを思うのか、それは三春ちゃんにはまったく判らないことだったので、三春ちゃんは、ただ、無感動に「そーかー」って思う。

「で、あの」

女の子は、更に、言葉を紡ぐ。

「あれは、変。絶対に、変」

なのか？

「だって。目って、何をするものか、何の為にあるものかって思うと、これ、変としか言いようがないっしょ？」

……なのか？

「だって。目って、〝見る〟ものっしょーがっ。目はね、んとね、とにかく、〝何かを見る〟、道具？　道具って言葉、あってんのかどーか謎だけど、そーゆーもん？」

「感覚器。ないしは感覚器官」

　ここで、ぼそっと、他の女子中学生が言葉を挟む。三春ちゃん、〝女子中学生〟は〝女子中学生〟だとしか思っていないから、この言葉を挟んだ女子中学生の個体識別はできないんだけれど……これは、〝女子中学生〟の中でも、妙に冷静で、リーダーシップとってる奴の声だ。

「ん、伊賀ちゃんサンキュ。……その……かんかく……き？」

　でも、この中学生、伊賀とかって奴が言った言葉の意味、ちゃんと理解はしていないな。

「どんな間があいてるんだか、うちには判らないけど、でも、目って、とにかく……間隔をあけて、ものを、見る、もの、っしょ？」

　この感じだと、この中学生、感覚器を〝間隔器〟っていう、訳判らないものだと解釈してしまったのかも知れない。

「でも、みはるちゃんの目は、違うん！　あれは、〝ものを見るもの〟じゃ、ない。間だって、あいていない。だって、〝ぎらぎら〟なんだもん！」

　ぎらぎら。

　さっきから、そんな言葉が、三春の心につき刺さる。

「あれはね、違うん。あれは、〝見て〟いるものじゃ、ない。間隔だって、あいてない。あれは……むしろ……発射？　放射？　とにかく、ぎらぎらが……」

　女の子。

正しい言葉を探そうとして、ひたすら悩んでいる風情。そしてそれから。

「あれはオフェンス！」

やっと、気がついたかのように。こう、断言する。

「あれ、ね、オフェンスなん！　だよ！　オフェンス！　伊賀ちゃんみたいな司令塔じゃなくて、うち、普段、キャプテンと一緒にディフェンスやってんじゃん、あれじゃなくて、状況にもよるんだけどさ、いつもだったら、梓と瑞枝がやってる奴！　とにかく、攻めてゆく奴！　みはるちゃんって、あれなんっ！」

言われている言葉の意味は、三春には、ほぼ、判らない。

けれど、この中学生が何を言いたいのかは……何だか判るような気がしないでもない。

それにまあ、ここまで長い間、人間社会になじんで、人間と一緒に生きてきたんだ、〝オフェンス〟っていうのが、〝攻撃〟という意味だということは、三春にも判っている。

「いや、ちょっと待て、真理亜。目と目があった瞬間に、こっちの生気を吸うのが三春某って妖怪だと思えば、三春某の目が〝オフェンス〟なのは、最初っから判りきってる！

その前に、あんたがどうやら突出してるらしいことの方がずっと問題でっ！」

「真理亜！　ひょっとしてあなた、前に出てるの？　三春ちゃんに近づいているの？　おは……呪術師さん、お願い、真理亜を止めて」

「んなこと、さっきからずっとやりたくてやりたくてできなくて」

「呪術師さん！　も、暴力的に、真理亜のこと、肩でも腕でもひっつかんで、三春から離してください！」

女子中学生達が、何か言ってる。呪術師も、何か言ってる。けれど、肝心の、三春に迫っている女子中学生、そんな言葉、まったく聞いていない。とにかく、自分が言いたいことだけを、言い募るのだ。

「あのねっ！　うち、判ったん！　違うの！」

三春の視界の中で、呪術師が問答無用にずいっと出てくるのが見える。ずいっと出てきた呪術師は、三春に接近して、叫んでいる女子中学生の腕をとらえる。けれど、腕を掴まれた中学生の方は、まったくそんなことを気にしていないかのように、ただ、ひたすら、自分の言葉だけを、紡ぎ続ける。

「このひとのオフェンスは、うちらが思ってる奴と、違うの！　こいつ、うちらのこと、とって喰うし、うちら、エサだけど！　でも、違うの！　だって、こいつの本質、ぎらぎらだもん！」

ぎらぎら。

その言葉だけが、ひたすら三春につき刺さる。

「オフェンスだけど、ぎらぎら。攻撃してきてるんだけど、でも、基本的に、見てるだけなんっ！　エサとしてうちらをとって喰うのがこいつの攻撃なんじゃなくて、ただ、見ているだけが、攻撃。こいつは、見ているだけの、ただ、ぎらぎらの……。生気を吸うとか、実はつけたしなん。本当にこいつがやっているのは、ただ、見ているだけ。見張るだけの……こいつは、そーゆー、生き物なんだよ」


生気を吸う、とか、実はつけたしなん。

ただぎらぎらの、見張るだけの……。

こいつは、そーゆー、生き物なんだよ。


言われた瞬間、三春の世界が、また、ぐらっと、揺れた。それが真実だって、心の、とても奥深い処で、三春、判ってしまった。


いつだったか。

どこだったか。

もう、すでに、よく、判らない。

正しい言葉で言えば、「覚えていない」っていうことになるんじゃないかと思う。

うん。

もう、すでに、〝覚えていない〟程の昔。以前。いや……あるいは、時間的にそんなに以前ではないのかも知れない、けれど、三春が、自分で自分のことを抑圧して、〝覚えていない〟ことにしてしまった、いつか。いや……あるいは、〝時間〟なんてものを超越してしまっている、過去ですらないのかも知れない、そんな、いつか。

どこかに、三春は、いた。

そして、その場所には、三春を始め、〝妖怪〟って言われる、そんな仲間が、なんか沢山いたような気も、する。いや、沢山ったって、せいぜいが二十体から三十体くらいなんだけれど……三春のような存在が、集まること、それ自体が、とても珍しいことだったような……そんな覚えがある。

「どう考えても我々の存在はおかしい。つらつら考えるに……我々のような生き物が存在するのは、おかしいのではないか。人間の言う処の〝生物学的〟な意味において……あり得ないとしか言えない」

この集まりで、最初に発言したのは、妙に理屈っぽい、鬼の誰かだった。その〝鬼〟の誰か、どうやら三春にしてみれば、かなり親しい妖怪のひとりだったような気もするのだが……今の三春には、おぼろげな彼の記憶しかない。

「うん。だよね」

非常に軽く、この鬼の台詞を受けたのが、おそらくは、この〝集まり〟を呼びかけた、誰か。とても軽く、鬼の台詞を受けているから、そんなふうには見えないんだけれど、おそらくは、この〝誰か〟の提案で、この集まりが開かれた筈。

「みんなに集まってもらったのはね、最近、みんなが、そう思っているから」

ほら、やっぱり。こんな台詞を言うってことは、この〝誰か〟が、みんなを集めたんだ。

「で……みんながそう思っていることは、正しい。そもそも、妖怪だなんてものは、まっとうな地球の生き物ではない」

自分達のことを、〝まっとうな地球の生き物ではない〟って言われて、参加者の間に、動揺が走る。けれど、そんなことは、どうやら、主催者にとっては自明の理であったらしくて。

「そろそろ、人間の〝科学〟とかってものも進みつつあるし、人間の中に溶け込んでいる連中もいることだし……そういう連中は、思っているでしょう？　自分達の存在が、変だって」

「捕食生物は、捕食される生物よりも数が少ないに決まっている……というか、そうじゃないと〝捕食〟なんてことができないから、だから、我々の数が、人間に対して少ないのは当然のことなんだが……それにしても、我々の数は、少なすぎる」

最初に、自分達の存在が変だって意味のことを言った、鬼、こんなことを言う。すると、主催者。

「ああ、鬼はね、ヒトを喰うものだから、そんなこと、思うよね。鬼以外にも、ヒトを喰う連中は、エサであるヒトの数に対して、自分達があまりにも少数であることに疑問を抱いているかもね」

うん。三春ちゃんも、ヒトを喰うものだ。だから、この意見に、素直に首肯。

「けどね。ヒトを喰わないものは、もっとずっと疑問に思っている筈なの。例えば、座敷童なんかは、ヒトを喰わないよね。ただ、ヒトに交じって、そこにいるだけ、だよね。それも、その家の子供に交じって、縁側で一緒にスイカ食べたりしてるだけ」

「……なの」

座敷童……ああ、この子だって、三春ちゃんはよく知っている妖怪のような気がする。今では全然、覚えていないんだけれど。

「とすると、そういう連中は、自分が何だって存在しているのか、そもそも自分って何なのか、自分の存在は変だよなって、思ってしまうよね？」

けれど。残念ながら、座敷童は、主催者のこの台詞に素直に諾ってはくれなかった。座敷童は座敷童で、自分の存在意義をちゃんと自分で納得しているようで。

「その家を、繁栄、させる」

こう、言い切ってしまう。で、こう言われてしまえば、主催者、しょうがなく。

「……あ……まあ、そういう納得の仕方もあるか」

こう言うしかない。

「ん、いるだけ、なのに、繁栄、させる、本当に、大変」

座敷童がこう言うと。

「参考までに、どうやってその家、繁栄させているんだ？」

聞いたのは、最初に発言した鬼。でも、座敷童の返答は、非常にそっけなく。

「知らない。ただ、そういうことに、なっている」

「じゃあ全然大変じゃないじゃないか……」

鬼はぼそっとこんなことを言い、この発言は大勢にまったく影響がないものだったので、無視される。

ここで、主催者、ちょっと気を取り直した風情で、話を別の妖怪に振る。

「狐系の連中も、ヒトをとっては喰わないよね」

「……稲荷揚げを貰ってはいるが。だが、あれは、あくまで〝お稲荷さん〟っていう、人間の信仰の対象へのお供えだぞ。こちらはヒトに対して何もやってはいないんだが。……まあ、確かに、存在が変だという意味では、年を経ると、尻尾の数が増えるっていうのは、狐としていかがなものかとは思っている。というか……なんで増えるのが尻尾なんだ？　これ、増えてもあんまり役にたたないっていうか、むしろ、増えれば増える程、変な処に重みがかかって大変なんだが」

「九尾の狐って、化け狐の中ではほぼ最高位じゃないのか？　そいつがそんなこと言っていいのか？」

鬼はひたすら妙に理屈っぽいことを追及する。

「おまえ、鬼。おまえは終生体が変わらないからそんなことを言う。最初一本だった尻尾が九本になってみろ。とにかく、後ろが重くてしょうがなくなるんだぞ？」

「バランスがとりにくくなるんだよね」

主催者が、ゆるやかに、笑みを含んだ口調でこんなことを言う。と、集まった妖怪連中のうち、何人かが。

「ばらんす……？」

「どんな意味だ？」

「ああ、この言葉は、今はまだ、みんな、判らないよね。これはね、外来語。よその国の言葉」

「外国……ということは、和蘭（オランダ）……蘭（らん）語、か？」

「そっか、よその国って言うと、まず和蘭になっちゃう時代の妖怪もいるんだね。でも、これは、多分、英語」

三春も含め、ほぼ、ここにいる全員が、この言葉の意味が判らない。

「判らなくていいんだよ、ここは、時空を超えている場所だから」

この言葉の意味は、もっと三春には判らない。

「でも、ま……バランスっていうのは、〝つりあい〟みたいなものだと思って？　狐はね、尻尾の数が増えれば増える程、体のつりあいをとるのが難しくなる。そういうこと」

「それは、身に沁（し）みて、よく判っている」

これを言ったのは、当然、九尾の狐。

「普通の狐の体に、九本の尻尾。まあなあ、仮にも妖怪だからなあ、頑張ってはいるんだが……四つ足で、体幹部分より後ろの方が大きくて重い。これだけで、本当に体のつりあいをとるのが大変なんだぞ？　しかも、この状態で、場合によっては直立して二本の後ろ足だけで立つ、その場合、尻尾は広げていた方が格好いいからできるだけ広げるとなると……体のつりあいをとるのがどんなに大変なのか、他の連中も、ちょっとは考えてみろってものだ」

「うん、お疲れさま」

主催者は、こう、狐のことを労う。そしてそれから。

「バランスって言葉がでてきたから言うけれど」

ここで、ちょっと空く、間。

その間のせいで、三春ちゃんには、判った。

主催者が本当に言いたかったことは……多分、これから、主催者が、口にすることなんだ。バランスっていう言葉を、主催者は、言いたかったのだ。

「妖怪っていうのはね、バランサー……、なんだよ」

ばらんさあ。

言われた言葉が理解できず、三春も、そして、他の連中も、一斉に、主催者の方を向く。

「この意味はね、バランスをとるべきもの、いや、バランスをとるもの、なんだと思うんだよね」

この言葉の意味、三春にはまったく判らない。同じく、そこにいた妖怪の殆ども、この言葉の意味が判らなかったんだろうと思う。と、あたりにただようのは、ただ、疑問符の海。

？

けど。

主催者は、こんな妖怪みんなの疑問符を、綺麗に無視する。そして。

一回。ごくんと、唾を呑む。

いや、主催者に、普通の意味での喉があったのかどうか判らないし、だから、〝唾を呑む〟必要があったのかどうかも判らないし、故に、実際に主催者が唾を呑んだのかどうかも判らないんだが。だが、そういうふうな態度をとって、そのくらいの時間を空けて。

主催者は、まったく違う話を始めたのだ。

☆

「これは、昔々の話なんだけれど」

こう言うと、主催者は、こんな意味のことを言い始める。

昔々。すべての生き物は、地球に直結していた。この大地の子供だったのだ。

うん、〝母なる地球〟。こういう言葉があるんだもの、すべての生き物は、地球の子供。ま、地球で発生して、地球で生まれ育って、地球で発展していったんだもの、それは、そのとおりだよね。

けれど。時々。地球で発生して、地球で発展した生き物であるにもかかわらず、その地球の〝則(のり)〟を超えてしまう生き物が、地球には、出たんだよね。突出して、一種類だけ多くなってしまったものとか、突出して、一種類だけ地球環境に影響を及ぼしてしまうものとか、そんなようなものが。

主催者がこう言った瞬間、三春には、見えたような気がしたのだ。

はるか昔。まだ生物が海にしかいない頃、原始の植物がひたすら酸素を作りだした為、地球環境がどんなに変わってしまったか。

恐竜が生きていた時代、突出して増えてしまった恐竜が陸地の上すべてを覆い尽くし、ひとつの生物種だけがひたすら地上に君臨した為、地球環境がどんなに変わってしまったか。

そして。かなり最近。

人類という、哺乳(ほにゅう)類の一種が、増えだした。……いや、増えだした、だ、なんてものじゃ、ないわな。

増えて増えて増えて増えまくったのだ。

主催者が見せてくれている架空の〝地球〟の図の中で、人類は、増えて増えて増えて増えて……。

「凄いでしょう」

三春達が、人類の増加のあまりの凄さに、何も言えないでいると、主催者、笑ってこう言った。

「〝則〟を超えているにも、程っていうものがある。……普通の生物は、こういうこと、しないんだけれどね。いや、大体、とある生物種が増えすぎると、それを捕食する連中が増えるから、こんなことできないんだけれどね。何故か、人類には有効な捕食生物がいなかったんで、だから、人類は、これをやってしまった。こんなことができてしまった。……さて、ここで質問です。それは、何でなんでしょうか？」

まるでこれがクイズ番組とかいう、人間がやってる娯楽のひとつであるかのように（いや、その頃の三春は、そして、誰もが、『クイズ番組』なんてものを知らなかったのだが……何故だか、その気分だけは判った）。非常に軽い感じで、主催者、こう言ってくる。

……そして……その答え、三春、判っているような気がする。だから、おずおずと、言ってみる。

「人類が……地球との接触を……切ってしまった……から？」

三春がこう言うと。主催者は、いきなりぱちぱちぱちぱちぱち手を叩いて。

「はいい、正解です」

あの時も。

いや、〝あの時〟がいつなんだか、三春にはまったく判らないんだけれど。

でも、あの時も、思った。そして、今も思っている。

この〝主催者〟……なんか、反応が、軽すぎるよな。扱っている話が話なんだ、話題にしている事態が事態なんだ、もうちょっと、なんか、重々しい反応をしてくれないと……いや……でも。

そう思うのは、三春だけで、実は、これって、ほんっとに軽々しい、その程度の事態……なのか……な？　少なくとも、〝主催者〟にとっては、〝その程度の事態〟だってことに……なるんだろうか。

「今まで。地球には、色々と〝困ったちゃん〟はいたんだ。けれど、人類程の〝困ったちゃん〟は、今までの処、発生したことがない。そんで、こいつらが、〝困ったちゃん〟になってしまった理由は、たったの一つ」

ごくん。

「人類はね、どっかで、〝地球の生物であること〟を、やめちゃったの。地球との接触を、切ってしまったの」

そんなことが。地球原産の生物に、できるんだろうか？

「母なる地球を見捨てて、『自分達は、確かに地球原産なんだけれど、地球に引きずられない、特別な生き物だ』って具合に、自分で自分のことを規定してしまったんだよねー、いつしか。うん。みんな、聞いたら笑うと思うよ？　人類はね、科学が進むと、そのうちにね、恒星にも寿命があるってことを知ってしまうのね。……ああ、これ、どういう意味かって言うと、『ううんと遠い未来に、おひさまが寿命を迎えて死んでしまう日が来る』ことを知ってしまったってこと。そしたら、なんと人類、『将来的には地球を出て、おひさまじゃないおひさま、別の太陽系に移住する、そして人類の繁栄は続く』って思うようになっちゃったのね。『地球はもう人類には狭いから、他の処でもどんどん人類は繁栄してゆく』、それ目指して、科学の発展は続いてゆくのね。いつか別のおひさまの許へ行く、その準備として、この地球の上じゃない、火星とか、小惑星帯とかで──あ、えっと、よその世界でね──人間が暮らすことになる時代も、あるんだよ」

そ。それは、おかしい。それは、変だ。母なる地球を捨てるだけでもおかしいのに……あの、おひさまを。世界でたったひとつの太陽を、それを捨てて、他の処に移住して、そこでもって発展する？ そんな生き物、ある訳ない。おひさまが死ぬことがあるのなら、(そもそもそれが信じられない話なのだが)、世界は、それで終わりだ。おひさまに作ってもらったすべての生き物は、もしおひさまが寿命を迎えることがあったのなら、その時は、それに殉ずるべきなのだ。それが、生き物だ。だから……そんなこと思う生き物なんて、いる訳がない。

「それ、変だって、みんなには判るよね？ けど、人類には、判らない。……あれは……いつの間にか、地球原産の癖に、地球の生き物ではないって自分で思っている、〝変な生き物〟になってしまった」

ごくん。

三春は、またまた、唾を呑み込む。なんか、覚悟をしなきゃいけない状況になったような気がする。

だって。

地球原産の癖に、「自分は地球の生き物ではないと思っている」、そんな変な生き物。その末路、三春には、たった一つしか、思いつけなかったから。

……滅びる。

理由はまったく判らないけれど。

けど、〝地球原産〟の癖に、地球を無視している生き物がもしいたとしたら……それはもう、待っているのは、〝滅びる〟って結末しか、ないだろう？

「で」

ここで、妙に明るい声を出したのが、主催者だったのだ。

「みなさん、お判りのように、このままほっとくと、人類は、滅びます」

ま。確かにそれはそのとおりなんだが……ここまであっけらかんと言われちゃうと、それはあの。

「別にね。人類なんて滅んだってまったくかまわないんだけれど……妖怪のみんなは、それ、困るよね？」

「え……困るのか？」

「何でだ」

「滅んでくれてまったくかまわないんだが」

そんな疑問の声が、あちらこちらから湧く。

「いや、今はみんな、〝困らない〟って思っているかも知れないけれど、実は、困るの。というのは、〝妖怪〟って、何なのかって言うと、そもそも、〝人類の罪悪感〟だから」

？

またまた、あたりは疑問符の海に呑み込まれる。

「ここは、日本の妖怪の集まりだからね、だから、あくまで日本的に言わせてもらうと、えっとお……ここにいるのは、大体、推古天皇の時代くらいから始まって、平安時代くらい、鎌倉時代くらい、それから、うんとたって、江戸の連中とか、明治、大正、昭和の連中だよね。さすがに、平成や令和やその先の子達は、まだいないけど」

……江戸は判るけど。江戸時代って三春は体験しているけれど。その先にくっついている、明治とかなんとかって、何だ？

「うん、あなた達妖怪は、実は、無意識における〝日本の人間の罪悪感〟が作製したもの、なの」

？

「母なる地球と切れてしまった。そうしないと、ここまで無制限に無軌道に無意味に、地球上に蔓延ることができなかった。そんな人類なんだけれど、実際に、蔓延ってみたら、怖くなっちゃったんだよね」

？

「もうちょっと古い話をします。最初のうち、人類は、自分達が母なる地球との紐帯を切ったことに気がつかず、とにかく増えていって、どんどんのさばっていったんだけれど……そのうち、怖くなっちゃったんだよね。うん、すべての地球上の生き物は、地球に守られているのが〝普通〟の姿なんだもん、勝手に地球との〝連帯〟っていうか〝紐帯〟を切っちゃったら、そりゃ、怖いよね。で、んー、日本で言う処の推古天皇時代よか、ずっと前に、えっとお、あなた達は多分知らないであろう、エジプトとかギリシャって処には、〝神様〟ができました。これ、地球に蔓延(まんえん)してしまった人類の、〝恐怖〟っていうか、〝罪悪感〟が、しこって固まったもの」

？

「だって、絶対につながっていなきゃいけないものと、切れてしまったんだよ？　それも、自分の意思で、自分の思いで、絶対に必要な、そんな鎖を切ってしまった。……したらねー、人類だって、怖くなるよ。勿論、そんな怖さは、一人一人の人間の頭の中には浮かばない。人間の頭の中って、いわばまあ、人間連中が言っている〝理性的〟な世界だからさ、どんなに怖くったって、それ、認める訳にはいかないよね」

主催者が言っていること……まったく三春ちゃんには理解不可能だったんだけれど……けれど、主催者が言っている〝気分〟は、何となく……どこがどうって言いにくいんだけれど……判らない訳じゃないって気がした。

「自分を守ってくれる母親。そんな、絶対に守ってくれる、〝母なる地球〟から独立した生き物だって、人類は自分で自分のことを勝手に規定しちゃったんだよ？　したら……自分を絶対的に守ってくれる、〃なにもの〃かが、なくなっちゃう訳じゃない」

その状況を、ちょっと三春は想像してみた。

……怖かった。

「だから、神様。だから、自分を守ってくれるもの。地球じゃないけれど、それでも、自分が従属したくなる、自分よりとっても上にある、何か」

成程。確かに、それは、判らない話ではない。けれど……そんな変なものを、改めて作るのなら、それまでどおり、〃母なる地球〃に属していた方が、ずっとずっといいのではないのか？

「だから、神様っていうのは、実は、人類の、罪悪感。地球から切れてしまって、それでも発展してゆく人類が、どうしたって抱いてしまった罪悪感。……あるいは、罪悪感って言葉が悪ければ、〃保険〃？　〃代償行為〃？　〃恐怖から生まれてしまったもの〃？　本当に自分を守ってくれる、地球から切れてしまった以上、どうしたって、欲しくなる、自分を守ってくれるもの。勿論、個別の、一人一人のヒトは、そんなこと、思っていた訳じゃない。けれど、全体としての人類は、昔自分を問答無用で守ってくれていた〃地球〃、〃大地〃のことを覚えていて、だから、人類の集団無意識は、保護してくれるものを欲しがっていて、そして、できたのが、そんな、神様達」

……成程。

「そして、そのあと、〃神様〃って概念が発展したら、一神教の神様ができました。これはね、集団無意識が欲しがっていたものの決定版なんだよね。あるいは、罪悪感の権化って言うか。決定版だから、いやあ、この神様ったら、強い強い。ユダヤ教、キリスト教、イスラム教なんて名前は違っていても、あっという間に世界を席巻しちゃいました。……で、ここで、問題になるのが、あなた達」

？

「いや、ね、日本……いや、ひのもとって言おうか、やまとって言ってもいいや、倭国でもいい、今、あなた達がいる国。ここ、変だったのよ」

「う……うちの、どこが、変だって言うんだ」

こう言ったのは、鬼。ほんと、あくまで頑張る妖怪なんだな、こいつ。三春ちゃんは、すでに、もう、何も言えなくなっているっていうのに。

「もともとね、最初、日本には日本の神様がいたの。山の神とか、海の神とか、もうちょっとすすむと、天照大神とか、日本神話にでてくる神様達がね。で、そのあと、一神教の神様が来る前に、〝仏教〟っていうものが伝来していて、『ああ、仏の教えって奴で、この弧状列島の罪悪感は統一されるのかな』って思っていたのに……これが、実になんとも、ちゃんと定着しなかった。仏教が伝来しているっていうのに、鵺なんていう妖怪が、できちゃったしね。鵺ってさあ、『平家物語』なんかじゃ、高僧が加持祈禱してるのに、それに逆らってでてきちゃった妖怪ってことになっているよね。しかも、最終的には武将に退治されるっていう……。仏教が伝来して、ある程度定着したあとで、それに背くものがでてくる、その上、それは仏教によって抑え込まれるんじゃなくて、〝武将〟なんていう、その前からいる権力者によって退治される、そんな変な妖怪だよね、鵺って。……まあ、それ言ったら、妖怪のみんなは、大体、変なんだけれど」

「えへ」

ここで鵺が笑ってみせたので、いきなり話、腰砕けになる。うん……この状況で、「えへ」はないだろうって、三春ちゃんは思う。

「そうなの。不思議なことに、この国には、一神教があんまり根付かない。……というか、そもそも、みんな、何だか変な形になってしまっている」

「……って？」

って聞いたのは、誰だったのか。

「本来の仏教と日本の仏教は違うし、それで言うのなら、本来のキリスト教と日本のキリスト教も、微妙に違っているんじゃないかと思う。隠れキリシタンなんて、これはもう、絶対に、本来のキリスト教じゃないし。……日本って、ちゃんとした宗教を、本来のものとは微妙に違う、ちょっと変なものにしてしまう要素が、かなりある土地柄なんじゃないかと思うのよ」

「……ふむ」

「でね。それは何でかなあって思ったら、答は一つ。この土地は……人類が、母なる地球から離脱するって決めた時、それをどこかで嫌がった土地なんじゃないかな、って。……

言い換えると、かなり、母なる地球に親しんでいた土地柄なのかな、って。……だから、妖怪のみなさまが、とても沢山、一杯、今でも、います。他の国では、〝妖怪〟にあたる存在なんて、一神教の神様出現のあと、〝悪魔〟って概念で纏まっちゃうことが多いのに、この国には、何故か、今でも個性豊かな妖怪のみなさんが沢山います。うん、本来ならそんなに発生しない妖怪のみなさんが、ぼこぼこ、ぼこぼこ、ぼこぼこ、ぼこぼこ、湧いてでてきてしまった。そんな土地が、日本なんじゃないかと」

はい。こういう言われ方をすれば……何となく、意味、判るような気もする。

で。ここで。

主催者、一回、にこって笑って。

「ここでまた、話をいきなり随分前まで戻します。バランサーって言った話、覚えてる？」

これまたいきなり。急に話が、もとに戻ってしまった。

「あなた達妖怪って、つまりはバランサーなんだって処まで、話、戻すね」

☆

「今となっては、人類に滅びてほしいって、みんな、思っていないでしょ？」

主催者がこう言うと、それでも。

「いや、別に。人類なんて滅んでくれてまったく構わないと俺は思っているんだが」

鬼はねー、鬼はなあ、あくまでも、強気で、こう嘯(うそぶ)いてみせる。けれど、それが、あくまでも〝強がり〟だって、今となっては、みんな判ってしまった。

うん。妖怪が、人類の〝罪悪感〟なのかどうかはおいておいても……集団無意識なんて言葉をすべて無視することにしても……それでも、〝妖怪を作りだしたのは人間だ〟っていうことは……なんとなく、みんな、判るようになっていた。そして、それに納得していた。いや、最初から。そもそも、〝妖怪〟なんて変な生き物は、普通だったらあり得ない、だから、妖怪を作りだしたのは〝人間〟だって、みんな、知っていたような気もする。

と、こうなると。

さすがに、人類滅んじゃって大丈夫とは……最早、誰も、言いたくても言えない。

「んで、バランスをとる存在……それが、バランサーか。

バランスをとる存在が、欲しいのよ」

「あきらかに存在が変。捕食生物としては数が少なすぎる。捕食以外の何やってるんだか判らない。そういうあなた達は……人類の、バランスを、とる、存在」

ただ。これが、判らない。母なる地球から切れてしまい、ひたすら増え、増え、増え続けた人類の……つりあいを、どうやってとる訳？　ここまでヒトが増えてしまった以上、つりあいなんて、もう、絶対にとることはできないと、三春は思う。

「うん。最初のうちは、人類の天敵って位置づけの妖怪もいたんだけれど、最早、普通の意味でのバランスは、あなた達がどう頑張っても、とれないと思うの。そのくらい、人類は、バランスを崩してしまっている。……けど、ほっとくのは、怖くない？　この状態のヒトをほっとくのは……怖すぎると思うんだよね」

「確かに」

鬼がこう言い、そして、ここにいる連中の、殆どが、納得って顔になっていた。そういう連中って……例えば、鬼とか、九尾の狐とか、鵺とか、白虎とか、龍とか……どう考えても、人間社会にはそのままはいってゆけないもの、ばかりだった。

けれど。三春ちゃんは、これにそのまま素直に諾う訳にはいかない。というか、判らないことが多すぎたのだ。今、この台詞に諾ってしまうのは、なんだか怖いような気がしたのだ。

すると。こんな三春ちゃんの沈黙を見越したように、〝主催者〟はこんなことを言う。

「この意見に対して、自分の意見表明をしていない連中もいるよね？　それは、主に、人間と見た目がそんなに違わない妖怪達の筈」

うん。三春ちゃんも、そんな妖怪のひとりだ。

「それはね。賛同してくれた妖怪にこういうこと言うのってちょっと何かって思うんだけれど、鬼とか鵺とか龍とかにしてみたら……どうやっても、それはひとごとだから、なんだよね」

「それはどういう意味なんだ」

こう文句を言ったのは、やっぱり、最初っからずっと発言している鬼。

「んー……鬼。あなたは、今の人間社会の中にはいってゆけないでしょ？」

そりゃそうだ。あきらかに鬼の外見は、普通の人間とは違っている。そりゃ、今では、身長二メートルの人間だっているし（平安時代の日本には、まずこんなヒト、いなかった筈）、筋骨隆々で体重百キロを超える人間だっているだろう（これまた、平安時代には滅多にいなかったであろう体格だ）。だが、今の日本なら、身長二メートル超え、筋骨隆々、体重百キロ超えのヒトは、いる筈。そういう意味では、鬼の体格は、今となってはそう〃変〃なものではないのかも知れないんだけれど……けど……角があって牙がある人間は……どうしたって、いる訳がない。

「ま、鬼に伝わっている外法で、角や牙を隠すことはできるとは思うのね。実際、平安時代やそこらの鬼は、そうやって、ヒトに紛れていた筈だと思うし」

「そうだ。我々は、そうやってヒトに紛れることができる」

「昔はね」

主催者、軽く鬼の台詞をいなす。

「でも、今は、無理でしょ？」

「…………」

ここで鬼が黙ってしまったので、〃ああ、それは無理なんだな〃って、三春にも判った。角や牙を隠す外法、多分、そんなに長時間、継続してできるものではないんだろう。そして、平安時代なら、一時角や牙を隠せば済んだ話だったのが……今となっては、もし、人間社会に溶け込むつもりだとしたら……二十四時間、三百六十五日、それを、ずっとずっと続けなきゃいけないって話になっている筈なんだ。そして……そんなことは、きっと、無理。

「龍や鵺なんて、もっと無理だよね？」

主催者がこう言うと。

「人形（ひとがた）をとること、須臾（しゅゆ）なら可なり。なれど、それを継続すること……あたわず」

龍がこう言い、ついで鵺が。

「てへ……無理」

って言って……あああ、なんでこんなに鵺って、台詞が軽いんだー。

「だから、問題にしたいのは、今、返事をしなかった連中」

ぎくん。それは……ま、他にもいろんな妖怪がいるのかも知れないけれど……けど、それは、三春ちゃんのことだ。

「今、返事をしなかったのは。人間社会に紛れ込むことが可能な、そんな外見の、連中だよね？」

そのとおりだ。三春ちゃんは、まさに、そういう外見の妖怪。

いや、一応、生まれたのが江戸のちょっと前だったから、基本的に身長は低い。その上、蓑笠（みのかさ）被っている。これは、戦国時代から江戸だったら、ごく普通の格好だったのだが、時がたつにつれ、かなりおかしな出（い）で立ちになっているであろうことは否めない。だが。基本骨格は、そして、基本の格好は、人間と同じ。

うん。三春ちゃんは、鬼なんかに比べると、はるかに人間社会に溶け込みやすい格好を……しているんだよね。しかも、その上、三春ちゃん、人間の目を誤魔化すのは、とても得意。というか、ヒトに、自分が見たいと思っている姿をみせることができる妖怪なんだよね。

「そういう妖怪のみなさまに、お願いしたいんだわ」

主催者。こう言うと、首をちょっと、傾ける。

ずきん。

「みなさん、自分の形が、人間に近いって自覚しているから」

「だから、今、返事、しなかったんでしょ？　なまじ返事をしてしまったら、なんか余計なことを要求されそうだからって」

どきん。

「うん。実際に、要求をするの」

ぎくん。

「座敷童。鬼婆。二口女……」

このあとも、主催者の言葉は続いたんだけれど、けれど。けれど、途中で、主催者の言葉、三春ちゃんにはよく聞こえなくなる。なんとなれば……今となっては、すでに忘れてしまっていた、そんな、〝本当の自分の名前〟を、続く台詞のどこかで、呼ばれたような気がしたから。

「みんなして、ヒトを、見張って」

「い、いや、でも」

気がついたら、三春ちゃん、こう言っていた。いつの間にか、口が勝手に動いて、言葉を紡ぎだしていた。

「見張っても……それでも……バランサーなんて言われても……あの、ヒトが増えてゆくこと、増えすぎてゆくこと、それは、見張っても見張っても、しょうがないことなんじゃないのかって……」

「そのとおり、×××」

ここで、きっと、三春ちゃんは、本来の妖怪としての名前を呼ばれたんだろうと思う。そんな気がする。けれど、その言葉は、記憶の渦の中に紛れてしまって……今やもう、判然としない。なんだか〝聞こえない〟っていうものになっている。

「けれど、あくまで異常が観察されている状況には、計測器具を突っ込むのが科学的な態度ってものでしょ？　確かに、ここまできてしまえば、バランサーがあってもバランスがとれるとは思えない、けれど、異常が発生しているんだもの、それを調べる道具は、欲しいよね」

……。

どこかで。何かが。ひっかかった。

この、主催者の言いざま。

この感じだと……三春ちゃんは……「主催者にお願いされて、ヒトを見張っているもの」ではなくて……単なる〝計測器具〟？　というよりは……〝道具〟？　そんな話になってしまうのではないのか？

けれど。主催者は、あくまでさくさくと話を進めてゆく。

「だから、お願い、あなた達は、ヒトのことを、人類を、人間を、見張ってね」

諾った訳ではないのに。なのに、いつしか、反論できる気分では、なくなっていた。

そして。

主催者は、一回、頷いて、こう言う。

「だから、今日からは、あなた達は、みはるちゃん、ね。ヒトを見張る、そんな意味での、〝見張るちゃん〟」

あああっ。

多分、これが、妖怪の一番の弱点だ。

妖怪って……自分の名前を変えられてしまうと……おそらくは、〝名前〟という呪術に、その存在、そのものを規定されてしまう。

「今日から、あなた達は、〝見張るちゃん〟」

言われた瞬間。

三春ちゃんは、自分の存在、それ自体が、根底からぐしゃぐしゃになってしまったことを感じる。多分、三春ちゃん、この瞬間、本当の自分の名前を無くしたのだ。

主催者は、言葉を続ける。

「まあ……でも……みんながみんな、〝みはるちゃん〟って訳にはいかないから……えー
と、あなたは、美晴ちゃん」

一体の妖怪を指さして、主催者は言う。

「あなたは、深春ちゃん」

また、別の一体の妖怪を指さして、主催者は言う。

「そして、あなたが瞠ちゃん」

……ああ、もう、どうしたらいいんだろう、三春ちゃんは逃げたいんだが……だが……

どうしても体が硬直していて、逃げることはおろか、体を動かすことすら、できない。

そして、そんな状態を続けていたら。

「そして、あなたが、三春ちゃん」

三春ちゃん。

主催者に、こう、指さされてしまった。

その瞬間。

三春ちゃんは、三春ちゃんに、なった。なってしまったのだ。

今までの自分がどんな妖怪であったのか、それを全部、無くして。

三春ちゃんは、三春ちゃんとして、この世界に存在することになったのだ。

そんなこと……したかった訳では、まったくないのに。

今なら判る。

あの中学生に、〝ぎらぎら〟って言われた時、何故、三春ちゃんが硬直してしまったのか。

今なら判る。

あの中学生の言葉、そのすべてが納得できる。

『あれはオフェンス！』

『本当にこいつがやっているのは、ただ、見ているだけ。見張るだけの……こいつは、そーゆー、生き物なんだよ』

……多分、そのとおりだ。

三春ちゃんは、三春ちゃんになった瞬間、そういう生き物になってしまったのだ。

そして、あの時、中学生が『ぎらぎら』って言った瞬間、何故、自分が動けなくなってしまったのかも、今更ながら、判るような気がする。

言われた瞬間。

〝主催者〟に……何だか判らないモノに、「あなたは三春ちゃん」って言われた時のことが……頭のどこかで、響いたからだ。

あなたは三春ちゃん。

言われた瞬間、三春ちゃんは、それまで自分がそうだった××××ってものから、いきなり、〝三春ちゃん〟になってしまった。

まるで……探針？　プローブ？　肉体の、その組織を調べる為、その肉体に注入される医療機器の何か。そんなものになってしまった。そして、その本質は、〝ぎらぎら〟なのだ。（勿論、三春ちゃんは、探針だの何だのってもののことは知らない。けれど、知っていた。うん、〝知っている〟じゃなくて、〝知っていた〟。すでに、過去形。そうだ、あの、いつとも知れないどことも知れない空間は、おそらくは時というものを超越しており、あそこで得た知見は、数百年にわたる時間を、ぐちゃぐちゃにこきまぜて、団子にするようなものだったのだ。）

そして、三春ちゃんがなってしまった、探針の本質って……。

見張るちゃん。

ぎらぎら。

そういうものに、他ならない。

しばし。

止まってしまった時間の中で。

三春ちゃんは、色々なことを思い出していた。

そして。三春ちゃんが、いろんなことを思い出すにつれて。

まるで何かの呪縛が解けたかのように……三春ちゃんは……動けるようになった。

けれど。

三春ちゃんが止まってしまった時から、この地下鉄の中の時間は、まるで停止しているかのようで……実際に、三春ちゃん以外の連中の時間が、止まっているのかどうかは判らないんだけれど、少なくとも三春ちゃんが見る限りにおいて、他の連中はまったく動いてはおらず……だから、三春ちゃん、ゆっくりと、あたりを、見回すことができた。

三春ちゃんに迫ろうとしている〝看護師〟。

そのちょっとうしろにいて、やはり三春ちゃんに迫ろうとしている〝妙に鋭い男〟。

今にも三春ちゃんに触ろうとしていた処から、呪術師に腕をひっぱられて、無理矢理三春ちゃんから離されてゆく中学生。

そんな中学生の腕を摑んで、ひたすらひっぱっている呪術師。

そういう人々が、みんな、ストップモーションみたいな感じで、止まっている。

そして。

そんな中でも特異なのが……〝じーさん〟。

三春ちゃんとほぼ接触しそうな処にいて、そんでもって、只今固まっている、じーさん。

みんなから、その存在そのものを、なんだか無視されているような状況になっていた、じーさん。

じーさん。

彼に、目をやった瞬間、三春ちゃん、ほんのちょっと、くすって笑う。


じーさん。

こいつだけは、三春ちゃんの存在を、最初っから認めてくれていた。

いや、言い方、何か違うのかも知れないけれど。

こいつだけが、三春ちゃんのことを〝化け物〟や〝何が何だか判らないもの〟ではない、三春ちゃん個人として、その存在を認めてくれていたんだし、三春ちゃんに感情移入をしてくれた。……そして、それこそ、この〝じーさん〟の存在があったからこそ、三春ちゃんは、昔のことを思い出すことができたんだ。

そうだ。

昔は。

〝三春ちゃん〟が三春ちゃんになる前、今ではもう覚えていない××××って妖怪であった時代は……人間と妖怪の関係性って、今のようなものではなかった筈なんだ。少なくとも、三春ちゃんに限っては、違う。

勿論、三春ちゃんはヒトを喰う妖怪である。ヒトの生気を吸ってしまうんである。んでもって、生気を吸われてしまったヒトは、死んだり廃人になったり、そこまではいかなくても、まあ、被害を受ける訳なんである。

けれど。昔は。

かろうじて三春ちゃんが思い出せた江戸くらいまでは。

それでも、三春ちゃんと、被害者であるヒトには、今とはちょっと違う交流があった筈。そんな記憶が……かすかに、三春ちゃんには、ある。

確かに、加害者と被害者ではあるんだけれど、でも、それだけにはおさまらない、そんな交流が……三春ちゃんと、ヒトとの間には、あった……ような、気が、する。

そしてそれは何故か。

三春ちゃんが、被害者であるヒトと、しゃべることができたからだ。

しゃべることができるのなら。

加害者は、一方的に、ただ、〝加害者〟のみという存在では、い続けることはできない。生気を吸う相手と、意思疎通ができるのなら。

そりゃ、いろんなことが、あっただろう。

いや、もう、覚えてはいないんだけれど。

確かに、三春ちゃんは、被害者である人間と、しゃべっていたような覚えがある。ヒトは、×××であった三春ちゃんを、恐れてはいたけれど、〝災厄〟のような扱いを受けるのが基本だったんだけれど、それでも、それだけではない交流が、あったような覚えがある。場合によっては、×××だった三春ちゃんが人間を助けたり、×××なのに人間に助けてもらったり、そんなことがあったような覚えがある。

それを。ひたすら、追究してきたのが、この〝じーさん〟だったのだ。

寂しい。

こんな言葉をキーワードにして、三春ちゃんの思いを発掘したのが、このじーさんだったのだ。

そうだ。

過去、被害者である人間と、普通にしゃべっていたのなら。

なら、今の三春ちゃんは、〝寂しい〟よ、ね？

何が何だか判らない存在によって、〝見張るちゃん〟にされてしまった後、そうやって、ずっと、人間社会に関与していた三春ちゃんは、それまでは、乏しいながらも、人間と交流していた筈の×××は……〝見張るちゃん〟になってしまった後は……〝寂しい〟、よ、ね？

けれど。〝見張るちゃん〟、人間を見張るだけの存在、いわば探査する為だけの針には、感情なんてない筈なんだもの。

寂しいだなんて、思えた筈がない。

でも、けど。

三春ちゃんには、それでも、ずっと、感情や、固有の思いがあった。意識しては、いなかったけど。

うん。それをずっと。

抑圧、せざるを得なかったのだ、三春ちゃん。

ほんとは寂しかったのに。

なのにずっと。

三春ちゃんは、その〝寂しさ〟に気がつかなかったのだ。

いや。

その〝寂しさ〟に気がつかないよう、意識を操作されていたのだ。

〝意識を操作〟。

こう、言葉にしてみて、初めて判る。

そうだ。

そういうことを……三春ちゃんは、されていたのだ。

ありがとうじーさん。

あんたのお陰で、三春ちゃんは、思い出すことができた。

以前、三春ちゃんが〝三春ちゃん〟ではなかった時のことを。

見張るちゃんになる前、自分がまったく違う存在であったことを。


三春が、こう思った瞬間。

何かが、解けた。


それまで。

三春のことを呪縛していた何かが解けたのかも知れないし、あるいは、まったく別の、何かが、〝解けた〟のかも、知れない。

三春は、主催者によって施された、そんな価値観の呪縛を解いて、××××って存在に、戻った。

そんな話を主催者から聞く前、生まれた時からそういう妖怪だった、××××ってものに、意識だけ、少なくとも、記憶はなくても、意識だけは、戻った。

そうしたら……解けた。何かが。

解けた瞬間、三春は、思った。

今、なら。

うん、今なら、三春ちゃん、この地下鉄の結界を解消すること、とても簡単にできるよね。三春ちゃんは、結界の中では、自分で思っていたのよりずっと沢山のことができる。×××じゃなくて、探針なんてものになっていたから、それ、忘れていただけだ。いや、そもそも、三春ちゃんが×××じゃなくなって、探針みたいに機能を制限されたものになっていたから、それ、忘れてしまっていただけだ。そのくらいのこと、只今の三春ちゃんには判るんだ。

そして、三春がそれを判ったら。三春が、それを納得したら。

そうしたら……。

いきなり、ストップモーションが動き出す。

地下鉄の中の、ヒトが、動き出したのだ。

第十二章

「だから、とにかくっ!」

叫んでいるのは中学生の誰か。

「おお……呪術師(じゅじゅつし)のひと! 真理亜を」

「はい、とにかく、ひっぱって、できるだけ三春ちゃんから離して……」

くすり。

三春は、笑う。

そんなこと、あせってしなくていいのに。

でも、そんなことを三春ちゃんが言う前に、呪術師は、ひたすら突出していた中学生の肘(ひじ)を掴(つか)んで、彼女を三春ちゃんから離そうとしていて、ところが、肝心の中学生は、言いたいことを言いおえると、何故か、ぼけっとしている。ぼけっと……ほけっと、放心しており……自分では動こうとしない。でも、呪術師があくまでひっぱるから、だから、しょうがない、そのまま、ほけっと、呪術師にひっぱられて、三春のそばからずるずる離れてゆこうとしている。

「真理亜、離れた? 充分三春ちゃんから離れたのかな?」

「大丈夫、引き離しました」

って、ぜいぜい言っているのが、呪術師。

と、今度は謎の看護師が。

「で、あたしはいつ、三春を殴ればいいんで？　というか、三春、殴っていいんでしょうかね？　んで、その場合、あたしはどの辺めがけて殴ればいいんで？」

「あ、ちょっと待ってい……看護師さん。確かに今のあなたは、三春ちゃんを殴れる位置にいる。でも、殴るのは、ちょっと待って」

くすりくすり。もう一回、三春ちゃんは、笑う。

もう、そんなこと、気にしなくていいのに。

「三春ちゃんの様子が……何か、変、だから」

はい。何か変かな。

「笑っているように……見える。……いや、どうしたって、笑っているようにしか、見えない」

そりゃ、そうでしょう。実際に三春は、笑っている。

と、いうか。

こういう局面に至ってしまった以上——最早（もはや）、三春にしてみれば、笑うしか、ない。

で、三春、言ってみる。

「うん」

一番簡単な肯定の言葉。

「只今の三春ちゃんは、笑っているんだよ」

で、人間達の間に走るのは、余計な緊張感。呪術師以外は、基本的にみんな目を瞑っている筈だから、この三春ちゃんの台詞、なんだか、意味もなくとっても怖いものに聞こえたんじゃないのかなあ。

けど。いや、だから、そんな緊張感、走らせる必要なんて、ないのに。自分でこの結界が解けるって判った三春ちゃん、この結界を解除して、この地下鉄の中にいるヒト全員を解放する気になっているのに。この状況で、あせる必要なんて、何にもないでしょうに。

三春ちゃんはそんなことを思って……そして、それから、気がつく。

あ。そうか。

この人間達は、三春ちゃんが至った、今の気持ちに、気がついていないんだ。

三春ちゃんが回復できた、今の三春ちゃんの能力に、気がついていないんだ。

けれど。

今の三春ちゃんが到達した境地。三春ちゃんが思い出したこと。

これを、人間のみなさんに判るように説明するのは……うーん、難しい。

と。

「思い出したんですね、三春さん」

って、みんなからまるっきり無視されていた村雨さんがいきなりこんなことを言ったので、三春ちゃん、ちょっと、驚く。

じーさん。特殊能力者か何かなんだろうか？　なんだってこのタイミングで、こうもはっきりと、三春ちゃんが〝昔のことを思い出した〟ってことが判る？　三春ちゃんが××××であった時の記憶を一部取り返したって、何で判る？

けれど。次に村雨さんが言ったのは、三春ちゃんの予想を裏切る台詞。

「あなたが寂しいって思っていることを」

がくがくがくっ。ああ、腰砕け。村雨さんが思っていることは、三春ちゃんが思っていることとは、まったく違う話だった……って、三春ちゃん、思い……そして、気がつく。

いや、まったく違う話では……ない、の、かも、知れない。

あるいは、それこそが……〝本質〟、なのかも知れない。

村雨大河

僕は。

一回は、三春さんは人間と話し合うことができる、話せば判る筈なんだってことを主張しようとしていた僕は──中学生の叫びを聞いて。渚ちゃんの叫びを聞いて。

もう、どうしたらいいのかが、本当に判らなくなっていた。

三春さんは、確かにひとを喰うんだと思う。実際に、中学生のうち一人は、三春さんのせいで死んでしまったんだろうし、只今、もう一人、瀕死の状況になっている生徒がいるって、中学生達の話から、判っていた。これはもう、中学生にとっては、絶対に許せない事態だろうと思う。もし僕が、今中学生で、この女の子達と一緒に部活なんかやっていたら、三春さん、許せる筈がないと思う。

けれど。三春さんは、もともと、ひとを喰う存在なのだ。

勿論、中学生にしてみれば、それこそが許せない話なんだろうけれど……存在のあり方としてひとを喰う存在を、ひとを喰うが故に糾弾してみたって、それはもう、本当にどうしようもないのでは？

そうだ。稀に、田舎の方で、ひとを襲ってひとを喰う熊が出てくることがある。それはまあ、主に、ひとが熊のテリトリーを侵して、木々を伐採したり山を開発したりして、熊にとっての食料がなくなってしまったから、しょうがない、熊が山からおりてきた、そして、ひとを襲ったっていう事情なんだろうけれど……その場合、ひとは、猟友会のみなさまなんかがメインになって、その熊を殺す。そりゃそうだ、ひとの味を覚えた熊を、放っておく訳にはいかない。でも、その場合も……熊、殺しはしても、糾弾したってしょうがないんじゃないかと……僕は、思う。勿論、熊に殺された方の御遺族なんかは、個人的にその熊のことを恨むだろうけれど、それは当然の感情なんだろうけれど、熊という動物、それ自体の存在を糾弾して、どうする。

うん。

僕は家庭菜園のトマトを食べる。だからって、トマトに糾弾されてしまったら、もう、どうしていいのか判らない。そして僕は、心からの愛情をもって、家庭菜園のトマトを作っているのだ。トマトはどう思っているのか知らないけれど、ちゃんとした農地に生えている訳ではない、うちの庭に生えているだけのうちのトマトは、僕が栽培の手を抜いたら、そのまま枯れてしまう可能性があるのだ。というか、枯れるに決まっている。そもそも、トマトを生かしているのが、僕なのだ。自生している野生種ではない、栽培種のトマトを、庭で、栽培しているのが、僕なのだ。（それに、そんなことを言うのなら、栽培種のトマトを栽培している農家の方がいなければ、そもそも、栽培種のトマトは、生えていないだろうと思う。）

勿論。ひとは、三春さんに栽培されている訳ではない。ひとと三春さんの関係は、そんなものではない。

けれど、それでも。

あらかじめ、存在として、ひとを喰うものだって規定されている三春さんを、〝ひとを喰うが故〟に糾弾して……どうするんだ。

まあ、トマトはね。収穫しても、それでも、トマト本体は、時期が来るまでは枯れない。トマトを収穫するのは……その……非常に表現が悪いんだが……トマトの子供を奪っているだけで、トマト本体を殺している訳ではない。

けれど、これが、牛なら。

牧場では。ひと、牛の乳を奪い続けている。ま、でも、ここまでは、いい。これで牛が死ぬ訳じゃないからね。けれど、メス牛を搾乳できる状態にもってゆくということは……メス牛に、子供を、作らせている訳だよね？　そして、その子供を奪い、のち、その子供の為の乳を……奪っている。しかも。メス牛に乳を出させる為に作られた子供は……おそらく、メスだったら乳牛に育てるかも知れないけれど……オスだったら、ある程度育った処で、殺されて肉になるのではないのか？

　この牛に。あるいはトマトに。

　自分達が、牛乳を飲んだりトマトを食べることを糾弾されたら、これはもう……これはもう、どうしていいのか判らなくなる事態だと思う。いやだって。そもそも、農家の方や酪農家の方の存在がなかったら、この牛やトマトは、存在しないと思うから。

　ましてや。

　そう。ましてや。

　おそろしいことに。

　三春さんは、僕達と、エサであるひとと……しゃべることができるのだ。お互いに意思疎通ができるのだ。

　ひとを喰うのに。

　それでも、ひとと、しゃべることができる。

　実際に三春さんは、僕としゃべった後、僕を殺さないように、あからさまに目を逸らした。

一回でもしゃべってしまった相手は、殺しにくくなるのだ。当たり前だ。

ひとを喰うのに、ひとと意思疎通ができる。

こんなおそろしい状況、僕は……想定したくも、ない。

三春さんが孤独なのは。

むしろ、しゃべれてしまうからだ。

ひとを喰う生き物だから。

しゃべれるのに、ひとと、しゃべってはいけない。そんなことすれば、後で自分が辛くなるだけ。

これが。

これが、どんなに〝寂しい〟ものであるのか……僕はもう、想像すら、したくない。

しゃべれるのに。

意思疎通が可能なのに。

ううん、いや。

単に、意思を疎通するだけではない、場合によっては、状況によっては、〝しゃべる〟ことを楽しんだり……その相手の状況を忖度したり、しゃべった相手をしゃべったが故に思いやったりすることもあったかも知れない、下手したら、冗談言い合ったりしたことも……ないことでは、ないのかも知れない。

でも、なのに。

なのに、意思を疎通した、その相手は、自分の、エサ。食料。意思疎通した、その相手こそ喰わないとしても、その相手の種族を、その相手の同類を、場合によっては、その相手の家族や友人を……絶対に喰ってしまう自分。

人里離れた隠れ里かなんかで、三春さんの種族だけが、こっそり暮らしているのなら、まだ、いい。人間と接触するのは、人間を喰う、そんな時だけ、そういう状況なら、まだ、いい。

でも、現在の三春さんは、人間社会に紛れて、その中で生きているのだ。

三春さんのまわりにいるのは、意思疎通が可能なのに、意思疎通をしてはいけない、下手に意思疎通なんかしたら、のちのち、三春さんが辛くなってしまう、そんな人間ばっかりなのだ。

こんな状況……こんな状況……僕は、想像もしたくない。

と。

思った処で。

ふいに、気がつく。

そういう意味では、何やってるんだよ、人類！

人類は、すべてがひとだから、ひとを喰って生きてはいない。

けれど、人類は……場所によっては、場合によっては、殺しあっている。

相手を喰わなければ生きてゆけない訳でもないのに。

なのに、殺しあっている。

いや……殺しあっている人間同士は、〝相手を喰わなければ自分が生きてゆけない〟って思っているのか？（あ、この場合の〝喰う〟って、あくまで比喩的な表現ね。物理的に本当に〝食べる〟んじゃなくて、相手の存在それ自体を抹殺せずにはいられない、相手を抹殺しないと自分が助からない、そういう状況を、比喩的に、〝喰う〟って思っているんだろうと思う。）いや、……思っているんでしょう、だから、殺しあっているんでしょう。

けれど、それは、三春さんが持っているような〝生理的必然性〟ではない。

感情とか、利害関係とか、宗教とか、そういうもの除けば、なくなってしまう程度の理由なんだ。

それでも。

人類は、今まで、ひと同士、殺しあってきた。そして……おそらくはこの先だって、殺しあってしまうのだ。

それは……どんなにうすっぺらな感情なんだろう。

ふいに、僕は、そんなことを思った。

いや、勿論。

殺しあっているひと達は、自分達がつき動かされている〝感情〟、ないしは〝衝動〟を、うすっぺらいものだなんて思っている筈がない。むしろ、〝人生で一番大切なものはこれ！〟だと思って、その感情や衝動に従っている筈。

けれど。

それは、三春さんが持っているような、〝生理的必然性〟に基づいたものではない筈だ。

こんな状況に陥っている……っていうか、そもそも、存在的に、〝こういう状況になってしまう〟三春さんに対して、人類って、ほんっと、なんてうすっぺらなんだろう。

本当に思う。

政治的な対立とか、歴史的な対立とか、宗教的な対立とか、そりゃ、確かにあるんだろう。あるんでしょう。僕はまあ、第二次世界大戦があった頃、まだ生まれてはいなかったけれど、あれは多分、あの当時の人間にしてみれば、本当に必要な戦いだったのかも知れない。その是非について、その頃、まだ生まれてもいなかった僕は、何ともコメントできない。


けれど、たった一つ、判ることがある。

人類は、みんな、人間。みんな、ひと。同じ種族。同じ、ヒト。

なら、話し合うことができた筈なんだ。今だって、できる筈なんだ。


いや。

さすがに、〝話し合うことができたらすべては解決する〟だなんてこと、僕は思ってはいない。むしろ、〝話し合って〟しまったが故に〝こじれてしまう〟ことがあるって、僕だって、判ってはいる。

けれど。

この〝困難〟は、三春さんが直面しているものとは、レベルが違う。

そのくらい、三春さんが今抱いている問題は……なんか違うものなのだ。

そう思った瞬間、くらっとした。

どんなに。


ひとに比べて。

どんなに、辛いだろう、三春さん。

どうしたって、ひとを殺さずには生きてゆけない三春さんが、ひとと、意思疎通ができる。できてしまう。

意思疎通ができてしまうものを、喰わざるを得ない。


これはきっと……。

ここにはきっと。


〝寂しい〟とは、何か、桁(けた)が違う感情があるんじゃないのかと……僕は、思う。

この時初めて、僕は、思った。

三春さんの本当の不幸は、〝寂しい〟ことでは、ないのかも知れない。

もっと、ずっと。

もっと、ずっと……〝何か〟が、三春さんには、あるのかも知れない。

大原夢路

必死の思いで、惚けている中学生を三春ちゃんから離した。もう、物理的に、腕力的に、ひたすらひっぱって。

そして、その間。

三春ちゃんは、何故か、笑っていたのだ。

何故か。本当に、何故か。

どこからどう見ても、笑っている。


……何で、笑っているんだろうか、三春ちゃん。


その理由は、まったく、判らない。

ただ、あたしは、とにかく自分ができることをやる。

中学生を、三春ちゃんから離そうとして……そうしたら。

三春ちゃんが、もう一回、笑った。

本当に、笑ったのだ。

何で笑ってる……？って、思った瞬間、なんか、意識が、解けた。


いや、この感覚。

どう説明していいのか、まったく判らないんだけれど。

とにかく、意識が、解けた。


そう思った途端、あたしは、〝あたし〟としての意識を、もう、これ以上保つことができなくなる。

この感覚。

どう説明していいのか判らないんだけれど。

この瞬間、あたし、「あ、あたしは地球と繋がっている」って、不思議な程素直に、不思議な程すとんと、思ってしまったのだ。いやこれ……思ってしまったっていうのとは、ちょっと違うか。納得してしまった。腑に落ちてしまった。

地震があった時なんかに感じる、〝うぃやっ〟とどこか同じ。

あたしと〝地球〟は、まっすぐ繋がっていて、だから、〝地球〟が感じることが、あたしには判る。地球は何か考えている訳じゃ、多分、きっと、ないだろうから、地球が〝考えている〟ことが判る訳ではない、けれど、地球が〝感じて〟いることは、判るような気がする。

うん。腑に落ちるって、つまりは、そういう、生理的な感覚。腑っていうのは、〝はらわた〟のことで、頭で理解するんじゃない、内臓感覚として、あたしはすとんと、「ああ、あたしと地球は繋がっている」って思ってしまったのだ。

そして、一回、こういう状況になってしまったら。

もうあたしは、意識の、渦だ。

何が何だか判らない。

〝もう判らない〟んじゃない、〝すでにして判らない〟、〝最初から判らない〟、そんな時制が狂った意識の渦に、あたしは巻き込まれてしまい……。

何が、何だか、判らない。

その、意識の、渦の、中で。

あたしは。

確かに、感じた。

三春ちゃんの、過去を。

過去、〝三春ちゃん〟じゃなかった、そんな〝何か〟が、〝見張るちゃん〟になってしまった、その時のことを。

あたしは、確かに、感じた。

今、三春ちゃんが陥っている状況を。

あたしは、確かに、感じた。そして、理解した。

今、三春ちゃんが何を思っているのかを。

だって。

三春ちゃんも……地球と、まっすぐに、すとんと、繋がっているんだもの。

どくん。

あたしの心臓の鼓動に合わせて。

揺れる、世界。

どくん。

世界が、震える。あたしも、震える。

心臓の鼓動だけが、凄い勢いで、あたしに迫る。

どくん。

……怖かった。

何が怖いんだか、自分でもよく判らない。

けど、何かが、怖かった。

三春ちゃんが怖い？

いや、そりゃそうだ、それはそうに決まっている。

自分を食べる生物と対峙していて、それが怖くない人間なんて、いる訳がない。

でも、今、あたしが覚えている〝怖さ〟は、そういうものではない、それもまた、判っていた。

あたしを食べる可能性があるから、ひとを食べるから、だから三春ちゃんが怖いんじゃない。確かに今、あたしは三春ちゃんが怖いんだけれど、それは……それは……三春ちゃんの〃有り様〃が、怖いんだ。

それは、「彼女があたし達を食べるから」じゃなくて……「彼女がそんな存在であること」が怖いんで……。

ああ。もう、どう言っていいのか判らない。

〃あたし達を食べるから〃彼女が怖いんじゃない。

あたし達を食べるにもかかわらず、あたし達と同じ世界で、まるで隣人のように何食わぬ顔してここにいる彼女の存在自体が怖いんであって……ああ、これだと、身近に何食わぬ顔して、自分のことを食べる存在がいるのが怖いって話に落ち着きそうだな、そういうんじゃなくて……。


もの凄く、何て言っていいのか判らない。

もう、ほんっと、どう言ったらいいのか判らないけれど。


あたしは、三春ちゃんが、怖かったのだ。

いや、ここにいる〃三春ちゃん〃っていう存在が、怖いんじゃない。

あたしが、今、ちょっと理解したような、こういう〃思い〃を内包しながら、それでも、ここに存在しなきゃいけない、三春ちゃんの気持ちになったら……。

あ。言い方が、少し、判ったような気がする。

あたしは、自分がもし、三春ちゃんだったら……そう思ったら、怖くて怖くてたまらなくなったのだ。

うん。あたしが怖いのは、〝三春ちゃん〟じゃなくて、「もしあたしが三春ちゃんだったら」って思うこと、だったのだ。

あたしは、自分で自分の両肩を抱きしめる。

これをやると、あたし、自分の両手を自分の胸の前で交差している形になり……これは、このまま、頭を下げると。まるっきり、何かを祈っているかのような姿勢。

いや、別に、祈っている訳ではない。

けれど、形として、そういうものになってしまったのだ。

気がついたらあたしは、こういうポーズをとっており……祈っていたのかも、知れない。

祈る。

……何、を？

佐川逸美

……どうしてなんだろう。

目を、瞑ったまま。三春ちゃんと、その他の人々の会話を聞いていたわたし……なんだか、ふいに、恥ずかしくなった。

恥ずかしい。

ううん、今は、〝恥ずかしがって〟いる場合なんかじゃないって、百も承知でいる筈なのに。なのに、何故か、恥ずかしい。

その恥ずかしさって、ちょっと前、わたしが市川さんに会う前のことに端を発していて……。

あの時のわたしは、瑞枝が助かるのなら、その為なら、〝昏睡(こんすい)してしまったひと〟を殺してしまってもいいって思っていたのだ。それで瑞枝が助かるのなら、どうせ、昏睡してしまったひとは助かるのかどうか判らない、助かっても、これだけ長い間昏睡しているんだ、そのひとにはおそらくかなりの後遺症があるだろうし……なら、そのひとが死んで、瑞枝が助かることこそが正しい、そんなことを思っていたのだ。その為なら、自分が〝昏睡してしまったひと〟を殺すことになってもしょうがない、自分が、自ら手を汚してしまってもいい、そんなことまで……思っていたのだ。（落ち着いて考えてみたら、瑞枝だって、寝たきりになってしまってから結構時間がたっている、もし、〝昏睡してしまったひと〟が死んでもいいのなら、瑞枝だって、〝死んでもいい〟っていう理屈になる筈だ、そんなことに、まったく気がつかずに。）

市川さんに会い、昏睡してしまった方にも御家族がいるっていう、当然の事実に気がつくまで、わたしはずっとそんな思いに捕らわれていて……だから、市川さんに会ったことが、ショックだった。ましてや、彼女が、「中学生組は何もしなくていい、というか、子供を守ること、それが大人のお仕事ですっ！」って意味のことを言い切った瞬間……殴られたようなショックを覚えたものだった。（だってこれって、言い換えれば。「患者さんはいるだけでいい、患者さんを守ること、それがナースのお仕事ですっ！」って話に……なる、よ、ね。そう言われて、初めてわたし、看護師さんのお仕事に思いを致し、中学生組を守ること、それが自分のお仕事だって改めて気がつき……。無茶苦茶ショックを受けたのだった。）

そして。

そんなショックを覚えたまま、この夢の世界にはいり……たった今。

心の、どこかで、何かが、自分でも判らない何かが、解（ほど）けたような気がした。今、何か、すうって……風が吹いて、今までわたしを呪縛していた、何かが、解（ほど）けたような感じになったのだ。

そうしたら。

襲ってきたのは、もう、たまらない、恥ずかしさ。

子供を守る為なら、昏睡してしまったひとを殺してしまってもしょうがない。

その為には、自分の手を汚してもいい、そんなことを思ってしまった、自分に対する、恥ずかしさ。自分の手を汚してもいいって思ってしまった瞬間、自分の中に発生した、自己犠牲っていうか、自己陶酔に対する恥ずかしさ。

また。

心のどこかで。

「ああ、そうか、これは、わたしの本来の思考ではなかったんだ」

って思う、自分がいること、そして、その自分の思いが、なんか正しい気持ちがすることが……逆に、もう、許せない。

多分。

以前のわたしは、三春ちゃんか、あるいは他の何かに、微妙に影響されて。そして、こういう思いに捕らわれてしまったのだ。視野狭窄に陥ってしまったのだ。それは、確かだと思う。それは、事実だと思う。呪縛が解けた今なら判る、あの時のわたしは、本当に、〝何か〟の影響で、〝昏睡してしまったひとを殺そう〟って思ってしまったのだ。それはもう……わたしに影響をおよぼした、〝何か〟が悪いっていう話になりそうなんだけれど……けれど。でも。

けれど、でも。実際にわたしは、一回は〝昏睡してしまったひとを殺してもいい〟って思ってしまったのだ。心からそう思ってしまったのだ。

だとしたら、これは、言い訳。

いや、〝言い訳〟ならまだいいよね、これは、〝言い逃れ〟。

そう思ってしまった自分の罪を、他の誰かに押しつける行い。


もう、何が恥ずかしいんだか、自分でもよく判らない。


過去、そう思ってしまった自分が恥ずかしいのか、〝自分がそう思ってしまったことの責任を誰かに押しつけること〟、それが恥ずかしいのか、その辺からして、よく判らない。

ただ、もう、わたしは無茶苦茶、恥ずかしくなってしまい……その、あまりの恥ずかしさ故に、いてもたってもいられない気持ちになり……そして、薄目を、開けてみた。自分の足もとの方、そこだけを見るなら大丈夫だって言われていたんだけれど、もうちょっと、視線を上げて、前の方を。何がしたかったって訳じゃない、けど、何かをせずにはいられなくなったのだ。


で。薄目を開けてみる。

わたしの、ちょっと前には、伊賀ちゃんがいる。その少し前に、渚。あと、その他に、何人かの中学生。真理亜は、大原さんが三春ちゃんから離してくれたのかも知れないけれど、少なくとも、今のわたしの視界には、いない。

その、薄目を開けた世界の中で。

わたしのほんのちょっと前にいる、伊賀ちゃんが……ぶるぶる震えているのが、判った。

小刻みに、ぶるぶる震え……ああ、かちかちかちって音がする。これ、伊賀ちゃんが、歯を……喰いしばろうとして、それをやめる、歯を喰いしばろうとする、それやめる、そんな、葛藤の、音。

かちかちかちかち。

伊賀ちゃんが、何をしているのかは、すぐに判った。

彼女も……わたしとは違う思いなんだろうけれど……恥ずかしい、のだ。

伊賀ちゃんは。中学生達のリーダーだ。

いや、キャプテンは渚なんだけれど、理屈でもって、みんなを導いているのは、伊賀ちゃん。

そして、本人もそれを自覚している。ひょっとしたら、名前だけの顧問のわたしなんかより、はるかに女バスのみんなに、責任感を抱いているのが、伊賀ちゃん。

だから、伊賀ちゃんは、動けない。彼女が動いてしまったら、女バスのみんなが、それに釣られて動いてしまうってことを、誰よりもよく知っているから。

でも、同時に彼女は、我慢できない。

市川さんに頼って、自分が何もしないでいることを。

うん。

今、中学生組の心の中で問題になっているのは、瑞枝だ。

死にそうで、でも、まだ、生きていて、とは言うものの、いつ死んでしまうか判らない、瑞枝だ。

三春ちゃんがどういう生き物であるのかは、根本的にわたし達にとって、判らない世界……というか、どうでもいい話だ。

けれど。この、〝三春ちゃん〟っていう生き物のせいで、千草が死んでしまい、今、瑞枝が死にかけているっていうのが、問題だ。大問題だ。

そして、今。

この地下鉄の中にいる人間で、一番、これを許せないでいるのが、伊賀ちゃんであり、渚なんだろうと思う。

だから、伊賀ちゃんは、動きたい。

でも、動く訳には、いかない。

それに、市川さん。看護師さん。

彼女は言った。中学生組に対して。

「これは大人のお仕事ですから！」

勿論、何か大問題が発生した時、それを大人がまとめるのは当たり前のことだ。中学生である伊賀ちゃんが何かする前に、大人である市川さんがそれをまとめて対処してしまう、それは普通のことなんだ。

けれど。

伊賀ちゃんにしてみれば、これは許しがたいことなんだろうし……かといって、この市川さんの台詞に、反論をする訳にもいかない。いや、反論はおろか……感謝するしかない。そういう台詞だよね、市川さんが言っているのは。

だから。

伊賀ちゃん、かちかちかちかち。

歯を喰いしばろうとする、それをやめる、でも、歯を喰いしばる、意識してがんばってそれをやめる、でも、気がつくといつの間にか喰いしばっている歯、それをやめる、こうなると、もう、がんばる為に歯を喰いしばっているんじゃない、がんばらない為に何かやっている訳でもない、〝歯を喰いしばらない為に〟がんばっているっていう、訳の判らない状態になる。その、伊賀ちゃんの歯が、〝喰いしばったり〟、〝それを緩めたり〟、〝喰いしばったり〟、〝それを緩めたり〟して、そして、立てている音。それが、〝かちかちかち〟。

同時に。

わたしの視界の片隅で、渚がとっても大きく呼吸をしているのが見てとれる。

……吸って……吐いて。吐いて……吸って。

渚の呼吸が、何でこんなにはっきりとわたしに判るのかな。ほんのちょっとの間、それが自分でも疑問だったんだけれど、その答は、すぐに、判った。わたしの呼吸が、渚の呼吸と、ある程度一致しているからだ。

わたしが息を吸う。その時、渚も、息を吸う。わたしが息を吐く。その時渚も息を吐く。これが連動しているから、わたしには、渚の呼吸が判るのだ。

んで。それでは、何故。

何故、そんな、わたしではない人間（渚）と、わたしの呼吸が連動しているのか。

……それは、多分、わたし達が、同じことを思っているから。

三春ちゃんを前にして、市川さんにかばってもらい、恥ずかしさを覚え……でも、同時に、それ以上に。三春ちゃんのことを、許せないと思っているから。このまま三春ちゃんを許すことはできないって、思っているから。だから、息が、荒くなる。だから、呼吸が、少しおかしくなる。

そしてまた……そんなことを思ったとしても、自分にはどうしようもないってことが、判っているから。

渚もまた、伊賀ちゃんと同じで、女バスのみんなに責任がある立場の人間だ。今、渚が、何かしてしまったら、女バスのみんな、それに釣られて動いてしまう可能性がある。だから、渚は、動けない。それが判っているから。だから、渚は、ただただ、大きく息を吸って、大きく息を吐く、それしかできないでいるんだろうと思う。

渚。

伊賀ちゃん。

わたしは、もう、泣きそうな気持ちになる。

わたしが。

わたしこそが〝大人〟であって、伊賀ちゃんや渚や、他のみんなを統率しなきゃいけない立場だっていうのに。なのに、わたしには、何もできない。

と。そんなことを思っていたら。

そんなことを思っているわたしの目の前を……するするするって、横切る、人影が、あったのだ。

……え？　あの……？　……誰？

するするするっ。

その人影は、わたしの前を横切って、そのまままっすぐに三春ちゃんがいるであろう方に近づいていって……え……えっと……あの？

ゆきちゃん？

大原夢路

三春ちゃんが笑っている。

何故だ？　この局面で、何で三春ちゃんが笑うんだろう。

と、そんなことを疑問に思っているうちに、ふいに何かが解け、あたし、三春ちゃんが本当に怖くなった。それと同時に……なんだか彼女を見ているうちに、頭が自然に下がってしまい……まるで、何か、祈っているようなポーズになって……そうしたら。

するするするっ。

そんなあたしの横を、人影が、よぎったのだ。

え、この状況で、あたしの横を通りすぎる人影？　あたし達の位置関係を考えるに、この人影って、あたしのうしろにいる筈の中学生集団から、ひとり突出したってことにならない？　そんでもって、あたしの横を通りすぎたんだから、この人影は、ほっとくとまっすぐ三春ちゃんに近づいてしまうっていうことにならない？

その瞬間、あたしは、できるだけ急いで、両手で自分の体を抱きしめているポーズを崩し、その人影に手を伸ばそうとする。

うん、だって。この状況で、また、先刻の真理亜さんみたいに、中学生組の誰かが、三春ちゃんに不用意に近づいてしまうのなら、それ、あたし、とめなくちゃ。真理亜さんの場合は、とめられずに彼女が結構三春ちゃんに近づいてしまい、その真理亜さんを引き離すのがうんと大変だったんだから、今度こそ、その誰かが近づく前に、その子をとめなきゃ。

けれど。ほんのちょっとの差で、あたしの手は、するする近づいてゆく中学生をとめることができなかった。

あたしが三春ちゃんから引き離した真理亜さんは、今はなんだか放心している感じだ。だから、まあ、この子はほっといていい。そう思ったあたし、とにかく、するする三春ちゃんに近づいてゆく中学生に追いすがり……。

と、その瞬間。

「ゆきちゃん！　あなた、何してんのっ！　駄目！」

って佐川先生の叫びが後ろから聞こえてきて、あたし、この子の名前が判る。ゆきちゃん……って、えーと、えーと……確か、山形雪野(やまがたゆきの)さんって子供、かな？

とにかくあたしは、この〝ゆきちゃん〟をつかまえなきゃいけなくって……いや、その前に。

何だって佐川先生が、この子の名前を叫ぶんだ？

この子はほんとにするする動いていたから、だから、音だってたてていなかった。ひょっとして、佐川先生の脇を通りすぎたのかもしれないから、だから、誰かが今、中学生組の集団を出て、三春ちゃんの方に近づいているって、佐川先生には判ったのかも知れないけれど、その〝通りすぎた〟人物が誰かってこと、佐川先生に判る訳がない。なのに、佐川先生は、非常に断定的に、彼女の名前を呼んだ。

と、いうことは。

もう、何やってんだろうこいつら。だってこの状況からは……佐川先生が、あんなに事前の打ち合わせで言ったっていうのに、今、目を開けているっていうことが推測できるよね。しかも、この呼びかけ方。佐川先生、目を開けて自分の足もとを見ているって感じではなくて……あきらかに、するする動いている山形さんに呼びかけている。これは絶対、まっすぐ山形さんの方を見ているに違いないって感じ。

そして。佐川先生がこんなことを叫んでしまうと。

「え……ゆきちゃん？」

「いっちゃんせんせ、まさか、ゆきちゃんが三春某に近づいているって……」

「渚、その質問は、駄目だ！　いっちゃん答える訳にいかない、答えたらまずいし、答えられないってことは」

「って、伊賀ちゃん！　あなた、それこそ、絶対言ってはいけない台詞なんじゃないの？」

「……と……わ、わりい、渚。つい」

「え、え、え……」

「渚と伊賀ちゃんの混乱ぶりからして、やっぱりゆきちゃんが」

「みんな、落ち着きなさいっ！　動いては駄目、目を開けても駄目、山形さんのことは、先生がちゃんと見ていますから。だからみんなは、落ち着いて、目を開けちゃ駄目、動いても駄目」

「ってことは、いっちゃん先生は、目を開けてるって話になるじゃん」

「しかもゆきちゃんが」

「ちゃんと見てるって、それ、いっちゃん目を開けているんだよね？　それに、自分の足もとじゃなくて、前の方見てるんだよね？」

「だからあっ、とにかくっ！　先生が目を開けてますから、山形さん見てますから、みなさんは目を瞑って」

　あああああ。案の定。中学生組、大混乱。佐川先生も、大混乱。そんでもって、あたしが必死に追いすがっているっていうのに、肝心の、山形雪野さんは、するする、するする、三春ちゃんの側まで近づいてしまった。

　そして。

　三春ちゃんと、ほぼ、対面するような位置関係に陣取った山形さん。

　そのまま、まっすぐ、三春ちゃんに目を向けて……言ったのだ。

「言っとくけど。許さないからね」

　って、山形さん。

　本当にまっすぐ、三春ちゃんに視線を向けていた。これで三春ちゃんが山形さんの方を見たら、目と目があわない訳がない。そんな位置関係で、山形さんは、こう宣言したのだ。

☆

「……殺す？」

ちょっと小首を傾げて。

山形さんは、三春ちゃんに面と向かって、こう言った。

この情報は、誰が伝えたっていう訳でもないのに……いつの間にか、この地下鉄の中にいる人達全員に、共有されていた。というか、なんか、山形さんの台詞があんまり凛としていたもんで、全員が、いつの間にか、気を呑まれていたのだ。いつの間にか、みんな、自分達の思いはおいといて、この山形さんの台詞に聞きほれていたのだ。

んでもって。

山形さんが、「……殺す？」って言った瞬間、今、この地下鉄の中にいる全員が、山形さんと三春ちゃんが対峙している——言い換えれば、山形さんが三春ちゃんと、面と向かってしゃべっているって、判ってしまったのだ。

「三春ちゃん……」って、何だってあんたのこと、〝ちゃん〟づけしなきゃいけないんだか判らないんだけれど、三春ちゃん、あんた、殺す？」

目的語がない。けれど、それ、「あんた、私を殺す？」っていう意味の疑問だってことは、聞いている人間全員が判った。

そして。それに対する三春ちゃんの態度が……また、なんか、おそろしく変だった。視線を、下に向けたり上に向けたり、もう、ぐるぐるぐるぐる三春ちゃんの視線は動いて。そしてそれから。

「殺さないよ」

こう言うと、三春ちゃんは、またまた、笑ったのだ。そしてそれから、ちょっと困っている顔になり。

「んー……殺さない、ようにしたい、と、思っている。三春ちゃんは、今、あんた達なんか、殺してる場合じゃないから。……けど……こうやって、視線を、あっちこっちやっているのは……んー……ひっじょおに、話しにくいんで……できれば、中学生のあなた、三春ちゃんが名前を知らないあなた、目を瞑ってくれると嬉しいな。そうしてくれたら、三春ちゃん、あなたの顔見て、話せるから」

「やなこった」

でも。山形さんは、一言で、この三春ちゃんの要請を切り捨てる。

「そんなことしたら、あんたが何やるか判らないし」

この山形さんの台詞を聞いて、三春ちゃん、ため息。そして。

「まあ、そういう台詞も、あり、か。じゃ、しょうがない、このまま話を続けましょう。ただし、三春ちゃんの目が、あんたの目とあってしまったら、その瞬間、あんたの命の保証はできなくなるんだけれどね。……それでいいの？」

凄いことを言っている、三春ちゃん。それにまた、凄いことを言われたんだ、山形さん。

けれど、山形さんは、まったく揺らがない。

「よくないっ！……けど、いいに決まってる」

こう、いい切ってしまう。そして。

「だって、もともと……許せないんだから、あんたのこと。何でだか、あんたのこと、三春ちゃんってみんなは呼んでる、けど、なんであんたに、〝ちゃん〟なんて敬称、つけなきゃいけないんだ」

「……ああ、それは。三春ちゃんが、自分で自分のこと、〝三春ちゃん〟だと思っているからだと思う。うん、三春ちゃんにはね、今の処、一人称がないんだ。〝私〟でも〝あたし〟でも〝わたし〟でも、外国の言葉でいう処の〝I〟でもないの。〝個〟っていうものがない、そんな存在が、三春ちゃん。三春ちゃんは、自分のことを認識する時、一人称なしで、ただ、〝三春ちゃん〟って思うしかないの」

……これまた、凄いことを言ったんだろうと思う三春ちゃん。でも、山形さんを始めとして、誰もこれに拘泥しなくて……。

そして。山形さんは、言葉を続けるのだ。

「どうしたってあんたのことは許せない、けど……たった一つ、言いたいことがある。これ聞いてくれたからって、あんたのこと許せるとは思えないけれど……けど……ただ……ただ……返して」

「……って、何を？」

「判っているでしょう！　瑞枝を、返して、千草を、返して、ひと、殺すの、やめてっ！」

……ほんっと……血を吐くような叫びだったんだよね、これ。けれど、こう言われた三春ちゃんの台詞が、何か、あまりにも対照的にのほほんとしたもので……。

「それ、無理。判っているよね。……死んだ中学生の名前なんか、三春ちゃんには判らないから……えっと、誰が死んで、誰が瀕死？　判らないけど、死んでしまった中学生は、もう、絶対に、生き返らない。瀕死の中学生も……そりゃ、その中学生の基礎体力によるんであって、三春ちゃんがどうこうするようなもんじゃない。人を殺すのやめてって言うに至っては、そりゃ、無理だから三春ちゃんにはできない」

「そんなのっ！　ないっ！」

山形さんが言い募ると。三春ちゃんは、ちょっと困ったような感じになって。

「んー……殺戮者である三春ちゃんがなんかすると、瀕死の犠牲者が助かる可能性があるっていう類の……フォークロア、ないしは都市伝説みたいなものって、ひょっとして、あんの？　呪術師」

と、これは。

多分、言われたのが自分だと思うから……しょうがない、あたし、返事をする。

「……そういうものは……寡聞にして、あたしは知りません」

というか、あたしはただ巻き込まれただけの普通の人間だっ！　あたしが呪術師だって三春ちゃんが主張するから、だから、それに従っているだけで、あたし自身は自分がそんなもんだって思ったことないし、そもそも、あたしにはそんな能力も知識もないって。いや、その前に、そもそも、あんたがひと殺している総元締めだろうがよっ。なら、何でそれを、あたしに聞くんだ。そんなことくらい、自分で知っていやがれっ。

けれど、三春ちゃんは、このあたしの言葉を聞くと、本当に素直に。

「んー……人間の言い伝えでね、なんか、三春ちゃんが〝こんなこと〟をやったら、犠牲者が助かるってもんがあるんなら、今の三春ちゃん、それやったげること、やぶさかじゃないんだけれど……」

……！　え？　え、なんか、凄く。なんか凄く、三春ちゃん、あたし達に譲歩している感じになってない？

「どーも呪術師の感じじゃ、そーゆーの、ないみたいだし」

だからそこで話をあたしに振るなあっ！

「と、言う訳で、無理」

「無理の一言で、話を終わらせるなあっ！」

山形さん、絶叫。そしたら……この山形さんの台詞を聞いた三春ちゃんが……ほんとに、変になったのだ。

もの凄い勢いで、視線をぐるぐるさせて……一回や二回は、その視線が山形さんに向きそうになり……でも、その瞬間、三春ちゃん、自分で自分の目を閉じて。そのまま、頭をなんだか、ぐるぐるさせて。そしてそれから。

「あー、も、めんどくさいっ！」

ぎゅっと、目を閉じる。これはもう、ほんとにめんどくさくなっちゃって、今の話をシャットアウトしようとするような仕種。

そうしたら。

「無理の一言で、瑞枝を殺すなっ！　そんなのって、そんなのって、あり得ないでしょう、絶対ないっ！」

こう叫びながら、山形さんが、三春ちゃんに近づき（いや、今までも、ほぼ、手を伸ばせば触れるくらい近くに、この二人はいたんだよ、それがもっと近づいて）……そして、ぺち。

ぺち。

本当にその程度の音しかしなかった。

だから、これはもう、〝殴る〟なんていうものとは話が違うんだろうと思う。

……〝さわる〟？　〝ふれる〟？　〝なでる〟？

えー……事実のみを記すのなら。

山形さん、自分の右手を伸ばして、そのてのひらで、三春ちゃんの頰を……ぺちってしたのだ。

ぺち。

多分、山形さんの気持ちでは……〝殴る〟？　ないしは……うーん……全然そうなっていないけれど、山形さんは、三春ちゃんの頰を、平手打ちしたつもり、なんだろう。

「ちょ……ちょい、待ちっ！」

その瞬間。呻いたひとがいた。市川さん。

「あんた、中学生！　それはあたしのお仕事だってば！　三春に手を出すのはあたしで、中学生はそんなことしちゃまずいって」

で、市川さんがこう言えば。その瞬間、山形さんが何をしたのか、目を瞑っている筈の他のみんなにも判ってしまった筈。

いや、その前に。

市川さんがこんなことを言うっていうことは。（山形さんの平手打ちは、あくまで「ぺち」ってものだったから、音で、市川さんが平手打ちに気がついた訳がないのね。）

市川さん、この時、すでに、視線をあげてしまっていないか？

いや、あげていたに違いない。前向いて……三春ちゃんがそっちを見たら、目と目があってしまう状態になっているに違いない。

それに。

どうやら、他のみんなも……いや、今でも、打ち合わせを守って、目を瞑っているひともいることはいるんだが……かなりの数のひとが、目を開けて、その上、前向いている気配。

ああああああ。

もう、何が何だか。

どうしてみんな、前、向いちゃうんだ。

も、あたし、叫んじゃう。

「どうしてみんな、前向いちゃうのっ！」

氷川稔

どうしてみんな、前向いちゃうのっ！

こう、大原さんが――呪術師である大原さんが、叫んだ。

でも。俺は言いたい。

大原さん。呪術師。どうして、まだみんなが下向いて目を瞑っていると思えるんだ！

いや、そりゃ。

最初、この世界にはいる前、俺や佐川さんや中学生組や市川さんは、確かに同意したんだ。みんな、目を瞑る。夢の世界にいる限り、絶対に目を開けない。その後で、俺が、〝自分の足もとを見ている限り、三春とは目があわない〟ってことを言って、目を開ける場合は下を向くようにって合意したんだ。それは確かにそうだったんだ。

けど。そんなの、も、〝昔〟の話、だろ？

あれから時間がたって……というか、その前に、事実関係自体が何やかんや錯綜(さくそう)して……。何より、場に漂う空気と、三春が纏(まと)っている空気がなんだか変化して……。

こりゃ。

こりゃ、目を開けて、顔を上げて、前向いてしまうしか、ないよなあ。

実の処。

俺だって、目を開けている。いつの間にか、顔を起こしてしまっていた。前を向いてしまっていた。

したら、そんな俺の目の前で、するすると、中学生の一人が、三春に近づいて……そして、三春のことを、〝ぺちっ〟ってやったのだ。

ぺち。

ほんっと、そうとしか言いようがない。

ぺちって、三春の頬に触り……んー……これは、三春のことを、〝殴った〟気持ち、なの、かな。その……三春に、〝ぺち〟ってやった中学生。

……まあ……〝ぺち〟ってやったひとの気持ちは判らないんだけれど。とにかく、〝ぺち〟。ほんの軽く、〝ぺち〟。

でも。これは、俺にしてみれば、本当に驚天動地の話だったのだ。

いや、だって、この中学生、三春を殴ったんだよ？　（ぺち、だけど。）

普通の人間が、殴れるか、三春。

いや、市川さんは殴ったんだけれど、ありゃ、市川さんの方が特殊だったからで。（どう考えても市川さんって、元ヤンだ。それも、単なる〝元ヤン〟じゃない、レディースの総長とかナンバーツーとか、絶対、何か責任があって、配下の連中を守る立場にいた人間だと思うよ。）

そんな市川さんが、そんな市川さんだからこそ、やっと〝殴れた〟三春を……単なる中学生が、殴った。（ぺち、だけど。）

すげっ。

俺としては、こう思うしか、ない。

凄いわ、この中学生。

だって、俺は……〝俺しかいない〟って思って、やるつもりではあったんだけれど……実際に、できるかどうかは判らなかったんだから。三春を殴るだなんてこと。

こいつって、よっぽど正義感溢（あふ）れる中学生か、よっぽど気が強い中学生か……って、思いかけて、俺は、気がつく。

いや、違うわな、それ。

この子は……中学生なのだ。ただ、単に、中学生なんだ。それだけ、なんだ。（それに、多分。今、死にかけている女子中学生の、とても親しい友達なんだろうと思う。今死にかけている子は、この子の親友……っていうか、とても大切な友達なんだろうと思う。）

　言い換えれば。

　この子は、子供なのだ。


　中学生だから。子供だから。だから、三春に、〝ぺち〟をすることができたのだ。

　子供である、ということは、ある意味でとても強い。

　何せ、子供は、未熟だ。社会経験がまるでない。慮（おもんぱか）るべき社会が、多分彼女には存在しない。だから、子供は、自分が本当にやりたいことを、そのまま、やることができる。

　俺には、できない。

　俺が何かやろうとする時には、嫌でも俺、考えてしまう。これから俺がやろうとすることは、現状、プラスになるか、マイナスになってしまうかを。

　けれど。

　いや、もう、俺、自分が子供だった時は、記憶にないけれど。そのくらい、はるか昔の話になっちゃうんだが……確かに、昔の自分は、何かやる時、そんなこと考えていなかったような気がする。とにかくやりたいことそのまま素直にやっちまった、それが、子供の頃の俺だったと思う。

　そして。

今、三春に〝ぺち〟ってやってしまった子供は……多分、それ、なんだよ。

何も考えていない。

とにかく、やりたいことを、やってしまった。


三春に、〝ぺち〟。


そうしたら。

三春が、言ったのだ。

「あの……ねえ……」

ぺちってやった、その中学生の手を押さえて。

ただ……三春、まだ、目を瞑っている。

絶対に、その中学生を見ないようにしている。

「あんた。名前も知らない、中学生のあんた」

こう言われた瞬間、中学生が息を呑むのが判った。〝ひっ〟って……それこそ、ひきつったような声を出す。

そして、その中学生の手を押さえたまま、三春は。

「なんか……あんたの気持ち、判らないこともないような気がしないでもないような……って、そりゃ、判るんだか判らないんだか、言っててよく判らなくなったんだけれど」

おや。何だか三春も混乱している感じだ。

「昔、三春ちゃんがまだ三春ちゃんになる前、あんたみたいな人間がいたような気が、しないこともなくて……えー、よく判らないんだけれど、そんな時、三春ちゃんになる前の三春ちゃんは、なんだかとってもあったかい、そして、神聖なものに触れたような気持ちになって、うん、人間の〝気概〞みたいなものに触れると、妙に感動を覚えることがあって……だから、その時、三春ちゃんになる前の三春ちゃんは」

もう、三春が何を言いたいんだか、よく判らない。いや、三春自身が、自分が何言ってんだか、よく判っていない気配だ。

「で、その……何が言いたいんだか、三春ちゃんも、よく、判らなくなったんだけどね、けど、その……中学生」

こう言うと、目を瞑ったままの三春、軽く、中学生の額を、人指し指でぴんっと弾いた。ごく、軽く。これがもうちょっと強ければ、〝デコピン〞ってものになるのかな、でも、ここまで軽くだと、〝デコピン〞とも言えないな、そんな感じで。そして。

「あんた、中学生、そりゃ、無謀ってものだからね。あんたの分際で、三春ちゃんを平手打ちしようだなんて、もう、無謀としか言いようがない」

あ。三春自身は、自分にされた〝ぺち〞を、平手打ちだって認識している訳か。

で、この三春の言葉を聞いた中学生は……〝ぺち〞をした中学生は、息を呑み……そして、それから。

「ひっ」

　また、息を、呑んで。

「ひっ」

　もう一回、息を呑んで。そして、それから。

「ひっ……ひっ、ひっ、ひっ、ひくっ」

　大きく息を吸い。そして次の瞬間、この中学生、いきなり泣きだしたのだ。

「ひくっ！　……ひっ！　うえ……え、えええええんっ」

　え。この局面で、泣く、か？

　俺はそんなこと思っていたんだけれど、中学生の方は、そんな俺の思いも知らずに。

「え……えええんっ！」

　本気で、身も世もなく、泣きだしちまいやがんの。

「こ……こ……怖いいー」

　だから、そんなこと、今更言うな！

「怖いー、けど……けど……許せない、いー」

　でも。泣きながらも、中学生、まだ必死になって、何かを言っていて。それから、もう、鼻水まみれで、泣きながらも、もう一回、右手を、後ろに引いたのだ。

　後ろに引かれた右手。この右手は、ほっとくと……多分、次の瞬間しなって……三春の頬に、また、〝ぺち〟をやることになったんじゃないかと思う。

けれど。

「ちょい待ち」

こんな中学生の右手を押さえてくれたのは、市川さんだった。いつの間にか（いや、多分、あの〝ぺち〟を聞いた瞬間から、市川さん、動き出していたんじゃないかと思う）、中学生の手を、市川さんが押さえていて。

「だから、そーゆーのは、あたしの仕事だって……」

この局面で、この市川さんの言動。

ああ、もう、ほんとに。

今となっては。

誰も。

誰一人として、眠る前に打ち合わせたこと、守ってねーなっ！　目を開けてしまっただけではなく、ほんっと、みんな、勝手なこと、やりまくっていやがるよなっ。

俺がそう思った瞬間。

三春の言葉が、割り込んできた。

「……あんた達、ねえ」

この言葉を言う前に。三春は一回、ふうって息を吸って、それから、ふううううって長いこと、その息を吐いたのだ。ほんとに、何かもう、たまりませんわっていう感じで。

「ほんっと、何やってんだ」

それから。一回、三春、首を振る。中学生の位置と、中学生の手を押さえた市川さんの位置を、目を瞑ったまま推測しているような風情で。

そして。そういう連中の位置が判った処で、三春、くわっと目を開ける。

いや、目を開ける時に音がする訳、ないんだけれど。まさに、〝くわっと〟って感じで目を開けると、あたりを睥睨し、順繰りに、みんなに視線を寄越して。でも、只今三春に視線を向けているであろう、中学生と市川さんを見る時には、なんだか横から眇めているような感じになって。絶対、目と目が合わないようにして。

そして。

「呪術師！」

びいん……って感じで、張りつめた言葉で。三春は、まず、大原さんに、呼びかける。

「これ、なんとかして」

……って、これはその……言っていることがあまりに抽象的っていうか……何、要求しているんだ三春？　多分、大原さんもそう思ったようで。

「これ、なんとかしてって、なに、それ。その場合の〝これ〟って、何？　どうしろっていうのあたしに」

ここで、三春、軽くうなり、そしてそれから。

「じゃあ、いいや。とにかく……中学生組！　動くな！」

これまた、びいん……って感じで、張りつめる世界。

「あと、先生も、動くんじゃないっ！」

この三春の言葉が届いた瞬間、中学生のみんなが、そのまま固まってしまうのが判った。

そしてその後。

「なんか変な看護師！　あんたも、動くんじゃないっ！」

この言葉が聞こえた瞬間、市川さんが硬直してしまったのが判った。それから。

「あと、誰だっけか、〝妙に鋭い男〟！　あんたも動くんじゃないっ！」

この言葉が俺に聞こえた瞬間……俺も、動けなくなってしまった。〝あと、誰だっけか〟って、爆発的に失礼な台詞だよな、俺は付け足しかよって思ったんだけれど……この台詞を聞いた瞬間から、俺の体は、ぴきんと硬直してしまって、最早俺、自分が動けるとは思えん。

「三春ちゃんはねえ、今、あんた達なんかにかかずらってる場合じゃないんだから」

……なんだこれ。やたらと失礼な台詞だな。

「三春ちゃんはね、思い出したんだから。昔は三春ちゃん、三春ちゃんじゃ、なかった。何かが、三春ちゃんじゃなかった三春ちゃんを、三春ちゃんに、した」

この台詞……最早、意味不明。

「今、三春ちゃんがやりたいのは、その〝何か〟をなんとかすること！　……いや……そんなこと、できるような気はしないんだけれど……やらない訳には、いかない」

揺れている、三春の言葉。

こんなことを言っている三春自身が、自分で自分の台詞に納得できていないんだろうなってことが、読み取れる。

けれど、多分、三春は、今、こう言うしかないのだ。たとえそれが虚勢であろうとも、自分を鼓舞する為にも、自分にこう言い聞かせるしか、ないのだ。そんなことが……最早動けなくなって、ただ、三春の言葉を聞いているだけの、俺にも、判った。

「だから。三春ちゃんは、これから色々何だかんだする予定だから、あんた達は、動くんじゃないっ！」

動けなくなった俺の視界の中で。それでも、三春は、動いている。

動いて……まず、呪術師である大原さんに近づく。

俺の、目、だけではなく、耳も、聞こえている。俺は、動けないだけで、視覚と聴覚は生きている。

だから、判る。

三春と大原さんは、何か、しゃべっている。

「三春ちゃんはねえ、この結界、解除することにしたの」

もれ聞こえてきた台詞に、俺、驚く。

いや、今までは、〝昏睡しているひとが覚醒するか、あるいは、昏睡しているひとが死ぬまで〞、この結界は解除できない、そんな話じゃなかったのか？　だから、昏睡してしまったひとを殺せとか、そういう話になっていたような気が……。

「なんか……ほど……け、た？」

大原さんがこう言って、三春が妙ににこやかにそれに諾っている気配。

「ん。じーさんがね、なんか色々言ってくれて、んでもって、とどめ。あの中学生にね、〝ぎらぎら〞って言われて……三春ちゃんは……思い出した。三春ちゃんは、以前は三春ちゃんじゃなかった。それを思い出すことさえできれば……この〝結界〞は基本的に三春ちゃんが作ったものなんだもの、三春ちゃんに解けない訳がない。そして、三春ちゃんには、この結界を維持する理由がまったくないんだもの、こんなもん、維持する訳がない」

「……」

「……三春ちゃんはね……怒っているんだよ」

「……」

それは何故か？　それに、何に？　俺にしてみれば、本当に聞きたい処だったのだ。なのに、大原さんは、まるで〝それ〞が判っているかのように、無言を貫いて。

「誰かが。あの時の〝主催者〞が、三春ちゃんを、三春ちゃんにした。……三春ちゃんから本当の名前を奪って、三春ちゃんのことを、三春ちゃんにした」

この台詞は……ほぼ、意味不明だったんだが……でも、何か、判らないこともないって言えば、判らないこともないって気が、妙にちょっとしちまって……ということは、微妙に、判る、の、か、俺？

「誰かが、〝主催者〟が、三春ちゃんを、〝三春ちゃん〟にした。三春ちゃんの本当の名前をどっかにやっちゃって、三春ちゃんのこと、〝三春ちゃん〟だって規定した。その時から、三春ちゃんは、三春ちゃんになってしまった。本当の名前は、どっかにいってしまった」

あ。そういえば、昔どっかで、名前の呪術って話を聞いたことがあるような気がする。名前というのは、本質的に、呪術の一種なんだって話。

本当の名前を知られてしまえば、魔物はそれに従ってしまう。いや、人間だって、そうだ。昔は、自分の名前を不用意に他人に教えなかった……筈。いや、俺、日本文学とか全然判らないから、だから適当なこと言ってんだけど……万葉集とか、和歌で、「あなたの名前を教えてください」って意味になる奴、結構あったんじゃ？　あれって、ただ、〝あなたはどこの誰ですか？　連絡先を教えてください〟って意味じゃなくて、自分の本当の名前を名乗り、相手の本当の名前を知ることが、何よりの求愛だったって要素があるって話……高校かなんかの古典の授業で、聞いたような気がする。いや、もう、うろ覚えなんで（高校の時の授業の詳細、覚えている五十男なんてまずいないって、絶対に俺は思うぞ！）、あやふやというよりは、いい加減なんだが。

で。そういう意味では。

今、〝三春ちゃん〟って呼ばれているこの存在は、自分の本当の名前を奪われ、〝三春ちる。

でも。そんなことを考えている俺にまったく一瞥もくれず、三春と大原さんは話を続け

ゃん〟って名前になった瞬間、過去のすべてをなくしてしまったのではないか？

おい。おい、大原さん、今、凄いことを言われているんだぞあんた、あんた、何か、言

「……」

を、探っている」

にくっついている。何かが、三春ちゃんの後ろにいる。三春ちゃんを通して、人間のこと

になったの。……三春ちゃんは知らないけれど、ということは、〝何か〟が、三春ちゃん

「で、〝見張るちゃん〟達。三春ちゃんとね、あとは、もうよく判らない妖怪達が、探針

まう自分がいるのも……本当にそうなので。ちょっと何とも言いようがない。）

いていい訳がないだろうがっ。（……けど……確かにそうなのかも知れないって思ってし

るんだよ！　〝人間は、後は自滅するしかない〟だなんて、こんなこと、言われっ放しで

大原さんは、これに何の相槌も打たない。おい、大原さん、何だってあんたは黙ってい

り影響を及ぼして欲しくない……って、思っている奴が、いるの」

いのね。三春ちゃんを〝見張るちゃん〟にした何かは、そう思っているのね。他にあんま

ておいても、後は自滅するしかない。けど、自滅する時は、素直に速やかに自滅して欲し

て、影響力がある存在になりすぎた。バランスを、崩しすぎた。……だから、もう、放っ

「三春ちゃんはね、〝見張るちゃん〟達はね、探針なんだって。人類は、この地球に対し

え。いやその……反論をするのは、無理かも知れないけれど、何か、言え。人間の一員として、今、三春と、会話をしているあんたに、何か言って欲しいぞ俺。

けれど、大原さんは、何も言わない。言えないのかも知れない。

「でもっ！」

ここで、思いっきり、力を込めて言葉を発したのは、三春だ。

「嫌なのそれっ！」

三春の両手に、意味のない力が籠もっているのが、動けないまま、ただ、三春達を見ているだけの俺にも判る。そのくらい……籠められた、力。

「三春ちゃんはね、何だか判らない奴に唯々諾々として従うのは嫌だ。三春ちゃんは、探針になるのが嫌だ。勝手に三春ちゃんを〝見張るちゃん〟にした奴に、従うのは、嫌だ！」

と。

「あの、ねえ、三春ちゃん。あんたがあたしにそれ言って、どーすんの」

いきなり大原さん、こんなことを言う。そしてそれから。

三春ちゃんと同じくらい、両手に、力を籠めて。

「あたし達はあんたに殺されるのが本当に嫌だっ！」

こう、言い切りやがった。

「三春ちゃん、あんたはあんたで、いろんな事情があるのかも知れない。けど、こっちだってこっちなりの事情があるんだっ！　というか、勝手にあんたの結界に巻き込まれて、本当に往生してるっていうか、迷惑被っているのがあたし達だっ！　あんたが、〃何だか判らない奴に唯々諾々として従うのは嫌だ〃っていうのは、あんたの事情だ。あたし達は、そもそも、あんたに巻き込まれたのが、嫌だっ！　あんたに従うのが、嫌、だっ！」

……おおお。ぱちぱちぱちぱち。俺、なんだか、大原さんに拍手したい気持ち。

すると。

「ま、その意見も、ありか。というか、あんた達人間は、そう言うしか、ないんでしょ？」

「……です。こう言うしか、ないんだから」

……この二人……何を、二人で、納得し合っているんだろうか？

「で……結局、今、昏睡している中学生は……」

ここで大原さん、今一番の問題を提起してみる。すると三春。

「悪いけど、それは三春ちゃんの管轄外。……けど、さあ。……あの、ぺち、は、まいったな」

三春、苦笑している感じ。

「あれはほんとにまいった。あれで感覚的に思い出した。人間って、そーゆーもの、だったんだよ、ねえ……」

そーゆーものって、どういうものだ。

「格下の生物の癖に。本当に追い詰められると、あきらかに格上の、自分がどう対抗しようもない生き物に、いきなり〃ぺち〃をやる生き物だったんだよね。そんなことやっても、意味なんてまったくないのに」

「い、意味がないとか、言うなあっ！　多分、あれやった中学生は、ほんとに本気でほんとに真剣で」

「だから、そんなこと、判ってるってば。そういう、意味がない、やっても無駄、というか、他の動物には絶対できないことをやるから、それがたとえ無意味でも、三春ちゃんは、昔、人間って生き物が、好きだったんだよ」

「…………」

「だから、三春ちゃんは結界を解く気持ちになったんだから」

「…………」

「やっても意味がないことをやる、やらずにはいられない、でも、やっても意味がない。これやる〝人間〟っていう生き物が、ちょっとは好きだなって、三春ちゃんは、人間に、〝ぺち〟みたいなことやられる度に、思うんだよ」

「…………」

「三春ちゃんが生気を吸った人間が、その後、生きていられるかどうかは、これはもう、三春ちゃんの管轄外。それこそ、完全に、その人間の個人的な生命力にかかっている話だから。……けど」

「けど？」

けど？　逆接の接続詞がここにくるということは、何か、あるのか？　俺、喰いつくようにして、大原さんと会話をしている三春に視線を飛ばす。そして、大原さんも、この台詞に喰いついて。すごい勢いで、三春のことを見る。と、三春。

「名前を、呼んであげろって、中学生に言ってみて」

「え？」

「三春ちゃんが生気を吸った人間が、その後、生きていられるのかどうかは、これ、まったく判らないし、三春ちゃんにだってどうしようもない。……けどね、死にかけている人間、結構最後まで、耳だけは生きているんだよ。だから、中学生達が、本気で死にそうな中学生を助けたいのなら……名前を、呼んでみたら？　名前っていうのは、呪術だから。自分の本当の名前を、死にかけている自分の耳元で、ずっとずっと呼び続けられたら……すでに、〝死〟の方へいっちまった奴は、それやってももう駄目だと思うんだけれど、〝生〟と〝死〟の狭間にいる奴ならば。ずっと自分の名前を、本当の名前を呼び続けられたら、還ってくることが、あるかも知れない。……ま、ない、かも、知れないけどね」

この三春の言葉を聞いて。大原さん、いきなり深く頭を下げる。そして。

「ありがとう」

これを聞くと、なんだか三春の方がちょっと慌てた風情になり。

「いや、そんな、ほんとにこれ、判らない話なんだよ？　……まして……この先、三春ちゃんに、人を殺すなっていうのは、それはほんとに無理なんで」

この三春の台詞に対して、大原さんは、ふっとため息をついて。

「ま……そう、なんでしょうね」

　いや、大原さん、〝そうなんでしょうね〟なんて、言っていい台詞なのか、これ。でも、駄目だって言ってもしょうがないっていうか……。

「三春、さん、は、ひとを喰う生き物なんだから……喰うなっていうのは……」

「呪術師に、〝明日から死ぬまで絶食しろ〟って言ってるのと同じ意味になるんだと思う。で、呪術師的には、それ、可能だと思う？」

「無理です」

　……まあ……確かに……それは、無理だろうなあ。

「でも、ね」

　なんか、これを言った三春は、ちょっと寂しそうだった。

「探針になる前の三春ちゃんはね、人間と、少し違う関わり方をしていたような気がして……勿論、人間なんて三春ちゃんのエサだからね、だから、食べてしまうことは一緒なんだけれど……」

「それだけではない、やりとりがあった、と。……駆け引きとか、してました？」

「んー……」

「人身御供(ごくう)って、つまりは、〝駆け引き〟でしょ？　嫁になる女をくれるのなら、どーとかこーとか、なんて」

「いや、人身御供を求めるのはもっとずっと上の存在だから。〝妖怪〟じゃなくて、〝神様〞だよそれ。池の主とか、淵の神様とか」

「でも、それは多分、妖怪の一種」

「なんだろうなあ……。ま、それがどういうものであるのかはおいといても、昔は、〝やりとり〞があった。それがあったのがいいのかどうかは判らないんだけれど、昔、あった、そんな〝やりとり〞が、三春ちゃんが三春ちゃんになってしまった瞬間に、なくなってしまった。昔は、三春ちゃんだって……もっとずっと……」

「もっとずっと？」

大原さんが、何かを聞いている気配。でも、三春はそれに返事をしない。

それから。かなり、時間がたって。

「もっとずっと、何かあったような気がするんだけど……そんなことは、多分、今は、ないんだね。あの……三春ちゃんを、三春ちゃんにした奴が、そういうものを、一切、なくしてしまった。三春ちゃんのことを、単なる〝探針〞にしてしまった。そういうふうに、三春ちゃんのことを、規定してしまった」

それから、しばらくの間、三春ちゃんと大原さんの間で、視線が行ったり来たりして。

そして、それから。ふっと思い出したように大原さん。

「村雨さんは？　三春……さん、さっき、『動くな』って言った時、村雨さんにだけは声、かけなかったでしょ、あれは、何で」

「あ、じーさん？」

三春の声が、いきなり、跳ね上がる。微妙に……なんか、嬉しがっているかのようだ。

「あのじーさんは、ほんっとに、三春ちゃんにも不思議で……最初はね、宗教の開祖とか、なんかそんな、すっごい特殊な人間なのかって思ってた。でも、そういうオーラがまったくないし。じゃ、なんだってあのじーさんはって思っていたら……ようやっと、判った」

「？」

「や、あれは、人間じゃない」

え。村雨さんが人間じゃないって……彼も、何らかの意味での、妖怪だったのか？

「あれは、〝足るを知る〟人間。まず、滅多にいない、人間。と、いうことは、人間じゃなくて、ほぼ、ほぼ、獣」

……え。ほぼ、獣って。それは一体、どういう意味なんだ。

それにまた。足るを知る。……それ、どんな意味なんだろう。

「獣だったら〝足るを知る〟っていうの、普通なんだけれど、人間にはほぼいない。人間は、どんなに自分の思いが満たされても、いや、満たされれば満たされる程、次の欲望を抱いちゃうんだけれど、じーさんは、自分の欲望が満たされたら、その瞬間、満足してしまう、そんな希有な人間なんだ……と、思う。自分の欲望が〝足りた〟ことを知って、そして、それに満足する。うん、こういうのが、〝足るを知る〟人間。自分の欲望が達成したら満足して、そして、それ以上を求めない、そんな人間」

…………。

「……普通さあ、動物は、みんな、足るを知っているのよ。普通の動物は、自分の欲望が達成したら、それで満足する訳。お腹が空いたと思ったら、獲物を襲う。んで、食べる。満足する。そこで獣の欲望は、おしまい。……けど、人間だけが、それでは満足できない。何故か、できない。一つの欲望が叶えられたら、そこで満足しないで、次の欲望を抱いてしまう、それが人間」

ま……そう……なんだ、ろう、な。

「けど、じーさんは、〝足るを知って〟んのよ。あのひとは、確かに人間だから、欲望は持っている。けど、その欲望が満足したなら、そこで話が終わってしまう。……普通の人間は、一つでも欲望が叶えば、どんどんじゃんじゃん、次の欲望に話がいってしまうのにね。……ま、だから、そんな特性を持っていたから、人間は、地球をどうこうできる程、〝進化〟しちまったんだろうけどね。けど、じーさんは、違う」

成程。

「あの、じーさんとかね、三春ちゃんに〝ぺち〟した子供とかね、あーゆーのを見る度、三春ちゃんは思うんだ。人間って……捨てたもんじゃ、ないな、って」

大原さん。

何ともいいようがない表情をして、三春のことを見ている。

三春も、また、何ともいいようがない表情をして、大原さんのことを見ている。

こんな時間が、少し、続いて……。

そして。

三春、笑う。まるで市川さんのように、にぱあって。

そしてそれから。

「うん。なんか、基本合意がとれたような気がするから」

え？　なんかどっかで、合意してんのか、三春と大原さん。

それはほんとに疑問だったんで、俺はそれを、三春にか大原さんにか、聞きたかったんだ。本当に聞きたかったんだ。けれど……俺は、動けない。

で。

二人、それ以上、何も言わない。

そしてそれから。

この後。

じーさんと三春は、何か、ぼそぼそ、しゃべっていた。

俺は、結構三春に近い位置にいたんだけれど、それは、どっちかって言えば大原さんより、じーさんの方とはかなり離れていた。

だから、大原さんと三春がしゃべっていたことは聞こえたんだけれど……じーさんと三春、この二人については……。

しゃべっていることは判ったんだけれど……その内容まではまったく判らなくって……。

そして。

しばらく、じーさんと三春がぼそぼそしゃべって……。

この時。

この世界で。

動けるのは、三春と、三春が動くことを許したものだけ。

そして、その後。


いきなり。

いきなり、三春が、宣言したのだ。

「三春ちゃんの結界、今、解くからねっ！」


……え？

え、ええええ？

何がどうしてどうなったんだ、一体今、何が起こったんだ、そんなこと、まったく判らないままに……今。

今、世界の、位相が変わる。

今、世界は、転変してしまう。
そして、今。

ＥＮＤＩＮＧ

ぶるんっ！

気が、つくと。
大原夢路は、起きた。
先刻まで、眠っていたような気がする。
でも、今。
まさに、〝起きた〟のだ。
だから、夢路は、ぶるんとして。
頭を一回振る。
ぐるんと一回、首をまわす。
そして、思う。
起きた、のだ。
「起きた、ねえ、あたしはほんとに起きて……」
瞬間。

思い至ったのは、冬美のこと。

「フユ……」

その途端に。夢路、まだ、起きたばかりだというのに。いきなり、嚙みつくようにして、携帯電話に齧り付いてしまった。掛けるのは冬美の携帯。

しばらく続く呼び出し音。夢路は、本当に不安になり……でも、その、夢路の不安が最高潮に達する前、コール十四回で、冬美が、携帯に出てくれたのだ。

「はい、こんな朝早くから、夢路、何？」

……え。

え？

この局面でこの台詞。

冬美は……まさか……。

「あの、フユ、無事？」

「……えーとあのお……そのお……夢路。無事って、何が？」

……ああ、本当に、のほほんのほほん。冬美、まさかと思うけれど……。

聞いてみる。

「あの、フユ、あの、伊賀さん、とか、渚ちゃん、とか、知ってる？　知ってない？」

いや、〝知ってる？〟は、日本語だ。日本語の疑問文だ。けど、〝知ってない？〟は、これ、日本語だって言っていいのかどうか。〝知ってない？〟なんて言葉は、ないと思う。

こりゃ、普通、〝知らない？〟だ。でも、夢路にしてみれば、〝知ってない？〟って聞かずにはいられない。

けれど、こんな夢路の必死の台詞に対して。

「あのねー、夢路。朝のこんな時間に電話してきて、いきなりそれは何？　何言いたいの」

ああ。知らないんだ、冬美はそんなこと、知らないんだ。言い換えれば、覚えていないんだ。

何故だ。

一瞬、そんなことを思ったんだけれど、次の瞬間、夢路は気づく。あの〝夢〟を閉じるに際して。多分、三春ちゃんは、関与している人間の数をできるだけ減らしたかったに違いない。だから……呪術師（じゅじゅつし）である夢路とか、〝じーさん〟の村雨さん、死人と病人がいるからどうしたって関与している中学生組、それ以外のひとの記憶に干渉したんだろう。冬美は、あの夢の中では、確かに〝その他大勢〟だったから、記憶削除の方に回されたんだ。そんな気がしたし……それは、〝判る〟気持ちがする。

でも。

……あれを、忘れてしまったのか。あの……とんでもない〝夢〟を。

瞬時、夢路はそれが本当に寂しくて……あの夢の話を冬美とできないのが哀しくて……けれど。

冬美の為には、その方がいいよね。

そう納得して。

そしてそれに。

あの夢を経てからのち。

多分、今日の冬美は、昨日までの冬美とは違う。

もう覚えていないにせよ。一回、〝誰かの緩衝材、パテみたいなものじゃない、最後の最後は、自分自身が本当にやりたいことをやる〟、そう宣言した冬美の雄姿、他の誰が忘れていても、冬美自身が覚えていなくても、夢路だけは、覚えている。

あれで、冬美が、変わらなかった訳がない。

だから。心のどこかで。もう、これはこれでいいんだって思えてしまい。

何だかんだ、適当な言い訳をして、夢路は冬美への電話を切る。

次に夢路が電話したのは、携帯の連絡先に残っている、佐川先生の電話番号。

「もしもしっ」

こちらは、コール一回で電話にでてくれた。もの凄く切羽詰まっていて、まるで電話をかっさらうような出方。

「大原さんですか？　呪術師さんですかっ」

だから、呪術師って言うなっ！って、まずそれを思ってしまった夢路、慌ててその台詞を呑み込む。

「佐川先生は……その……覚えている、ん、です、よね」

「何を、ですか？　いや、その前に、一体何がどうなっちゃったのかを」

ああ。この反応は、佐川先生、覚えている。そして、夢路は、ちょっと息を吐くと。三春ちゃんに言われたことを、言ってみる。

「その……今、ずっと目ざめない生徒さんのことなんですけれど……」

「瑞枝？」

「その子の、親しいひとに、その子の名前を呼ぶように、言ってくれませんか？」

「はい？」

「えーと……渚、さん、とか、伊賀さん、とか、その方と親しかった、ですか？」

「勿論(もちろん)親しいんですけど、一番仲よかったのはゆきちゃん……ああ、山形さんって子で」

成程。〝ぺち〟やった子ね。なら。

「山形さんに、その子の名前を呼ぶように、言っていただけませんか？　枕元で、その子に聞こえるように、名前を呼ばせていただけませんか？」

「……あの……何言われているんだかよく……」

「いや、こっちも、何言ってるんだかよく判りません。けど、それをやってまずいことは、何もないでしょう？」

「それは確かにそうなんですが……」

なんだか、不得要領な感じの佐川先生。でも、夢路は、この声を聞いた処で、電話を切る。

そして、そのあと……夢路の携帯電話には、この件に関して、村雨さんの電話番号と氷川さんの電話番号がある。市川さんの電話番号は、登録していない。

村雨さんには。

電話なんかしたって……何言っていいのか判らない気がする。

と、言うか。

今、電話したくない気持ちがする。

なので、電話は、しない。

市川さん。

もの凄く三春と接触してはいたんだけれど、三春の方が彼女のことをどう認識していたかが判らない。彼女は、三春にしてみれば、いきなり出てきていきなり自分を殴っただけの登場人物だろうから……市川さんが、あの夢のことを覚えているかどうか、これはほんとに判らない。それに、万一覚えていた場合、夢路から連絡をうけた市川さんが、どんな反応をするのか、これまたまったく判らない。だから、連絡……しないようにした方が、いい、かも。（幸いなことに、夢路、市川さんと連絡先の交換をしていなかったし。）

氷川さんには……。

彼が、この騒動のことを、今でも覚えているのかどうかが、夢路にはよく、判らない。

〝呪術師〟〝じーさん〟〝中学生組〟っていうくくりで言えば、氷川さんには〝妙に鋭い男〟なんて二つ名があった訳だし、夢路の気持ちの中では、氷川さんは充分、この件の関係者だ。

だが、三春がどう思っているのかは、また、話が違う訳で……。なんとなく、三春、氷川さんのことを軽んじていて、彼を無視しているんじゃないかなって気も、しないでもない。

なら、こちらから連絡するのは……やめておく、か？　氷川さんは夢路の連絡先を知っている訳だから、記憶があるのなら、向こうから連絡が来るだろうし。

☆

「瑞枝！　瑞枝！　瑞枝！」

病院にて。

朝、起きた瞬間、あの夢から現実に帰ってきた瞬間、何故か佐川先生から連絡があり、「病院のひとから駄目って言われないのなら、そして、御家族から文句がでないのなら、ゆきちゃんは、できるだけ瑞枝の側に行って欲しいの。そして、瑞枝の名前を呼んであげて」って言われた山形雪野、まったく意味が判らないまま——そして、あの〝夢の世界〟は結局どうなったのか判らないまま——それでも、面会時間が始まった時間から病院に詰め、昏睡している瑞枝にひたすら言葉を掛けていた。でも、どんなに言葉を掛けても、その言葉が瑞枝に達している感じがまったくしなくて……やがて、ただ、名前を呼ぶだけじゃいけないんじゃないかなって、思うようになったのだ。

とはいえ。だからといって。瑞枝に、どんな言葉を掛けるのがいいんだか、雪野にはまったく判らない。で、しょうがない、雪野は、思い出話を始めたのだ。

「あのね、瑞枝」

だから話は、こんな処から始まる。

「昔さあ、瑞枝は図書委員やってたじゃん。小六の頃、かな。来年は中学生だって時。覚えてる？　その時、あたしも一緒に図書委員だったの」

勿論瑞枝は何も言わない。

「あの時、迷路を鉛筆でたどっちゃったの、覚えてる？　図書委員はね、図書に鉛筆で何か書いたりしちゃいけなかったんだよ、でも、やっちゃったよね。迷路の本があってさあ、夏休みの図書館には誰も来なくてさあ、暇でねえ。あんまり暇だったんで、あたし達、図書館の本の迷路に、鉛筆でゆるい線を書いちゃってさあ、あとから瑞枝は、『あれ、まずい、絶対にまずい』って騒いでいたけど、実際、誰もそれに気がつかなかったじゃん」

それでも瑞枝は、何も言わない。

「勿論、あの時は、迷路の線をたどった後で、あれ、全部、消しゴムで消したよね。でも、瑞枝はずっと嫌がってた。〝あんなことしちゃいけなかった〟ってずっと言ってた。たとえ消しゴムで消したって、あたし達が迷路をたどった跡、それは、よく見れば判るって」

それでも瑞枝は、何も言わない。

「いくら消してもねえ、なんか、微妙に……」

「だからやっちゃいけなかったんだよね」

で。

いきなり。

いきなり瑞枝がこう言ったことが……むしろ、雪野には理解できない。一瞬、「……へ？」って顔になり、そして、次の瞬間。

「瑞枝っ！　あんた今、何言った！　つーか、今、なんか、言ったの、瑞枝っ！」

「……って」

のほほん、と、今までまったく意識がなかった筈の瑞枝が。

「いくら消しゴムで消したって、本、傾けて光の加減で見れば跡は判るんだから。あれは絶対やっちゃいけないことだったんだよ……」

……って！

「瑞枝っ！　瑞枝っ！　瑞枝っ！」

次の瞬間、山形雪野は、泣きだしていた。

「瑞枝っ！　瑞枝っ！　瑞枝っ！」

「……あのー……何、泣いてんの、ゆきちゃん。だから、図書館の本には鉛筆で何か書いちゃいけないって……」

この。瑞枝の台詞を、山形雪野は、まったく聞いてはいなかった。

この言葉が聞こえた瞬間。まるで殴るようにして、雪野は、ナースコールを押す。押し続ける。何回も何回も押す。ぶっ叩くようにして、押す。

そして、押しながら。

山形雪野は、ひたすら、泣き続けたのだ。

「先生！　お医者さま！　先生！　先生！」

もう、看護師さんが、ナースコール聞いてナースセンターから駆けつけてきたっていうのに。そういうの、まったく無視して、山形雪野はひたすら言い続ける。

「お医者さま！　先生っ！　お医者さまっ！」

ナースが来て、「何ですか」って言っているのに、それ、無視して、ひたすらナースコールのボタンだけを押し続ける。そして言う。

「先生っ！　お医者さまっ！　先生っ！」

そしてそれから。

「瑞枝っ！　しゃべってますっ！」

☆

目を覚ました瞬間、氷川稔は思った。

……何なんだろう、何か、とっても嫌なことを夢の中で言われたような気がするし……

同時に、とても大切なことを、夢の中で言われたような気もしている。

……また？

謎の、〝とっても嫌なこと〟も、〝とても大切なこと〟も、集約すれば、この言葉になるような気がする。

また？

何が、〝また〟なんだ。〝また〟ってことは、〝以前〟があったって話になるよな？　そんなこと、彼にはまったく判らなくって……でも。

でも、何故か、自分が〝また？〟って思ってしまったことには、何だか意味があるような気がする。

起きて、稔の部屋は二階にあるので（もともと、夫婦の寝室が二階だった。だが、恭輔問題で妻と深刻な齟齬（そご）を来してからは、稔、二階の納戸にエアコンつけて、そこを自分だけの寝室にしていた）、コキコキって首を振りながら、一階に下りる。

次の……金曜日だったっけか。

歯を磨きながら、氷川稔はそんなことを思い出す。

なんか、カウンセラーとかってひととの、セッション。

そんなものに意味があるだなんてまったく思っていなかったから、彼はずっと、適当にそれに付き合っていたんだけれど……あるいは。

あるいは、〝それ〟には、意味が、あるのかも知れない。

何故か、今朝起きた氷川稔は、そんなことを思ったのだった。

うん、だって、響きわたる声。

「……また？」

これに対抗するには、そうするしかないような気が、したものだから。

「……また？」

その謎の言葉を、打ち消す資格が、何だか判らないけれど、今の自分にはある、そんな気持ちがしていたから。

「んな処に行ったってよぉ、意味、ねえじゃゃん」

とは、思うのだが。

でも。

なんだか判らないけれど、氷川稔の心の中にある、「……また？」っていう言葉が、〝意味ねえじゃん〟って思ってしまった自分の考えを、圧倒する。

いつか。どこかの時点で。

自分はきっと、この〝また？〟って言葉を、克服したのだ。

何故か、氷川稔は、そう思う。

そう思うと……不思議と、恭輔についてのカウンセラーの話を聞きたい気持ちになっている自分に驚く。

「あいつだって元服の年だ」

いきなり趣味の時代劇が心の中に浮かぶ。

「忠臣蔵だったらなあ、大石内蔵助(おおいしくらのすけ)が息子に切腹の作法を教えている、そんな年だ。俺は切腹するつもりはまったくないし、恭輔にそんなことを言いたい訳でもない。……けど。こんなことを思ってしまうこと、それ自体がまずいって……ようやっと、俺にも、判ったような気がする」

この瞬間。

なんか、気持ちが、解(ほど)けていった。

ゆるゆると。

☆

夢路は。思っていた。

絶対猫から動かない。

……いつか……昔。

そう思っていた。絶対にそう思っていた。

でも。

なんか、それって、ねえ。

この件に嚙んだ時。死んじゃうかも知れないと思った。

この、一連の〝三春ちゃん〟騒動に嚙んだ時、ということは、つい、昨日、あたしは間違いなくそう思っていた。

死ぬ、覚悟、できていた。諦めも、ついていたと思う。

なのに、けど。

冬美に電話して、冬美がこの一連の事態を覚えていないって判った時……なんだろう、この、とけていった気持ち。

勿論、事態は何ひとつ好転していない。

あたしは、只今失業者であって、なのに、お義母さんとお義父さんの介護をしなきゃいけない。水、ゆるやかに、漏れている。お金はどんどん減ってゆく。

そしてあたしは、出版社の校閲に復帰できる目処なんてなくて、旦那が定年になったら、そのあとは先細りだって判っているのに。日本国の年金が、まったくあてにならないものだって判っているのに。

なのに、思った。

「ま、いっかー」って。

ふいに、そんな〝気〟が、した。してしまった。

だって、あたし。

一回は、死ぬつもりだったんだよ。

ほんとに本当、一回、死んだつもりになったのなら……だだ漏れの介護費用も、見えない明日も、全部、笑い話じゃない。

そうなんだよ。どんなに酷(ひど)いことであっても、一回、死ぬつもりになってみたのなら。そりゃ、全部、笑い話になっちゃう訳なんで。

それに。

思い出した。あの時に考えたこと。怖かった三春ちゃん。あの、三春ちゃんに較べたら、今の夢路の悩みなんて……。

で。

ふいに、判った。それこそ、肌感覚で。腑(ふ)に落ちる感じで。

あたしは。こんなことがあったっていうのに。それでも。

あたし、いつか、猫になることが、できるのかも、知れない。

何なんだろう、これ。

まったく理屈が通っていない。

でも、あたしは、思ってしまったのだ。

あたしは。

いつか、猫に、なれるんだろう……と、思う……。現実がどうなるのかは判らないけれど、少なくとも気分だけは。そんな気がする。

このまま。この日常を続けていれば。

あたしは。

いつか、猫に、なれるのかも知れない。

そして。

一回、猫になってしまったのなら。その後は。

もう、〝絶対猫から動かない〟。


くすり。

って、笑ってみる。

〝いつか猫になる日まで〟っていうのが抽象表現なら、〝絶対猫から動かない〟も抽象表現だ。

でも。

そんな抽象表現が……できるような、そんな気持ちが、今の夢路は、しているのである。

うん。多分。きっと。おそらく。

その日が来たら、あたしは〝絶対猫から動かない〟。

笑って、そんなことが思えるのが……本当に、不思議。

でも。

多分。きっと。おそらく。

あたしは、そうするのだ……。

☆

これは、誰も知らないこと。

あの世界が消える直前。

三春ちゃんと村雨さんは、話していた。

けれど、これは氷川さんには聞こえなかったし、夢路にだって、聞こえなかった。

そういう位置関係で、三春ちゃんと村雨さんだけが、話していたのだ。

その詳細は、誰にも判らない。

村雨さんが三春に何を言ったのか。

それを聞いた三春が、どんなことを思い、そして村雨さんにどんな言葉を返したのか。

それは、誰にも、判らない。

二人だけの、秘密。

けれど、最後に。

村雨さんが言った言葉だけが、三春の心に残る。

「僕は……結局、三春さん、あなたがどんなものだか、何であなたみたいな存在があるのか、それはいいことなのか悪いことなのか、判らなかったんですけれど、今でも判らないんですけれど、でも」

でも？

「次にあなたと、どこかで会ったら、きっと、僕は、あなたが三春さんだって判る。女子中学生の姿をしていても、他のどんな姿をしていても、僕は、きっと、あなたが、判る」

そんなことある訳ない。

と、三春は、思う。

人間に、そんな能力が、ある訳がない。

けれど同時に、こいつなら判るのかもなっていう気も……しないでも、ない。

まあ、希望的観測……っていうか、〝夢〟、なんだけど、ね。

そして、三春は、思う。

あの〝夢〟から出たあとで。

三春ちゃんがやらなければいけないことは、たったの一つだ。

挑戦する。

あの、誰なんだか、何が何だか判らない、〝主催者〟に。

あんたの言うことなんか知らない、あんたの言うことなんか聞きたくない、そんなことを、それだけを、言う為に。

また……これが可能かどうか、まったく判らないんだけれど……自分の、本当の名前を、取り戻す為に。

間違いなく、昔は、三春ちゃん、〝三春ちゃん〟ではなかった。あの時、あの〝集まり〟で、〝主催者〟によって、三春ちゃんの本当の名前は、奪われてしまった。そして、三春ちゃんは、〝三春ちゃん〟になってしまった。

あの時の、〝本当の名前〟を取り返すことができたのなら……そうしたら、三春ちゃんは、三春ちゃんじゃなくなることができる。それで、あの、主催者に対抗できるのかって言えば……それだけじゃ、そもそも、〝抵抗〟すらできないような気も、しないでもないんだが……けれど、何も判らない、何も武器がない状態でいるのより、まし。それはもう、絶対に、まし。

この先。

三春ちゃんは、歩いてゆくつもりだ。

呪術師だの何だの、関係してしまった人間のことは、もう、頭から消え失せている。

ただ、自分の、本当の名前を、それだけを取り戻す為に。

そして。

本当の名前さえ、取り戻すことができたのなら。

そうしたら、次のステップが、見えてくるかも知れない。

それを。それだけを期待して。


歩いてゆくんだ、いつまでも。


そして。

ある日。

以前三春だった、未だに本当の名前を知らない〝何か〟は。

街で、雑踏を歩いていた時……ふいに、車椅子に乗った老人に、声を掛けられたのだ。

「みはる……さん……？」

車椅子に乗った老人。すでに、自分で歩くことは無理に違いない。いや、その前に、彼は、三春に声を掛けたこと、それ自体がまるで不思議なことのように、何だか戸惑っている。自分で声を掛けておきながら、自分のその衝動に、訳が判らないでいる。三春のことを見ていても、焦点が三春にあっていない。

と、車椅子を押している女の子が、ちょっと、慌てて。

「あの、気にしないでください」

こんなことを言う。

「おじいちゃん……随分前から、現実との接触がよくなくて……」

ああ、認知症か。

「普通だったら、自分からひとに声を掛けるだなんて、絶対にしないのに」

なのに、この老人が、自分から三春ちゃんに声を掛けたのが、車椅子を押している女の子、不思議なんだろう。

けれど。

三春には、その理由が判る。何故って。

「村雨大河」

言ってみる。

と、車椅子を押している女の子、驚いて。

「え、おじいちゃんのこと、知っているんですか？」

知っている。他の誰よりよく、知っている。

昔。ずいぶん前。あの結界が、ほどける前。


村雨大河は、こう言ったのだ。

『三春さん。あなたがどんなものだか判らなかったんですけれど』

あの頃の村雨大河には判らなかっただろう。今の、認識があやうくなった彼には、もっと判らないだろう。

『でも。どんな姿をしていても、僕には、きっと、あなたが判る』

判るのかも知れない。その時、三春は、ふいにそう思ったのだ。

『それが何の救いになるのかはまったく判らないんですけれど……僕は、あなたのことを、知っている。それが……何かの救いに、なっているって、思っていいですか？』

いや。そんなこと、思っていい訳がない。だから、三春は、それを却下する。

でも、村雨大河は、言い募るのだ。

『……ま……そうかも知れませんけれど。実際に、そうなんでしょうけれど。でも、僕は、あなたを、知っています。忘れる訳がありません』

無理だ、とか、何とか、三春は言ったような気がする。けれど、村雨大河は、そんな三春の台詞を無視して。勝手にこんなことを言うのだ。

『その時には。今の三春さんが忘れている、いろんなものを……取り戻せていると、いいですね』

その時には。いろんなものを、取り戻せていると、いいですね。

自分が何であったかを忘れていた三春。そんな彼女に対して……これ程の言祝ぎ（ことほぎ）が、あるだろうか。これは、そんな、〝言祝ぎ〟なんだ。

そして、実際に、今。

判ったんだ、村雨大河は。

ここにいるのが、三春だってことが。

ここにいる、以前、〝三春〟だったものが、今、どんな姿をしていたとしても。

それでも、三春が誰なんだか、このじーさんにだけは、判ったのだ。

そして、三春に、声を掛けた。

「みはる……さん……？」

「……あの……あなたは、おじいちゃんと一体どんな……」

「いや、知人でも何でもないですから。昔、ほんのちょっと、会ったことがあるだけだから」

　他に何とも言いようがない。けれど、車椅子を押している女の子、あくまでも。

「でも、おじいちゃんがこんな状態になってから、おじいちゃんの方から声掛けるだなんて、初めてで」

「んー、偶然。適当」

　それこそ、適当なことを、三春、言ってみる。でも、女の子がまったく納得していない感じだったので……。

　しょうがない。三春、ちょっと、笑って。

「遠い、とおい、昔」

　こう言ってみる。

「本当に昔。あたしと、このじーさんは、袖（そで）振り合った」

「そでふりあった……？」

　ああ。この言葉が、この子には判らないか。〝袖振り合うも他生（たしょう）の縁〟って言葉、今の人間社会では、あんまり遣われていないのかな？

「そんだけの話」

　女の子、まったく理解できていない風情。

　三春は、首を大きく振って、その視線を千切る。三春の方から視線を切ってしまえば、女の子は、もう、三春を認識できなくなる。三春というのは、そういう存在だ。
そのまま、女の子から——というか、車椅子に乗っている村雨大河から、遠ざかる。
遠ざかりながら、思う。

んー、じーさん、ごめん。
結局、三春ちゃんはまだ、自分の名前を取り戻してはいないんだ。
それ、結構難しい話らしくて。
今の処、まだ、三春ちゃん、自分の名前のヒントさえ判っていない。
でも。待ってて。
いつかは。
いつかは、三春ちゃん、自分の本当の名前を、取り戻すから。

そして。

車椅子に乗ったじーさんに思いを飛ばし……同時に、三春は、思うのだ。
三春ちゃんは年をとらないけれど。

けど、他のひとは、年をとったり……するん、だ、ね。

呪術師もきっと年をとる。

したら、えへへ。

あいつったら、六十や七十になっちゃうんだよね。

あの、〝呪術師〟が、年をとる。七十になっちゃう。
これ、けっこ、笑える？
笑える、かも。
うん、笑い飛ばしてしまおう。

だって、三春ちゃんは、年をとること、それ自体が、絶対にできないんだから。
それは、三春ちゃんには、無理なことなんだから。
年をとれないこと、それこそが三春ちゃんにとって呪いでしかないんだから。
けど。年とっちゃう、呪術師やじーさんにしてみれば、逆に、年をとっちゃうことが、呪いだよね？　うん、今やもうじーさん、三春ちゃんに声は掛けたものの、三春ちゃんのことをまったく忘れている感じ。今、まだ、この世の中のどこかで、生きているだろう呪術師だって、きっと、あの時からそれなりに年をとってる。そして、この先、どんどん、年をとってゆく。そして……そして、いつか、三春のことを忘れる。

でも。

三春は。三春だけは。

歩いてゆく。

この先も。

そーいやあの子、どーなったんかなあ、三春が生気を半ば吸った処で放置した子供。名前を呼べって言いはしたけれど、その後のことを知らない子供。

助かったら、いいんだけれど。

でも、助からないのも、また、普通なんだよね。

そりゃ、もう、三春ちゃんの知ったことではない訳で。

ふうう。

思いっきり、息を吐く。

そしてそれから。

ふうう。

一回、息を吐いた後で。
三春は、くんって、頭をあげる。
まるで、反らすように、体を伸ばして、そして、頭を、あげる。

その後。

まっすぐに、三春は、歩み続ける……。

いつまでも。
どこまでも。

FIN

単行本版あとがき

これは、二〇一七年一月から二〇一九年十二月まで、文芸カドカワ、カドブンノベルという雑誌に連載をさせていただいた原稿を、単行本に纏(まと)めたものです。

☆

お話というのは、作家と編集者の共同作業で作るものです。（あ、あと、校閲の方とか、イラストレーターの方とか、とても沢山の方との。）ということを、最近私はやっと実感致しました。

というのは、私、野良(のら)作家でして（デビューした雑誌の編集長が、全部作家におまかせってスタンスだったのと、その後、その出版社が潰(つぶ)れてしまったので、もう、勝手に一人でお話作ってた。野良作家……放し飼い作家、かな。基本的に原稿は〝持ち込み〟に近く、打ち合わせをした経験がほぼないまま、プロとして十年以上のキャリアを積んでしまい……）、そうか、お話作りって、作家と編集が打ち合わせをしてやるんだよねっていうの、実感したのが、比較的最近。

で。このお話は、KADOKAWAの金子さんって編集の方が、私にこんなことを言った処から始まります。
「五十代の『いつ猫』をやってみませんか？」

☆

この依頼のされ方は。私にしてみれば、ほんとに新鮮だったんです。いつもだったら、「〇〇枚くらいの書き下ろしの長編を」って依頼のされ方が、普通。もうちょっと条件があるにしても、「読者対象は中学生くらいの」「通しテーマがこれこれの短編をいくつか」みたいな、内容に関してはまったく私のフリーハンドが、これまで私が受けてきた依頼だったんですね。（だって野良作家なんだもん。）だから、内容に踏み込んだ御依頼って、ほんっと、新鮮。

いや、テーマがある依頼の場合は、かなり作品内容に踏み込んではいるか？　でも、テーマが決まっているっていうのと、「こんな感じのお話を作ってください」って言われるのは、私にしてみれば、かなり、感覚が、違います。

ところで、『いつ猫』っていうのは、私が二十の頃書いたお話で、正確なタイトルは、『いつか猫になる日まで』です。これはまあ、いきなり宇宙戦争に巻き込まれちゃった二十歳の男女六人が、なんだかんだわたわたするお話なんですが……。

「ああいう群像劇を、五十代の男女でやっていただきたいんです」

ふうむ。こういう方法でお話作りを考えるのって、私、これが初めて。で、なんか嬉しくなってしまいました。で、うーん、うーんって考えて。

『いつ猫』の場合、登場人物は、ほぼみんな二十歳。だから、「今宇宙戦争やってる」「地球が巻き込まれる」「それは何とかしなくては」って、誰言うともなくそういう流れになってしまったんですけれど……五十代の群像劇だと、なあ。どう考えても、こういう流れには、ならないような気がします。

いや、だって、みんな、守るべきものがあるでしょ？　前に、他の作家さんの小説で、こんなシーンがあったような気がします。

UFOに以前から興味があった登場人物の前に、いきなりUFOが降りてきて、「今これに乗ればあなたの疑問はすべて解消される」って言われたらどうするかって登場人物が検討しているシーンなんですけれど。その登場人物は、勿論、それに乗りたい。それに乗ったせいで死んでしまってもいい。けれど、その登場人物には、当然のことながら、家族がいる。仕事もある。いきなり、そのひとが死んでしまうと、困るひとがいる。だから……そのひとは、UFOに乗らないって選択をすることになるって、悩みながらも思ってしまうシーンが。

これが正しいよな。読みながら、私はそう思っていました。別に、二十代のひとの命が軽い訳じゃないけれど、命の賭け方が、二十代と五十代では違う。二十代なら〝ノリ〟と〝勢い〟で賭けられる命、五十代ではそうはいかない。

いや、その前に。五十代っていうのが、微妙だよなあ。〝定年〟っていうものが、目の前にあるもの。(このお話を書き出した時は、『人間、七十まで仕事をしましょう』だなんていう莫迦(ばか)な話は、まだなかった。)すごろくで言う処の〝あがり〟が目の前にあって、それでもそれを無視できるのか？

すごろくで言う処のあがり。ずっとずーっとお仕事していて、やっとそれが終わり、あとはもう、年金貰(もら)って悠々自適。いや、年金の額を考えると、悠々自適はないかも知れませんが……気持ち的に、そんなもん。これを退けるのって、結構、無理、ない？

とすると。五十代の『いつ猫』では、まず、これをクリアしなきゃいけない。


ところで、私には。夢があります。

うちの旦那(だんな)が定年になったら。定年になってくれさえしたら。

うちは、共稼ぎの夫婦なんですが、実は、家事分担がまったく〝共稼ぎ〟じゃなかった。ほぼ百パーセント、私が家事、やっていたんですね。勿論、不公平です。けど……旦那の仕事が忙しすぎて、私は、これに文句を言うことができませんでした。ほぼ、家には眠る為だけに帰ってくる旦那。このひとに、「家事をやれ」なんて、とても言えない。いや、その前に……旦那には、家事能力の、かけらもない。

かといって、どうして私だけが家事をやらなきゃいけないんだ、場合によっては家事の不備で旦那に怒られなきゃいけないんだ、そんな不満が、ぶすぶす、私の意識下で燻(くすぶ)っていて。

で。これは、夢になりました。いつか、旦那が、定年になったら。家事、全部、丸投げにして旦那にやってもらいたい。

ああ、夢、だから。そう思いながらも、私、どっかで、判っている。それは〝無理〟だって。

希望と能力は違うものです。どんなに私が、「旦那に家事をして貰いたい」って希望したって、その能力がない旦那には、それができません。（六十になった旦那は、まだ仕事はしているものの、嘱託になって、今では少しは家事、やってくれていますが。）

将来の展望。夢。希望。憧れ。実際の能力。実際に自分ができること。

五十代で〝人類の危機〟や何やを察しても、自分には繋がっている錘がある。それを自覚した上で、五十代の人間が何をできるのか。五十代の人間が、その錘を振り切るとしたら、どんなことが必要か。

そんなことを……色々と、色々と、考えて、考えていたら、こんなお話ができてしまいました。

随分昔に書いたお話なんですが。『いつか猫になる日まで』。これは、今の私にとっても、夢、です。

今回、このお話を書く前、打ち合わせやっている時に。

「今、猫になってしまったら。したら、私がやることって、ひとつですよね？『絶対猫から動かない』。そんな気がするんで……えーと、『いつか猫になる日まで』って、『いつ猫』って言われてますよね、なら、こりゃ、『絶猫』だ。『絶対猫から動かない』」

これがまあ、なんかその……無茶苦茶受けてしまいましたんで……このお話は、この後、『絶猫』って呼ばれるようになりました。同時に、タイトルが決まってしまいました。

『絶対猫から動かない』。

……いや……どうなんだろう。冗談だったんですけれど……。

☆

そんでは。

最後に、いつもの言葉を書いて、このあとがき、終わりにしたいと思っております。

まず、KADOKAWAの金子さんに。

このお話、金子さんの御依頼がなかったら、絶対、私は書いていない。そういう意味で、本当にどうもありがとうございました。

それから、〝運命〟、ないしは、〝お話の神様〟に。このお話を書いている間に、まったく偶然、別の事情から、『いつか猫になる日まで』って作品が、柏(かしわ)書房って処から愛蔵版としてでる運びになりました。そのせいで私は、これ、きっちりちゃんと読み返して……このタイミングで、これをやったおかげで、多分、いろいろ判ったことが、私にもありました。こういうのは、『偶然』『運がよかった』っていうのが普通なんですが……いや、でも、ありがとうです。こういうことが結構あるので、私は、自分のこと、「お話の神様に愛して貰っているのかな」って、ちょっと思ってしまっております。

そして。

これを読んでくださった、あなたに。

読んでくださって、どうもありがとうございました。

少しでもお気に召していただけたら、本当に本当に嬉しいのですが。

そして、もし。

もしも気にいっていただけたとして。

もしも御縁がありましたのなら、いつの日か、また、お目にかかりましょう。

二〇二〇年一月

新井素子

文庫版あとがき

あとがきであります。

このお話の親本（文庫に対して単行本のことをこう呼びます）は、二〇二〇年三月末に出ました。そして、この時期は……政府が、「新型インフルエンザ等対策特別措置法」を発布して、「緊急事態宣言」を出した、その間に挟まっているんです。

はい、コロナ。

これが発生した時、私は、コロナウイルスのこと、ちょっと舐めていたって、今、思って反省してます。うん、今まで、パンデミックが発生したことは何回もあったけれど、そういうのって、三年くらいで終息しているよね、だから、コロナもきっとそうなるって思っておりました。（ま、中国で発生したのが二〇一九年末ですから、今の処、まだ、三年はたっていない訳でして……なら、三年くらいで終息する可能性もある、というか、今はそれを期待しているんですけれど。）

まさか、こんな大事になるとは。

親本が出た時、サイン会とか、イベントの予定はありました。けれど、当然のことながら、それは全部中止。私もずーっと家にいて、不要不急の外出はしないようにして、自宅近辺だけで生活しておりました。でも、ある日、仕事上の用事で、どうしても都心部に出なきゃいけないことがあり……。

この日、私は、この仕事をとても楽しみにしておりました。いや、別に仕事は特段楽しい訳じゃないんだけれど、ひっさしぶりに電車に乗って都会へ行くんだよ、都会まで行ったら、大型の書店さんがいくつもある、そこで本を買うんだあっ!って。

で、仕事を終え、大型書店さんに行ってみたら……営業、して、ないっ!

え? あ? ……そうか。

本屋さんって、不要不急に分類されてしまうのか。

これが、もの凄いショックで。しかも、考えてみたら、この時、うちの近所の図書館も閉館していたんですよね。いや、そうか、図書館へ行くのも、不要不急か。

(あと。もうひとつ、別の理由で、ショック。新刊って……大体、出てから二ヵ月が勝負って言われているんです。出てから二ヵ月は、まあ、本屋さんの棚に置いて貰える、運がよければ、〝平積み〟って呼ばれる、表紙を上にして横にして本屋さんの棚において貰える、けど、この時期をすぎると、本屋さんの面積には物理的な縛りがありますから、平積みはやって貰えなくなるし、下手すると返本されてしまう。その時期が、二ヵ月なんですが……本屋さんが営業をしていないとなると……。)

　まあ、この時。飲食店なんてもっと酷い目にあっていた訳でして、だから、これに不満を言う訳ではないんですが。

　でも……ショックでした。本屋さんって……不要不急のものでは、絶対にないと思うんですが。（ま、そんなこと言ったら、お芝居だって映画だってコンサートだって、みんなそう言いたいに違いないと判ってはいますが。）


　ただ。私の生活自体は、驚く程変わりませんでした。

　ま、そーだよなー。

　小説家っていうのは、基本的に家にいて、ただ、お話を書いているだけの商売。むしろ、家に居続ける方が、仕事がはかどる。

　打ち合わせは、ZOOMがあれば、何とかなってしまう。いや、むしろ。

　私は大体、大抵の打ち合わせを〝一時間くらいかかるな〟って認識していたのですが、実際にやってみたら、ZOOMの打ち合わせは、十分くらいで済んでしまう。いや、本当に打ち合わせをするべき内容は、多分、これくらいの時間で何とかなるようなものなのよ。でも、実際に会ってしまえば、〝打ち合わせるべき内容〟以外のことを、私も、相手の方も、しゃべってしまい、結果として打ち合わせが一時間くらいに及んでしまう。

　これは。ZOOMのおかげで、「仕事の余計な垢が削ぎ落とされて効率化した」というべきか、ZOOMのせいで、「仕事に付随して存在していたゆとりがなくなってしまった」というべきか。

多分、仕事の効率だけを問題にするのなら、前者なのでしょうが。けれど、私にしてみれば、後者の方がずっと望ましいです。

ああ。意味もなく、雑談をしていたあの時代。

ほんとに私は、あの頃にかえりたいです。

それでは。

最後に、いつもの言葉を書いて、このあとがきを終わりたいと思っております。

まず、このお話を読んでくださって、どうもありがとうございました。

それから。

この、コロナって問題が……終息することを、私は、今、心から、心から、願っております。祈っております。

編集のひとと会って、一時間もかけて余計なおしゃべりをする。不要不急の外出をみんなしてやる。いや、そもそも、〝文化〟って、不要不急なものに決まってますから、みんなして〝不要不急〟ができるようになりますように。

そして、もし。

もし、このお話を気にいっていただけたとして。

もしも御縁がありましたなら、いつの日か、また、お目にかかりましょう。

二〇二二年七月

新井素子

本書は、二〇二〇年三月に小社より刊行された単行本を加筆修正し、上下に分冊のうえ、文庫化したものです。

絶対猫から動かない　下

新井素子

令和4年10月25日　初版発行

発行者●堀内大示

発行●株式会社KADOKAWA
〒102-8177　東京都千代田区富士見2-13-3
電話　0570-002-301（ナビダイヤル）

角川文庫 23359

印刷所●株式会社暁印刷
製本所●本間製本株式会社

表紙画●和田三造

ISBN 978-4-04-112827-5　C0193

◇◇◇

角川文庫発刊に際して

角川源義

第二次世界大戦の敗北は、軍事力の敗北であった以上に、私たちの若い文化力の敗退であった。私たちの文化が戦争に対して如何に無力であり、単なるあだ花に過ぎなかったかを、私たちは身を以て体験し痛感した。西洋近代文化の摂取にとって、明治以後八十年の歳月は決して短かすぎたとは言えない。にもかかわらず、近代文化の伝統を確立し、自由な批判と柔軟な良識に富む文化層として自らを形成することに私たちは失敗して来た。そしてこれは、各層への文化の普及滲透を任務とする出版人の責任でもあった。

一九四五年以来、私たちは再び振出しに戻り、第一歩から踏み出すことを余儀なくされた。これは大きな不幸ではあるが、反面、これまでの混沌・未熟・歪曲の中にあった我が国の文化に秩序と確たる基礎を齎らすためには絶好の機会でもある。角川書店は、このような祖国の文化的危機にあたり、微力をも顧みず再建の礎石たるべき抱負と決意とをもって出発したが、ここに創立以来の念願を果すべく角川文庫を発刊する。これまで刊行されたあらゆる全集叢書文庫類の長所と短所とを検討し、古今東西の不朽の典籍を、良心的編集のもとに、廉価に、そして書架にふさわしい美本として、多くのひとびとに提供しようとする。しかし私たちは徒らに百科全書的な知識のジレッタントを作ることを目的とせず、あくまで祖国の文化に秩序と再建への道を示し、この文庫を角川書店の栄ある事業として、今後永久に継続発展せしめ、学芸と教養との殿堂として大成せんことを期したい。多くの読書子の愛情ある忠言と支持とによって、この希望と抱負とを完遂せしめられんことを願う。

一九四九年五月三日

角川文庫ベストセラー

ゆっくり十まで
新井素子

温泉嫌いな女の子、寂しい王妃様、猫、熱帯魚、消火器……個性豊かな主人公たちの、いろんなカタチの「大好き」を描いた15編を収録。短時間で読めて楽しめる、可愛くて、切なくて、ちょっと不思議な物語。

ショートショートドロップス
新井素子・上田早夕里・恩田陸・図子慧・高野史緒・辻村深月・新津きよみ・萩尾望都・堀真潮・松崎有理・三浦しをん・皆川博子・宮部みゆき・村田沙耶香・矢崎存美　編／新井素子

いろんなお話が詰まった、色とりどりの、ドロップの缶詰。可愛い話、こわい話に美味しい話。女性作家によるショートショート15編を収録。

SF JACK
新井素子、上田早夕里、冲方丁、小林泰三、今野敏、堀晃、宮部みゆき、山田正紀、山本弘、夢枕獏、吉川良太郎　編／日本SF作家クラブ

SFの新たな扉が開く!!　豪華執筆陣による夢の競演がついに実現。物語も、色々な世界が楽しめる1冊。変わらない毎日からトリップしよう！

夜
赤川次郎

突如、新興住宅地を襲った大地震。道路が遮断され完全に孤立する15軒の家々。閉鎖された極限状態の中、人々の精神は崩壊しはじめ……恐怖、混乱、そして死。サスペンス色豊かな究極のパニック小説。

今日の別れに
赤川次郎

男と女のあわい恋心が、やがて大きなうねりとなって、静かな狂気へと変貌していく。過去の記憶の封印が、いま解かれる――。ファンタジックホラーの金字塔、待望の新装版。

角川文庫ベストセラー

黒い森の記憶　赤川次郎

森の奥に1人で暮らす老人のもとへ、連続少女暴行殺人事件の容疑者として追われている男が転がり込んでくる。人嫌いのはずの老人はなぜか彼を匿うことにして……。

スパイ失業　赤川次郎

アラフォー主婦のユリは東ヨーロッパの小国のスパイをしていたが、財政破綻で祖国が消滅してしまった。入院中の夫と中1の娘のために表の仕事だった通訳に専念しようと決めるが、身の危険が迫っていて……。

ひとり暮し　赤川次郎

大学入学と同時にひとり暮しを始めた依子。しかし、彼女を待ち受けていたのは、複雑な事情を抱えた隣人たちだった⁉　予想もつかない事件に次々と巻き込まれていく、ユーモア青春ミステリ。

目ざめれば、真夜中　赤川次郎

ひとり残業していた真美のもとに、刑事が訪ねてきた。ビルに立てこもった殺人犯が、真美でなければ応じないと言っている――。様々な人間関係の綾が織りなすサスペンス・ミステリ。

台風の目の少女たち　赤川次郎

女子高生の安奈が、台風の接近で避難した先で巻き込まれたのは……駆け落ちを計画している母や、美女と帰郷して来る遠距離恋愛中の彼、さらには殺人事件まで！　少女たちの一夜を描く、サスペンスミステリ。

角川文庫ベストセラー

三毛猫ホームズの卒業論文　赤川次郎

共同で卒業論文に取り組んでいた淳子と悠一。しかし論文が完成した夜、悠一は何者かに刺されてしまう。二人の書いた論文の題材が原因なのか。事件を追う片山兄妹にも危険が迫り……人気シリーズ第40弾！

三毛猫ホームズの降霊会　赤川次郎

霊媒師の柳井と中学の同級生だった片山義太郎は、妹・晴美、ホームズとともに3年前の未解決事件の被害者を呼び出す降霊会に立ち会う。しかし、妨害工作が次々と起きて――。超人気シリーズ第41弾。

三毛猫ホームズの危険な火遊び　赤川次郎

逮捕された兄の弁護士費用を義理の父に出させるため、美咲は偽装誘拐を計画する。しかし誘拐犯役の中田が連れ去ったのは、美咲ではなく国会議員の愛人だった！　事情を聞いた彼女は二人に協力するが……。

三毛猫ホームズの暗黒迷路　赤川次郎

ゴーストタウンに潜んでいる殺人犯の金山を追跡中、笹井は誤って同僚を撃ってしまう。その現場を金山に目撃され、逃亡の手助けを約束させられる。片山兄妹がホームズと共に大活躍する人気シリーズ第43弾！

三毛猫ホームズの茶話会　赤川次郎

BSグループ会長の遺言で、新会長の座に就いたのは25歳の川本咲帆。しかし、帰国した咲帆が空港で何者かに襲われた。大企業に潜む闇に、片山刑事たちと三毛猫ホームズが迫る。人気シリーズ第44弾。

角川文庫ベストセラー

ゴーストハント1 旧校舎怪談　小野不由美

高校1年生の麻衣を待っていたのは、数々の謎の現象。旧校舎に巣くっていたものとは――。心霊現象の調査研究のため、旧校舎を訪れていたSPR（渋谷サイキックリサーチ）の物語が始まる！

ゴーストハント2 人形の檻　小野不由美

SPRの一行は再び結集し、古い瀟洒な洋館で頻発するポルターガイスト現象の調査に追われていた。怪しい物音、激化するポルターガイスト現象、火を噴くコンロ。怪しいフランス人形の正体とは⁉

ゴーストハント3 乙女ノ祈リ　小野不由美

呪いや超能力は存在するのか？　湯浅高校の生徒に次々と襲い掛かる怪事件。奇異な怪異の謎を追い、調査するうちに、邪悪な意志がナルや麻衣を標的にし――。怪異＆怪談蘊蓄、ミステリ色濃厚なシリーズ第3弾。

ゴーストハント4 死霊遊戯　小野不由美

新聞やテレビを賑わす緑陵高校での度重なる不可解な事件。生徒会長の安原の懇願を受け、SPR一行が調査に向かった学校では、怪異が蔓延し、「ヲリキリさま」という占いが流行していた。シリーズ第4弾。

ゴーストハント5 鮮血の迷宮　小野不由美

増改築を繰り返し、迷宮のような構造の幽霊屋敷へ集められた霊能者たち。シリーズ最高潮の戦慄がSPRを襲う！　ゴーストハントシリーズ第5弾。

角川文庫ベストセラー

ゴーストハント6 海からくるもの 小野不由美

日本海を一望する能登で老舗高級料亭を営む吉見家。代替わりのたびに多くの死人を出すという。一族にかけられた呪いの正体を探る中、ナルが何者かに憑依されてしまう。シリーズ最大の危機！

ゴーストハント7 扉を開けて 小野不由美

能登からの帰り道、迷って辿り着いたダム湖。そこにナルが探し求めていた何かがあった。「オフィスは戻り次第、閉鎖する」と宣言したナル。SPR一行は戸惑うも、そこに廃校の調査依頼が舞い込む。驚愕の完結。

復活の日 小松左京

生物化学兵器を積んだ小型機が、真冬のアルプス山中に墜落。感染後5時間でハツカネズミの98%を死滅させる新種の細菌は、雪解けと共に各地で猛威を振るう。世界人口はわずか1万人にまで減ってしまい——。

日本沈没 (上)(下) 小松左京

伊豆諸島・鳥島の南東で一夜にして無人島が海中に没した。現場調査に急行した深海潜水艇の操艇責任者・小野寺俊夫は、地球物理学の権威・田所博士とともに日本海溝の底で起きている深刻な異変に気づく。

日本アパッチ族 小松左京

戦後大阪に出没した「アパッチ」。屑鉄泥棒から鉄を食う怪物「食鉄人種」に変貌した彼らは、大阪の街から飛び出して、日本全国にひろがり仲間を増やし、やがて日本政治をゆるがすまでになっていく——。

角川文庫ベストセラー

ブルーもしくはブルー 山本文緒

偶然、自分とそっくりな「分身（ドッペルゲンガー）」に出会った蒼子。2人は期間限定でお互いの生活を入れ替わってみるが、事態は思わぬ展開に……！ 読みだしたら止まらない、中毒性あり山本ワールド！

恋愛中毒 山本文緒

世界の一部にすぎないはずの恋が私のすべてをしばりつけるのはどうしてなんだろう。もう他人を愛さないと決めた水無月の心に、小説家創路は強引に踏み込んで――吉川英治文学新人賞受賞、恋愛小説の最高傑作。

ファースト・プライオリティー 山本文緒

31歳、31通りの人生。変わりばえのない日々の中で、自分にとって一番大事なものを意識する一瞬。恋だけでも家庭だけでも、仕事だけでもない、はじめて気付くゆずれないことの大きさ。珠玉の掌編小説集。

眠れるラプンツェル 山本文緒

主婦というよろいをまとい、ラプンツェルのように塔に閉じこめられた私。28歳・汐美の平凡な主婦生活。子供はなく、夫は不在。ある日、ゲームセンターで助けた隣の12歳の少年と突然、恋に落ちた――。

あなたには帰る家がある 山本文緒

平凡な主婦が恋に落ちたのは、些細なことがきっかけだった。平凡な男が恋したのは、幸福そうな主婦の姿だった。妻と夫、それぞれの恋、その中で家庭の事情が浮き彫りにされ――。結婚の意味を問う長編小説！

角川文庫ベストセラー

群青の夜の羽毛布　山本文緒

ひっそり暮らす不思議な女性に惹かれる大学生の鉄男。しかし次第に、他人とうまくつきあえない不安定な彼女に、疑問を募らせていき――。家族、そして母娘の関係に潜む闇を描いた傑作長篇小説。

落花流水　山本文緒

早く大人になりたい。一人ぼっちでも平気な大人になって、自由を手に入れる。そして新しい家族をつくる、勝手な大人に翻弄されたりせずに。若い母を姉と思って育った手毬の、60年にわたる家族と愛を描く。

なぎさ　山本文緒

故郷を飛び出し、静かに暮らす同窓生夫婦。夫は毎日妻の弁当を食べ、出社せず釣り三昧。行動を共にする後輩は、勤め先がブラック企業だと気づいていた。家事だけが取り柄の妻は、妹に誘われカフェを始めるが。

カウントダウン　山本文緒

岡花小春16歳。梅太郎とコンビでお笑いコンテストに挑戦したけれど、高飛車な美少女にけなされ散々な結果に。彼女は大手芸能プロ社長の娘だった！　お笑いの世界を目指す高校生の奮闘を描く青春小説！

シュガーレス・ラヴ　山本文緒

短時間、正座しただけで骨折する「骨粗鬆症」。恋人からの電話を待って夜も眠れない「睡眠障害」。フードコーディネーターを襲った「味覚異常」。ストレスに立ち向かい、再生する姿を描いた10の物語。